ADRIANA POPESCU

Mein Sommer auf dem Mond

Foto: © Notker Mahr

DIE AUTORIN

Adriana Popescu, 1980 in München geboren, arbeitete als Drehbuchautorin fürs Fernsehen, bevor sie für verschiedene Zeitungen, Zeitschriften und City-Blogs schrieb. 2012 gelang ihr mit dem E-Book »Versehentlich verliebt« der Auftakt einer Reihe von Überraschungserfolgen. Mittlerweile harrt eine große Fangemeinde ihren nächsten Veröffentlichungen entgegen, die in mehreren großen Publikumsverlagen erscheinen. Mit »Mein Sommer auf dem Mond« legt sie nun ihren – wohl persönlichsten – dritten Jugendroman vor.

Von Adriana Popescu sind bei cbj erschienen:

Ein Sommer und vier Tage (40337)
Paris, du und ich (40366)

Mehr über cbj auf Instagram unter
@hey_reader

ADRIANA POPESCU

MEIN SOMMER AUF DEM MOND

Für jeden einzelnen Astronauten da draußen. Und meine 5 Punkte.

MIX
Papier aus verantwortungsvollen Quellen
FSC® C083411

Verlagsgruppe Random House FSC® N001967

1. Auflage
Erstmals als cbt Taschenbuch April 2018

Umschlaggestaltung: *zeichenpool, München
unter Verwendung eines Fotos von
© GettyImages (Laurence Mouton)
MP · Herstellung: UK
Satz: Kompetenzcenter, Mönchengladbach
Druck und Bindung: CPI books GmbH, Leck
ISBN 978-3-570-31198-1
Printed in Germany

www.cbj-verlag.de

SAMSTAG

FRITZI

Hogwarts

»Es sieht gar nicht aus wie eine … eine …«

Meine Mutter betrachtet das große Gebäude vor uns und versucht dabei, die richtigen Worte zu finden. Schließlich zuckt sie stumm die Schultern.

»Eine Klapse?«

Mein Vorschlag bringt mir nur einen strengen Blick meines Vaters ein, der gerade meinen Koffer aus dem Auto hievt.

»Es ist keine Klapse, Fritzi. Das ist eine Einrichtung, in der Jugendliche mit psychischen Problemen Hilfe finden.«

Mama lächelt mich aufmunternd an, als wäre das nichts, wofür man sich in Grund und Boden schämen sollte, sondern ein hart erarbeiteter Erfolg: mit gerade mal sechzehn in die Therapie zu gehen.

Juhu! Wo bleibt meine Medaille?

Doch Irrtum, der Applaus bleibt aus.

Ich will nämlich gar nicht hier sein. Auch wenn Mama recht hat und das Gebäude vor uns eher an ein Internat aus einem Roman von Enid Blyton als an ein Therapiezentrum für Teenager erinnert. Die reich gegliederte hellblaue Fassade, die großen Erker und die vorgelagerten Galerien aus Holz – all das ist so typisch für die Architektur hier. Fast könnte man glauben, man wäre im englischen Brighton gelandet und nicht am letzten Ende der Insel Rügen, umgeben von Wasser und Einsamkeit. Das fünfstöckige Haus vor uns, das ach-so-romantisch anmutet, ist für mindestens die nächsten vier Wochen mein Zuhause. Man könnte glauben, ich wäre zum Urlaubmachen hier. Die Luft schmeckt salzig und frischer als bei uns im Süden.

Binz auf Rügen.

Ausgerechnet Rügen.

Auf dem Weg hierher sind wir durch dichte Kiefernwälder gefahren, vorbei am feinsandigen Strand, der auch aus der Karibik importiert sein könnte, wären da nicht die vielen Strandkörbe, die so gar nichts mit den Bahamas zu tun haben. Überall finden sich kleine Häuser mit Reetdächern, Pensionen und Hotels, die verdammt teuer aussehen. Ständig kann man das Meer hören, weil man nie weit genug davon entfernt ist. Wenn ich jetzt die Augen schließen und den Lärm in meinem Kopf ausblenden würde, könnte ich es sogar hier, versteckt hinter der riesigen Düne, hören. Doch selbst das Meeresrauschen kann die Panik in meinem Brustkorb nicht davon abhalten, sich rasend schnell auszubreiten.

Jetzt wäre ein guter Zeitpunkt, mich an die Atemübungen zu erinnern, die meine Therapeutin Dr. Kosska mir beigebracht hat. Aber wie immer, wenn die Panik mich überfällt, als wäre sie ein ausgezeichnet ausgebildetes Mitglied eines Navy-Seal-Teams, ist mein Kopf so leer wie eine Geisterstadt im Wilden Westen – ganz ohne Sheriff. Ich bin total wehrlos. Der Panik ausgeliefert. Genau jetzt höre ich ihr hämisches Lachen in meinem Kopf – weil sie weiß, dass sie gewinnen wird. Mal wieder.

»Vielleicht kannst du es ja so sehen, Fritzi …«

Papa tritt neben mich; das Geräusch der Rollen meines Koffers auf dem feinen Kies der Auffahrt schallt überlaut in meinen Ohren und übertönt damit die leise, beruhigende Stimme in meinem Kopf, die mich zu tiefen Atemzügen überreden will. Mir wird warm, obwohl mir die salzige Meeresbrise ins Gesicht weht. Luft bekomme ich zwar noch, aber ob das zum Überleben reicht, weiß ich nicht.

»… ein Sommer in Hogwarts.«

Würde ich nicht gerade im Nahkampf mit einer fiesen Panikattacke stecken, die alle unfairen Mittel wie Kratzen, Spucken und Beißen einsetzt und sich an keine Regeln hält, würde ich es Papa total hoch anrechnen, dass er um einen Ort namens *Hogwarts* weiß. Gleichzeitig müsste ich ihm erklären, dass ich unter keinen Umständen diesen Laden hier mit der Zauberschule aus Harry Potter vergleichen möchte! Doch ich tue nichts von alldem, sondern atme so tief wie möglich in meinen Bauch und versuche dabei, normal zu wirken. Wobei meine Vorstellung von »normal« nicht gerade der Definition der großen Mehrheit entspricht. Beweisstück A liegt in Form des *Sonnenhofs* vor uns, während Beweisstück B – also ich – darauf zugeht.

»Ist alles okay, mein Schatz?«

Die sorgenvolle Stimme meiner Mutter erreicht mich durch den dichten Gedankennebel, der mich immer komplett einhüllt, wenn ich eine Panikattacke erleide. So wie jetzt.

»Klar.«

Mein Lächeln liegt irgendwo zwischen gequält und tapfer. Die Frage ist, wird es Mama überzeugen? Sie mustert mich, nickt langsam und schluckt auch dieses Mal mein Schauspiel. Ich persönlich finde ja, Hollywood könnte sich langsam für meine Oscarnominierung bereit machen. Noch immer will ich meine Eltern nicht jedes Mal an meinen Panikattacken teilhaben lassen, weil sie mit der ganzen Situation ebenso überfordert sind wie ich.

»Schau mal, wie zauberhaft das alles aussieht.«

Tut es, keine Frage. Irgendwie ein bisschen zu schön, zu sauber und zu nett. Vermutlich soll es einfach kein Aufsehen im Urlaubsort Binz, immerhin einem der mondänsten Seebäder Deutschlands, erwecken.

»Vielleicht sollten wir am Empfang mal sagen, dass wir da sind?«

Am Empfang? Da, wo mein Gepäck von einem Pagen in Livree in Empfang genommen wird und mich ein Begrüßungscocktail erwartet?

»Geht doch schon mal vor, ich genieße noch meinen letzten Moment in Freiheit.«

»Fritzi ...«

»Das hier ist 'ne Insel. Wohin soll ich schon abhauen?«

Mama und Papa sehen sich an und versuchen wohl gerade per Gedankenübertragung auszudiskutieren, wer an dem ganzen Schlamassel schuld ist. Denn darum geht es in letzter Zeit doch immer bei den beiden.

»Aber nur fünf Minuten.«

Damit gehen sie durch den Eingang ins Innere. Ich bleibe einen Moment ganz ruhig stehen, warte, bis sie verschwunden sind und die Tür mit einem leisen Ächzen zurück ins Schloss fällt. Dann atme ich tief ein, schmecke das Meer und sehe nach oben zum wolkenlosen blauen Sommerhimmel.

»Okay, keine Ahnung, ob es da oben jemanden gibt. Und falls ja, weiß ich nicht so genau, wie ich dich politisch korrekt ansprechen soll. Aber ich hätte eine kleine Bitte an dich, okay?«

Dann schließe ich schnell die Augen, weil es weniger peinlich ist, wenn ich glaube, dass niemand mich sehen kann. Jetzt nehme ich meinen ganzen Mut zusammen, denn ich verlasse mich nicht so gerne auf andere, selbst wenn es sich um eine himmlische Allmacht handelt.

»Könntest du vielleicht dafür sorgen, dass die Zeit hier rasend schnell vorbeigeht und ich dann wieder nach Hause darf?«

Keine Ahnung, warum ich nicht sofort weiterspreche. Warte ich eine Antwort oder ein Zeichen ab? Doch mich umgibt nur Stille. Als ich doch weiterrede, ist meine Stimme um einiges leiser.

»Ich habe nämlich ziemlich Angst, weißt du?«

Das sage ich nur, falls Er oder Sie oder Es diese Tatsache noch nicht erraten hat. Dann öffne ich die Augen und – *nichts* hat sich verändert.

Kurz sehe ich noch mal nach oben.

»Ach, und wenn du nicht zu beschäftigt bist, könntest du vielleicht dafür sorgen, dass ich nicht nach Slytherin komme?«

BASTIAN

Loki Laufeyson

Eine kleine weiße Pille, die in einem kleinen blauen Plastikgläschen liegt. Daneben steht ein Glas Wasser.

»Du kennst den Spaß ja schon, Bastian.«

Hendrik, einer der jüngeren Pfleger, grinst mich an, als wäre er der Barkeeper in einem angesagten Club und ich sein Gast, der sich gleich den besten Cocktail der Stadt schmecken lassen darf. Ich atme tief durch, greife nach dem Gläschen und spüre die Pille auf meiner Zunge. Schnell kippe ich einen großen Schluck Wasser hinterher, weil ich den Geschmack in meinem Mund loswerden will. Ich leere das Glas auf ex und stelle es geräuschvoll ab.

»Ein gutes Gesöff! Mehr davon!«

Hendrik sieht mich etwas verwirrt an und ich verdrehe die Augen.

»Das ist aus *Thor* mit Chris Hemsworth.«

»Habe ich nicht gesehen.«

»Solltest du dir anschauen, ein toller Film.«

Er nickt abwartend, denn jetzt kommt: DIE Erniedrigung des Tages. Ich öffne den Mund, strecke die Zunge raus und bewege sie so, dass er einen Blick in meinen leeren Mund werfen kann.

»Gut gemacht, Bastian.«

Als wäre es eine besondere Kunst, eine kleine Pille zu schlucken. Doch *ich* weiß, wieso Hendrik so gründlich nachschaut.

»Bis heute Abend dann.« Damit winke ich lässig und verlasse den kleinen Raum, in dem die Medikamente unter strenger Aufsicht ausgegeben werden, als wäre es nichts weiter als ein Schnellimbiss, in dem ich meine Bestellung verputzt habe.

Der Sonnenhof, mein liebstes Diner auf der Durchreise in Richtung Leben – das sich leider als 24-h-Service mit Vollpension entpuppt hat. Mit federleichten Schritten gehe ich über den Flur und nicke ein paar Mitinsassen zu, die mir entgegenkommen. Sobald ich an ihnen vorbei bin, höre ich sie tuscheln. In solchen Momenten könnte man glauben, ich wäre eine Art Berühmtheit.

Bevor mich jemand anquatschen kann, schlendere ich ganz lässig zu der großen Glasfront, durch die ich nach draußen auf die Sportanlage blicken kann. An einem sonnigen Tag wie heute ist immer viel los. Ich beobachte ein paar Jungs, die dort Frisbee spielen und lachen. Wie schräg: lachende Kids in einem Therapiezentrum für psychisch kranke Teens. Fast muss ich selber lachen, doch da sehe ich plötzlich die Gestalt neben mir in der Spiegelung. *Groß, dunkel gekleidet, ein bisschen wie aus einer anderen Welt.* Doch der lächerliche Helm mit den hornähnlichen Aufsätzen und die langen schwarzen Haare verraten ihn.

Loki. Thors Adoptivbruder.

Ich blinzle schnell und schüttle dabei kurz den Kopf. Loki ist *nicht* mit mir im Sonnenhof.

Doch, das bin ich. Genau genommen bist du meinetwegen hier.

Ich atme tief durch und schüttle erneut den Kopf, doch Loki bewegt sich nicht, sondern starrt mich noch immer aus der Scheibe heraus an – mit strahlend breitem Grinsen.

Komm, lass uns spielen gehen.

Wie immer, wenn ich mir gerade etwas Optimismus erkämpft habe, kommt mein ganz persönlicher Bösewicht zu Besuch. In meiner Vorstellung sieht er immer anders aus. Mal wie Darth Vader, wenn er Luke seinen Stammbaum erklärt, mal wie Hannibal Lecter, kurz bevor er einem die Nase abbeißt, oder wie eine Mischung aus Batmans Gegner, dem *Joker* und dem Clown aus Stephen Kings *ES*. Heute ist es *Thor*-Bösewicht Loki Laufeyson, Odins Adoptivsohn. Es scheint ihn wenig zu interessieren, dass wir hier nicht in Asgard, sondern im Sonnenhof sind. Stattdessen konzentriert er sich auf seine einzige Aufgabe: mich zu nerven. Außer mir kann ihn niemand sehen oder hören, sonst würde ich auf der Bühne beim *Supertalent* stehen und nicht in der Therapie festhängen wie ein One-Hit-Wonder in Dauerschleife.

Was haben wir heute vor?

Ist mir scheißegal, was du so planst. Ich genieße die Sonne und lasse mir die Laune nicht vermiesen.

Ob Felix wohl auch in der Sonne Frisbee spielt …?

Wütend schlage ich mit der flachen Hand gegen die Scheibe vor mir, in der sich sein breites Grinsen spiegelt. Sofort verstummt alles um mich herum. Ich spüre die Blicke der anderen in meinem Rücken und höre das fiese Lachen in meinem Kopf.

»Hey, Bastian! Was soll das?«

Pfleger Hendrik taucht neben mir auf und sieht mich an, überrascht von meinem plötzlichen Ausbruch. Manchmal frage ich mich, ob sie bemerken, was wirklich in mir vorgeht. Doch nichts in seinem Gesicht lässt darauf schließen, also zucke ich die Schultern und setze ein breites Grinsen auf.

»Da war 'ne Fliege, der ich einen High five geben wollte.«

Hendrik kapituliert und lächelt mich kopfschüttelnd an.

»Du hast wirklich einen schrägen Humor, Bastian.«

»Ich deute das als Kompliment.«

In den Untiefen meiner Hosentasche finde ich einen dieser verdammt sauren Kaugummis, dessen neongelbe Verpackung mich davon abhalten sollte, sie zu essen. Aber auch der Titel »SHOCK« im Namen bringt mich nicht davon ab, mir das Kaugummi zwischen die Zähne zu schieben. Ganz im Gegenteil, es ist der Grund, wieso ich einen Jahresvorrat davon in meinem Zimmer horte. Der fast schon ätzend chemisch-saure Geschmack tötet für einige Sekunden meine Geschmacksnerven und beansprucht meine ganze Konzentration. Dann weiß ich wieder, was real ist.

Loki ist es nicht. Hendrik nimmt mir das zerknüllte Verpackungspapier ab und nickt in Richtung Tür.

»Übrigens, Schwester Kora braucht dich vorne am Empfang.«

»Schon wieder?«

»Du weißt doch, du bist heiß begehrt.«

»Wieder ein Neuzugang?«

»Jap.«

»Wieso kann nicht mal jemand anderes die Neuen rumführen?«

»Weil das keiner so charmant macht wie du.«

Hendrik zwinkert, klopft mir auf die Schulter und schiebt mich sanft in Richtung Tür.

FRITZI

Der sprechende Hut

»Du musst Franziska sein.«

Eine freundlich lächelnde Frau mit feuerroten Haaren steht hinter einem Tresen, an dem meine Eltern lehnen. Sie mustert mich eingehend.

»Muss ich das?«

»Franziska … Bitte.«

Es ist so offensichtlich, wie unwohl sich meine Eltern in dieser Situation fühlen, sie nennen mich sogar bei meinem vollen Namen.

»Fritzi, die bin ich.«

Hier drinnen ist alles sehr maritim eingerichtet. Wo ich den typischen Schulflurfußboden aus Linoleum erwartet habe, trete ich auf edles Parkett. An den Wänden hängen gerahmte Bilder von Segelbooten auf hoher See, mit einem Leuchtturm und Strandabschnitten inklusive der typischen Strandkörbe. Auf dem Tresen steht ein Schild, das um Diskretion und den nötigen Abstand bittet, als würde man hier Kredite für den Erwerb eines besseren Lebens abschließen.

»Ist das dein einziges Gepäck?«

Rotschopf deutet auf den Rollkoffer, der neben meinem Vater steht. Doch bevor ich antworten kann, hievt meine

Mutter den Rucksack mit meinen persönlichen Schätzen – meinem Lieblingsbuch *Harry Potter und der Gefangene von Askaban*, meinem Kissen, dem iPod und den Kopfhörern, die mir dabei helfen, die Geräusche der Welt auszublenden – auf den Tresen.

»Das hier gehört noch dazu.«

»Das ist aber privat!«

Mein Versuch, den Rucksack zurück in meinen Besitz zu bringen, scheitert, weil ich zu langsam bin.

»Keine Sorge, du bekommst alles wieder.«

Gerade als ich heftigst rebellieren will, kommt ein Junge – vermutlich in meinem Alter – um die Ecke und schwingt sich breit grinsend mit einer lässigen Bewegung auf den Tresen. Er trägt kurze Jeans und ein graues T-Shirt mit einer halben Avocado als Brustmotiv, unter der *»Holy Guacamole«* geschrieben steht. Er hat dunkelblonde Locken und ein ziemlich freches Grinsen, das durch eine abgebrochene Ecke am vorderen Schneidezahn ein bisschen schräg aussieht.

»Sie haben nach mir verlangt, Schwester Kora?«

»Bastian …«

Die Frau, die mein gesamtes Intimleben in Form meines Rucksacks in der Hand hält, wirft dem Jungen einen strengen Blick zu, doch es ist offensichtlich, dass sie ihm nicht böse ist.

»Wen erwischt es heute?«

Er macht keine Anstalten, seinen Sitzplatz aufzugeben. Meine Eltern sehen sich irritiert an. Merken sie endlich, dass dies hier ein großer Fehler ist?

»Das ist Franziska.«

Alle Augenpaare richten sich wie auf Kommando wieder

auf mich, und kurz balle ich die Hände zu Fäusten. Auch etwas, das ich in der Therapie gelernt habe: Muskeln anspannen, dann entspannen und sich ausschließlich auf dieses Gefühl konzentrieren. Bastians braune Augen mustern mich neugierig. Kurz fühlt es sich so an, als könnte er mich mit diesem Röntgenblick durchleuchten.

»Franziska ist neu hier.«

»Fritzi, ich heiße Fritzi.«

Bastian mustert mich noch eingehender.

»Mein Beileid. Also weil du hier bist. Nicht wegen deinem Namen. Wobei der auch nicht gerade berauschend ist.«

Noch immer auf dem Tresen sitzend, nickt er mir mitfühlend zu, während ich seinen Blick noch nicht so recht deuten kann. Macht er hier sein freiwilliges soziales Jahr oder sich nur über mich lustig?

»Sei bitte etwas netter, ja?«, weist Kora ihn zurecht.

»Sorry. Willkommen in der heilen Welt vom Sonnenhof, Fritzi. Gratuliere dir zur Wahl dieser Institution. Wir haben das beste Essen an der Ostsee und sogar echte Frotteehandtücher.«

»Bastian!«

Offensichtlich hört für Schwester Kora und ihre roten Locken der Spaß hier auf. Bastian rutscht vom Tresen, hebt entschuldigend die Hände und wird zum stummen Beobachter der Situation. Wobei er das mit dem Beobachten sehr ernst nimmt und mich keine Sekunde aus den Augen lässt.

»Entschuldige bitte, Franziska.«

Ich löse meine Hände und konzentriere mich auf das entspannende Gefühl.

»Also, wir schauen nur mal deinen Koffer und den Rucksack durch, dann kriegst du beides wieder. In der Zwischenzeit …«

Sie sagt es so, als wäre ich gerade mal zehn Jahre alt und das die normalste Sache der Welt. Aber mir passt beides nicht.

»Moment! Sie wühlen sich durch meine Unterwäsche?«

»Wir müssen nur sichergehen, dass du keine gefährlichen Gegenstände mitbringst.«

»Was heißt denn *gefährlich*?«

Bastian, der diese Prozedur wohl schon kennt, grinst und sieht fragend zu Kora, als wäre er sehr gespannt auf ihre Antwort. Meine Eltern hingegen beten eine Erdspalte herbei, durch die sie nach Kanada auswandern können – getrennt, wenn möglich.

»Ich kann dir versichern, dass dir niemand etwas wegnimmt. Es geht uns nicht darum, deine Privatsphäre zu verletzen, Franziska. Aber Klingen oder spitze Gegenstände behalten wir erst mal ein. Es ist nur zu deinem eigenen Schutz. Das ist der normale Ablauf hier.«

»Siehst du, Schatz, alles halb so wild.«

Papa will hip und aufgeschlossen klingen, aber ich sehe ihm an, dass dieses Spitze-Gegenstände-im-Gepäck-des-Töchterleins-Ding ein ganz schöner Brocken für ihn ist. Plötzlich ist mein Therapieaufenthalt Realität – ohne Zuckerguss und bunte Streusel.

»Wir nehmen dir auch nichts weg, versprochen.«

»Nichts außer meiner Würde.«

Als wäre mein ironischer Kommentar Bastians Stichwort,

lacht er leise über meine Antwort und wirft mir einen kurzen, amüsierten Blick zu.

»Schauen wir erst mal, in welchen Stock du kommst, ja?«

Schwester Kora übergeht sowohl meinen Kommentar als auch Bastians Lachen und blickt stattdessen in die Akte. Mein Herz klopft bis zum Hals, als würde es fluchtartig meinen Körper verlassen wollen. Wer kann es ihm verübeln?

»Nicht Slytherin …«

Ich flüstere es wie ein Mantra vor mich hin, die Hände wieder fest zu Fäusten geballt. Es ist mir egal, ob alle das sehen können.

»Alles wird gut.«

Die Stimme meiner Mutter sollte mich wohl beruhigen.

»Mama, hier sind nur Verrückte!«

Dabei deute ich vage in die Richtung von Bastian, weil er sozusagen das einzige Indiz im Raum ist, auch wenn ich keine Ahnung habe, wie »verrückt« er wirklich ist. Natürlich bemerkt er es und winkt uns fröhlich zu. Normal ist hier sicher nichts.

»Sag das nicht so laut, Fritzi.«

»Aber ihr habt doch mitbekommen, was hier abläuft! Ich gehöre nicht in diese Klapse!«

»Jetzt beruhige dich mal.«

Bevor ich mich weiter in mein Gefühlschaos steigern kann, sieht Schwester Kora wieder auf und lächelt zufrieden.

»Ach schau an, du kommst zu den Astronauten.«

Sie sagt auch das so, als wäre es das Normalste auf der Welt, aber ich kann sie nur anstarren. Dreht hier jetzt sogar das Personal total durch?

»Wie bitte!?«

»Dritter Stock. Bei den Astronauten.«

Merkt wirklich niemand außer mir, wie wahnsinnig das alles ist? Ich mag an Panikattacken leiden, aber krank sind definitiv die anderen.

»Ach so. Ja. Ist klar. Wann geht mein Flug?«

»Fritzi, bitte.«

»Zu welchem Planeten wollen wir denn? Mars, Mond, Pluto?«

»Pluto ist kein Planet mehr.«

Jetzt sehen alle zu Bastian, der mich mit seinem Kommentar aus dem Konzept bringt.

»Was?«

»Pluto ist nur noch ein Zwergplanet. Ihm wurde schon 2006 der Planetenstatus aberkannt.«

»Bist du von der NASA oder was?«

Er lässt eine mittelgroße Kaugummiblase zerplatzen.

»Es ist zumindest nicht mein erster Raumspaziergang hier.«

Seine Augen funkeln merkwürdig, als würde er das ernst meinen und nicht nur als frechen Spruch dahersagen.

»Astronauten an der Ostsee. Is' klar.«

»Die Stockwerke hier haben unterschiedliche Namen. Damit wird das Zusammengehörigkeitsgefühl gestärkt.«

Schwester Kora lächelt dabei so stolz, als wäre diese bescheuerte Idee von ihr.

»Er ist auch ein Astronaut.«

Sie nickt zu Bastian, der sich sehr über die ganze Szene und meine Unwissenheit zu amüsieren scheint. Er hebt die

Hand und spreizt die Finger, so wie der spitzohrige Mr Spock aus der Serie *Raumschiff Enterprise*.

»Hi.«

»Ach was. Ein Astronaut.«

Wenn das alles nur ein schlechter Scherz sein soll, in den alle außer mir eingeweiht sind, dann ist das ein ziemlich blöder Gag.

»Bastian kann dir ja schon mal alles zeigen und wir treffen uns später wieder hier, okay?«

Wie kann diese Kora so gut gelaunt sein, wenn sie den ganzen Tag hier mit psychisch labilen und kranken Jugendlichen arbeitet? Sollte dieser Umstand einen Menschen nicht unglaublich traurig machen? Meine Eltern nicken mir aufmunternd zu.

Auch sie scheinen hier irgendwelche positiven Schwingungen zu empfangen, die an mir allerdings komplett vorbeizuwabern scheinen.

»Nur zu. Wir bleiben derweil hier.«

Auch Bastian, der Lockenkopf, sieht mich an und wartet auf eine Reaktion, doch ich fühle mich noch nicht bereit für einen Spaziergang im All. Bastian ist einen Schritt auf mich zugekommen und nickt in Richtung Flur.

»Komm schon, spring ins kalte Wasser. Dann ist es vorbei und wird besser.«

Schon trabt er los und setzt wohl einfach voraus, dass ich ihm folge. Meine Eltern lächeln so verkrampft, wie ich mich fühle. Ich ertrage ihre Blicke nicht noch eine einzige weitere Minute, entscheide mich daher für *Tor Nummer zwei*, drehe mich um und gehe mit schnellen Schritten hinter Bastian her.

Der lehnt lässig an der nächsten Ecke, und wieder wirft er mir diesen Blick zu, den ich so nervig finde. Als würde er mich studieren.

»Also, Franziska …«

»Ich heiße Fritzi!«

»Fritzi. Ich habe gute und schlechte Nachrichten für dich.«

»Die gute zuerst.«

»Du kommst nicht nach Slytherin.«

Verdammt! Er hat mich gehört.

»Ha. Ha. Und die schlechte?«

»Du kommst auch nicht nach Gryffindor.«

»Toll.«

»Nimm es sportlich. Du bist jetzt ein Astronaut.«

Bastian

Huston, wir haben ein Problem

»Und dies hier ist Ihre Raumkapsel. Das Gepäck wird Ihnen gebracht. Wir freuen uns, dass Sie sich für unser Hotel entschieden haben.«

Dazu vollführe ich eine tiefe Verbeugung und verharre einen Moment in meiner Position. Ich habe der Neuen den Speisesaal und alle weiteren Räume im Erdgeschoss gezeigt, die wichtigsten Leute vorgestellt und sie jetzt heil und am Stück an ihrer Zimmertür abgegeben. Besonders glücklich sieht sie nicht aus, unsicher wirft sie einen Blick ins Innere.

»Einzelzimmer?«

Fast muss ich lachen. Manche Frischlinge haben wirklich so gar keine Ahnung, auf was sie sich hier einlassen. Ich richte mich wieder auf und sehe von oben auf sie herab. Das mache ich nicht absichtlich, sondern nur, weil sie ziemlich klein ist. Die kurzen braunen Haare und der sehr angriffslustige Blick passen nicht so recht zur Körpergröße. Ihr *Spirit Animal* ist sicher keine Schmusekatze, sondern eines dieser niedlich aussehenden Opossums, die dir sofort die Augen auskratzen, sobald sie vom Baum fallen.

»Dafür hättest du ins Slytherin-Haus ziehen müssen. Hier teilst du dir dein Zimmer mit einem anderen Mädchen.«

Als Tusch lasse ich eine Kaugummiblase im Mund platzen, was wie ein lautes Klatschen klingt und meine Spezialität ist. Sie verdreht die Augen, was ich sogar verstehen kann. Als ich zum ersten Mal hier war, hatte ich auch keine Lust, mit einem fremden Jungen einfach so in ein Zimmer gesperrt zu werden.

»Hast du sie auch rumgeführt?«

Fritzi könnte eine interessante Kandidatin werden. Sie will tough und cool wirken, aber dazwischen verliert sie immer ganz kurz die Fassung – so wie jetzt.

»Glaubst du etwa, ich mache das für jedes Mädchen?«

Sie zuckt die Schultern, was mich wissen lassen soll, dass es ihr total egal ist, was ich in meiner Freizeit so anstelle. Ihre zu Fäusten geballten Hände passen nur nicht ganz zu dem coolen Look. Okay. Cool kann ich auch.

»Wieso bist du eigentlich hier?«

Meine Frage überrollt sie wie ein ganzes Bataillon Sturmtruppen, einen Moment ist sie sprachlos, doch dann schießt sie sofort zurück.

»Wieso sollte ich dir das verraten?«

Ha, jetzt hab ich sie.

»Okay, dann muss ich halt raten …«

Ich trete einen Schritt zurück und mustere sie eingehend. Es ist deutlich zu sehen, wie sehr sie es hasst, was ich da tue. Befürchtet sie, ich könnte den Grund für ihren Aufenthalt an etwas Äußerlichem erkennen? Doch außer dem viel zu weiten T-Shirt fällt mir nichts Merkwürdiges auf.

»Du hast eine gute Figur, bist aber vermutlich total unzufrieden mit dir und empfindest dich als zu dick. Ich tippe mal auf Magersucht.«

Ein kühner Schuss ins Blaue, aber es würde dem Klischee entsprechen.

Fritzi sieht mich sprachlos und mit offenem Mund an. Ich spüre ein Grinsen auf meinen Lippen.

»Ich habe recht, oder?«

»Tickst du noch ganz richtig?«

Ihre Stimme klingt jetzt echt gereizt, deshalb lege ich schnell dramatisch die Hand auf die Brust und sehe sie gespielt schockiert an.

»Hast du mich gerade *psychisch krank* genannt?«

Statt sich peinlich berührt bei mir zu entschuldigen, stemmt sie die Hände in die Hüften und funkelt mich herausfordernd an.

»Hast du mich gerade *fett* genannt?«

Mit dieser Antwort habe ich nicht gerechnet, doch sie imponiert mir.

»Nein.«

»Falls du es auf mein Dessert abgesehen hast, muss ich dich enttäuschen. Ich esse meinen Teller leer.«

Nein, Fritzi ist sicher keine von der eingeschüchterten Sorte, die hier nur ihre Zeit absitzt und hofft, unbemerkt wieder verschwinden zu können.

»Ach, wirklich?«

»Ja, stell dir vor, solche Mädchen gibt es.«

Noch schließe ich eine Essstörung nicht aus und hake nach.

»Kotzt du es dann vielleicht aus?«

»Wieso sollte ich?«

»Bulimie.«

»Hör mal zu, Avocado, ich finde mich nicht zu dick. Egal, was Typen wie du mir erzählen wollen. Und jetzt besten Dank für die Führung. Zumindest eins hab ich dadurch schon mal kapiert.«

»Was denn?«

»*Du* gehörst definitiv hierher.«

Treffer und versenkt. Das muss man dem Mädel lassen. Ich schalte schnell wieder um auf professioneller Klapseführer.

»Nicht vergessen, heute um achtzehn Uhr dreißig ist Abendessen. Du solltest pünktlich sein, wenn du einen guten Platz bekommen willst.«

Meine Aufgabe ist erfüllt, ich sollte gehen. Doch ich bewege mich keinen Zentimeter und sehe sie noch immer an. Fritzi ist mir ein Rätsel. Eines, das gelöst werden will.

Sie hat ein sehr zartes Gesicht, wirkt insgesamt fast zerbrechlich, dazu die kurzen Haare – sicher kein Schnitt vom Friseur. Sie trägt ein weites T-Shirt mit einem schlafenden Panda als Brustmotiv, dazu kurze Jeans, die sie vermutlich selber und ebenso schräg wie ihre Haare abgeschnitten hat. Ihre Arme zeigen keine einzige Narbe, was Selbstverletzung zwar nicht ausschließt, es aber dennoch eher unwahrscheinlich erscheinen lässt. Sonst wäre sie wohl kaum bei den Astronauten gelandet.

Was wäre, wenn sie aus dem gleichen Grund hier ist wie ich? Ich könnte sie fragen. Stattdessen kommen andere Worte über meine Lippen.

»Also, wenn irgendwas ist, Panda, ich bin immer da.«

»Das klingt wie eine Drohung.«

»Ist es auch. Mich werden die hier so schnell nicht los.«

Sie zeigt keine Reaktion, verzieht nicht mal die Miene, sondern sieht mich nur abwartend an. Erwartet sie etwa, dass ich ihr meine Geschichte erzähle?

Verdammt. Zeit zu gehen.

»Wir sehen uns. Franziska.«

Damit zwinkere ich ihr zu und stoße mich von der Wand ab.

FRITZI

Robinson Crusoe

Das Zimmer ist, wie alles hier, hübsch. Unpersönlich, aber hübsch. Es ist für zwei Bewohner ausgelegt, das verraten nicht nur zwei Betten, zwei Schränke, zwei Tische mit bequemen Holzstühlen von *Ikea* und ein winziges Bad, das man allerdings nicht abschließen kann, sondern auch der Koffer, der neben dem anderen Bett steht.

Trotzdem bin ich momentan noch alleine hier. Ich hätte vielleicht ein paar Fotos von zu Hause mitbringen sollen, meine Lichterkette oder zumindest ein Poster. Irgendwas, um es ein bisschen zu *meinem* Zimmer zu machen.

Ein kleines rotes Notizbuch liegt auf dem Nachtkästchen neben meinem Bett, dazu ein Stundenplan auf grünem Papier, mein Name ist in einer Frauenhandschrift mit Kugelschreiber ins rechte Eck geschrieben worden. Langsam nehme ich auf dem Bett Platz und schließe einen Moment die Augen.

Mein Sommer an der Ostsee.

Als ich die Augen wieder öffne, hat sich rein gar nichts verändert. Ich bin nicht durch irgendeinen Zauber wieder zu Hause in meinem Zimmer gelandet, sondern noch immer auf Rügen. Mein Blick fällt auf das leere Bett gegenüber, das bald meiner Zimmernachbarin gehört. Kurz stelle ich mir vor, Isa wäre mit mir hier. Wir haben immer davon geträumt, eines Tages zusammen an die Ostsee zu fahren und hier die Seele baumeln zu lassen. Nur wir zwei.

Isa.

Ich muss lächeln. Isa ist meine beste Freundin. Oder sie war es. Wer kann das heute noch so genau sagen, wo man seine Seelenverwandten offensichtlich bei Facebook und die große Liebe bei Tinder findet. Was auch immer Isa sein mag, hier ist sie nicht. Und weiß nicht mal, dass *ich* hier bin. Wie soll man so einen Mist denn auch erklären?

»Hey Isa, ich bin's, Fritzi, deine beste Freundin seit dem Kindergarten. Erinnerst du dich? Wir wollten zusammen die Seele baumeln lassen. Nun, meine Seele hat eine heftige Zerrung erlitten. Ich sitze jetzt im Hogwartsexpress zum Mond und wünsche mir, ich könnte dir das alles sagen.«

Klar. Hätte ich machen können. Dabei wollte ich das sogar. Doch immer kam etwas dazwischen: der Montag, die Bioarbeit, ihr erster Kuss, die bevorstehende Scheidung meiner Eltern, der Klimawandel und noch ein paar Kleinigkeiten. Irgendwie habe ich immer die Haltestelle zum Aussprechen verpasst. Und so weiß eigentlich niemand, dass ich hier bin oder wieso. Den Nachbarn hat Mama was von wegen Feriencamp erzählt. Noch mal durchatmen, bevor der Ernst des Lebens nach der Schule zuschlägt.

Newsflash: Der Ernst des Lebens *hat* schon längst begonnen. Wir leben während unserer gesamten Schulzeit eben in keinem Paralleluniversum, weit weg von der Realität, die wir erst nach dem Abschluss betreten dürfen. Das ist so ein

Erwachsenenschwachsinn! Jeder, der nicht zur Clique der beliebten Kids gehört und Tag für Tag unsichtbar durch das Schulgebäude schleicht, wird mir recht geben.

Kurz schnaufe ich durch. Es bringt nichts, wenn ich jetzt in Selbstmitleid zerfließe, weil es a) eh niemand sieht und b) absolut keinen interessiert.

Es wird Zeit, meine sich scheidenden Eltern zu verabschieden, die noch eine lange, schweigsame Rückfahrt in einem gemeinsamen Mietwagen vor sich haben.

Und die schicken *mich* zur Therapie.

SONNTAG

BASTIAN

The Incredible Hulk

Die Nacht war durchwachsen, die Träume horrorfilmähnlich und der Morgen semicool. Zwar scheint die Sonne durch das Fenster auf mein Bett, aber ausgeschlafen bin ich nicht. Mit den Handballen reibe ich mir die Augen und fahre mir schließlich durch die Locken, die morgens immer nach Katastrophe aussehen. Tagsüber übrigens auch. Hat gar keinen Sinn, sie bändigen zu wollen, weil sie immer das tun, wonach ihnen die Haarspitzen stehen.

Langsam sehe ich mich um. Alles wie immer. Morgens wirkt das Blau der Wände im Zimmer übrigens heller, hoffnungsvoller. Wie ein karibisches Schnorchelgebiet. Abends sieht es eher nach Tiefsee aus. Das liegt sicher am Winkel des Lichteinfalls oder so. Angeblich hat man diese Farbe gewählt, weil sie beruhigend wirkt. Ich werfe einen Blick über die Schulter zum anderen Bett, das schon leer, aber nicht gemacht ist. Es steht in sicherem Abstand zu meinem, aber trotzdem kann man hier zwischen den beruhigenden blauen Wänden 'nen Lagerkoller bekommen.

»Ach, auch schon wach?«

Seine Stimme klingt so tief, als hätte er beim Stimmbruch 'ne Ehrenrunde gedreht. Dieses Jahr habe ich nicht so viel

Glück mit meinem Mitbewohner. Er ist erst eine Woche hier, aber ich kann ihn jetzt schon nicht ausstehen. Da steckt bestimmt ein perfider Plan dahinter, dass wir uns ergänzen sollen, weil wir so unterschiedlich sind, blabla. Aber die blanke Wahrheit ist: Er ist ein arroganter Arsch. Den würde ich *niemals* in meiner Raumkapsel haben wollen. Ich drehe mich zu ihm um, und da steht er, wie in Marmor gemeißelt. Selbst Michelangelo wäre stolz auf diese Arbeit.

Tim.

Der Traum aller Mädchen.

Mein ätzender Mitbewohner.

Er ist noch größer als ich, dabei bin ich für mein Alter schon ziemlich hochgewachsen, hat braune Haare, die ihm immer mal wieder in die Stirn rutschen und *Streich-mich-mit-einer-sexy-Handbewegung-aus-dem-Gesicht* kreischen. Diese Geste sieht dann immer so aus, als würde es zur perfekten Choreografie einer Boyband gehören. Natürlich auch noch blaue Augen, in denen jedes Mädel im Universum versinken möchte. Das Meeresblau hat diesen Sommer ernsthafte Konkurrenz bekommen. Und weil die Schöpfung echt Sinn für Humor hat, ist beim Genpool-Lotto für ihn auch noch ein Adoniskörper rausgesprungen, für den jedes Calvin-Klein-Model töten würde.

Ich könnt einfach nur kotzen.

Jetzt trägt er ein ärmelloses Sportshirt – vermutlich um seine durchtrainierten Arme zu präsentieren –, dazu kurze Hosen und Laufschuhe. Entweder kommt er gerade vom Training oder ist mal wieder auf dem Weg dorthin, alles noch vor dem Frühstück, versteht sich. Atmen und essen sind nur lästige Unterbrechungen von Tims Lebensinhalt: Sport.

Aber ich, die Ruhe selbst, stehe über all dem und erwidere: »Ich brauche eben meinen Schönheitsschlaf.«

»Hoffnungsloser Fall, mein Lieber.«

»Danke für den Zuspruch.«

Ich habe mir noch nicht die Zähne geputzt und Tim fährt schon die erste Motzattacke. Oh Mann, keine Gnade, nicht mal vor dem ersten Kaffee.

»Lass mich raten, du bist schon zehnmal um die Anlage gejoggt.«

»Was soll ich auch sonst hier machen? Die Sportausstattung ist scheiße, das Essen ist scheiße und der Beschäftigungskram ist auch für den Arsch.«

Da liegt er natürlich nicht falsch – das Essen vielleicht mal ausgenommen –, das hier ist wirklich kein Urlaubsparadies, aber es passt mir trotzdem nicht, dass er so abfällig über den Laden spricht. Mich verbindet mit dem Sonnenhof eine besondere Beziehung, eine Art Hass-Liebe. Der Neuling hat noch kein Recht, so zu reden.

»Verstehe. Du vermisst deine Muckibude und den beheizbaren Pool, oder?«

»Du hast es auf den Punkt gebracht, Klugscheißer.«

»Vielleicht kannst du ja um ein Upgrade bitten. Womöglich verlegen sie dich dann in die Suite mit Meerblick.«

»Ich bin sowieso nicht mehr lange hier.«

»Ist das ein Versprechen?«

Dann hätte ich nicht nur ein Einzelzimmer, ich müsste mir auch nicht mehr diese blöden Poster ansehen, die Tim an seinem ersten Tag aufgehängt hat. Mir persönlich wäre das ja peinlich, aber alles ist erlaubt, solange man sich wohlfühlt und nicht sofort Amok laufen will. Auf meiner Seite hängt ein *Star-Wars*-Poster, das meine Mutter mir auf dem Herweg noch schnell gekauft hat. Ein Blick auf Tims Zimmerseite reicht aus, um zu wissen, dass er sich am wohlsten nur in der Anwesenheit *aller* Real-Madrid-Spieler fühlt. Alleine Cristiano Ronaldo hat es ganze vier Mal an unsere Zimmerwand geschafft.

»Ich muss nur einmal mit meinen Eltern telefonieren und ihnen erklären, dass hier nur geistesgestörte Spinner wie du rumhängen. Dann holen sie mich schon wieder ab.«

»Hat ja bisher wahnsinnig gut funktioniert ...«

Ich lasse mich wieder in mein Kissen fallen und starre an die Decke. Vielleicht macht Tim seine Drohung ja endlich wahr und verschwindet.

»Das ist mein Ernst. Ich habe hier nichts zu suchen. Schau dir doch mal die ganzen Irren an. Gesprächsblabla, Yoga, Tagebücher ... Das Ganze ist doch einfach nur totaler Quatsch. Ich brauch so was echt nicht. Ich muss trainieren und zu meiner Freundin zurück. Das ist die einzige Therapie, die ich brauche.«

»Trainieren? Damit man dir die Anabolika nicht ansieht?«

Mein Verdacht ist ja, dass Tim irgendwelches Dopingzeugs nimmt. Wer, bitte schön, hat denn mit siebzehn *so* einen Körper? Er sieht aus wie ein mutierter Hulk – und wenn ich ihn richtig schön nerve, wird er manchmal sogar ziemlich grün.

»Zum hundertsten Mal, ich nehme so einen Mist nicht.

Nur weil du deinen lahmen Arsch nicht hochbekommst, muss nicht jeder gleich Anabolika nehmen, der ein bisschen auf seine Fitness achtet.«

Ich greife nach einem Kaugummi aus der Plastikschale auf meinem Nachtkästchen und rolle mich auf die Seite, damit ich ihn nicht mehr sehen muss. Okay, sein durchtrainierter Body nervt mich! Jungs in unserem Alter sollten nicht so aussehen müssen. Ich will weiterhin *Mars* und *M&Ms* essen, ohne ein schlechtes Gewissen zu haben, nur weil mir Mr Universe himself ins Zimmer gesetzt wurde.

»Wenn du mir nicht glaubst, können wir uns draußen mal auf eine Runde Zirkeltraining treffen.«

Kurz schaue ich über die Schulter zu ihm. Wieder hat er diesen leicht irren Blick drauf, als würde er sich gleich das Hemd vom Leib reißen und seine Muskeln spielen lassen.

»Hör mal, Fury, ich habe keinen Bock auf Sport, okay?«

»Habe ich es mir doch gedacht. Du bist ein Weichei.«

Es ärgert mich nicht, dass er so was sagt, um mich zu verletzen. Es ärgert mich, dass er dabei so beknackt perfekt lächelt. Ohne auf eine Antwort zu warten, schnappt er sich seine Trinkflasche und lässt die Tür richtig schön laut ins Schloss fallen.

FRITZI

Life on Mars

»Guten Morgen, Franziska, wie war die erste Nacht?«

»Es wäre besser, wenn Sie einen Sekt zur Begrüßung anbieten würden. Und nennen Sie mich ruhig Fritzi.«

Dabei war die Nacht tatsächlich ganz gut. Meine Zimmernachbarin scheint auch ganz nett, allerdings redet sie nicht, schnarcht nicht, sieht mir nicht in die Augen und hat Brüste, in deren Anwesenheit sich meine überschaubare Oberweite beleidigt fühlt.

Schwester Kora lacht leise über meinen Witz. »Wir haben einen Getränkeautomaten neben der Kantine, wenn du vielleicht etwas trinken willst.«

Sie will helfen. Ständig. Immer. Das ist schon zwanghaft. Oder einfach nur ihr Job.

»Danke.«

»Ach, wir haben deinen Rasierer einbehalten.«

»Wieso das denn?«

»Reine Vorsichtsmaßnahme.«

»Wir haben Hochsommer. Wie stellen Sie sich das vor?«

»Wenn du ihn brauchst, sagst du einfach Bescheid und wir besorgen dir eine Aufsicht. Kein Problem.«

»Na ja, für mich aber schon.«

»Nun, wenn du das nicht möchtest, auch kein Problem.«

Ich atme erleichtert auf, Kora spricht entspannt lächelnd weiter.

»In einigen Zivilisationen gelten behaarte Damenbeine als sehr attraktiv.«

Team Sonnenhof 1 : 0. Ich nicke ergeben.

»Und du musst mir noch dein Handy geben.«

»*What?*«

»Wir haben gleich hier vorne Telefone, die du benutzen kannst.«

Sie nickt zu einigen Tischen, auf denen Telefone mit Wählscheibe und Kabel stehen, bei denen ich kaum weiß, wie man sie bedient. An einem der beigen Hörer erkenne ich den Lockenkopf von Bastian.

»Aber ich kann doch einfach meins benutzen.«

Sie legt den Kopf schief wie ein Welpe, aber der Blick ist eher so Dobermann-Style. Ich ahne, das 2:0 steht kurz bevor, und rudere zurück.

»Okay, okay, sonst noch irgendwelche Überraschungen, von denen ich wissen sollte?«

Meine Stimme verrät mehr über meine Unsicherheit, als ich zugeben will, während ich mein Handy ausschalte und es ihr reiche.

»Nun, kein *Snapchat*, kein *Twitter*, kein *YouTube*.«

»Kein Leben.«

»Das echte Leben spielt sich doch nicht online ab.«

Sie packt mein Handy in eine Beweismitteltüte, auf die sie meinen Namen und eine Nummer schreibt. *Ciao, Privatleben!*

»Was macht man hier denn dann so?«

»Wir haben verschiedene Aktivitäten im Angebot.«

»Töpfern und Stricken?«

»Noch nicht, aber danke für den Vorschlag. Es gibt eine Mal-, eine Theater- und eine Kochgruppe.«

»Keinen Buchclub?«

Sie schüttelt den Kopf. Wo zum Henker bin ich denn hier gelandet?

»Können Sie mir sagen, wo ich mich für ein Schweigegelübde anmelden kann?«

Sie lacht wieder über meinen Spruch, was ich gar nicht gut finde. Wieso muss sie humorvoll sein? Ich fange womöglich noch an, sie zu mögen.

»Also da musst du dich an Ole wenden. Der kennt sich damit aus.«

»Ist Ole auch so ein Freak wie Bastian?«

Kora lächelt noch immer, aber etwas in ihrem Blick verändert sich minimal. Sie bleibt freundlich, aber ihr Ton wird kühler.

»Wieso glaubst du, dass Bastian ein Freak ist?«

»Es war eine Vermutung. Warum sonst sollte er hier sein.«

»Also hältst du dich selber auch für einen Freak?«

Oh, sie ist gut. Auf jede Frage folgt eine Gegenfrage, dabei hält sie nonstop Blickkontakt.

»Klar.«

Sie mustert mich. Das scheint hier wohl zur Grundausbildung der Mitarbeiter zu gehören. *1. Stunde: Mustern im Minutentakt.* Schließlich nickt sie, als hätte sie verstanden, dass ich echt keine Lust auf eine Unterhaltung habe.

»Frag einfach nach Ole.«

BASTIAN

Einer flog über das Kuckucksnest

»Wer will anfangen?«

Dr. Bellinger, wie immer das dunkle Haar mit den vereinzelten grauen Strähnen an den Schläfen ordentlich gekämmt, lächelt mit olivfarbenen Augen abwartend in die Runde, während ich mich demonstrativ in den Stuhl zurücklehne. Stuhlkreis nach dem Frühstück, na super.

Obwohl Bellinger ein Psychodoktor ist und ich denen nicht besonders traue, ist er schwer in Ordnung. Ich weiß, dass er auf meiner Seite steht und ich ihn deshalb nicht enttäuschen darf. Das ist eine Art Druck, mit dem ich nicht besonders gut umgehen kann.

»Tim, möchtest du dich vielleicht vorstellen?«

Tim, der links neben mir sitzt, wirkt angespannt und knackt nervös mit den Fingern. Er hat ungefähr so viel Lust wie ich, hier zu sein. Endlich mal eine Gemeinsamkeit.

»Wieso ich?«

»Du bist der Älteste.«

»Die beiden sind aber neuer.«

Der Feigling deutet auf die beiden Mädchen, die uns gegenübersitzen: Fritzi und ein blondes Mädel mit – nun, ähm – beeindruckender Oberweite. Sie sitzt mit hochrotem

Kopf da und fixiert einen Punkt auf dem Boden, als würden sich ihr dort alle Antworten auf die Fragen des Universums offenbaren. Bisher hat sie noch nicht ein Wort gesagt und scheint einen Selbstversuch in Sachen »Unsichtbarwerden« durchzuführen.

Fritzi pariert Tims Grinsen mit einem wütenden Blick, sie kam noch nicht in den Genuss seines überschäumenden Charmes. Bellinger gibt den Schiedsrichter.

»Möchte dann vielleicht eine von den Damen anfangen?«

Stille.

Er wartet einen Moment, doch niemand sagt etwas.

»Ihr müsst nicht erzählen, wieso ihr hier seid, aber gebt euch die Chance, einander besser kennenzulernen. Immerhin werdet ihr eine Menge Zeit zusammen verbringen, denn ihr seid diesen Sommer unsere Astronauten.«

Niemand bewegt sich. Fritzi sieht zu mir, sie morst mir per Blickkontakt ein *SOS*.

Ich lasse meine Kaugummiblase zerplatzen und kriege Bellingers Aufmerksamkeit.

»Ja, Bastian?«

»Wenn wir das schnell hinter uns bringen, dürfen wir dann früher raus?«

»Vielleicht.«

Das – und Fritzis flehender Blick – reichen mir als Motivation.

»Ich heiße Bastian Schumacher, bin sechzehn Jahre alt, komme aus Mittelneufnach – ich weiß, kennt keiner – und bin schon zum wiederholten Mal hier.«

Dann sehe ich zu Tim, der aus dem Fenster schaut.

»Jetzt du, Sportskanone.«

Doch er starrt einfach nur weiter ins Freie, wo eine andere Gruppe gerade Fußball spielt. Man muss kein Genie sein, um zu wissen, wo er jetzt lieber wäre.

»Ich heiße Fritzi Reutberger, bin ebenfalls sechzehn und zum ersten – und hoffentlich auch zum letzten Mal – hier. Komme aus Stuttgart.«

Überrascht sehe ich zu ihr rüber. Sie fängt meinen Blick auf, als wolle sie sich bedanken, dass ich den Anfang gemacht habe. Heute trägt sie ein graues T-Shirt, auf dem verschiedene echsenartige Tiere abgebildet sind, dazu abgeschnittene Jeans und flache gelbe Chucks – ihren Kleidungsstil finde ich cool. Ihre kurzen Haare kommen mir heute strubbeliger als gestern vor.

»Fritzi?«

Tims Stimme verrät nicht nur Verwunderung, sondern auch Abneigung. »Was ist das denn für ein bescheuerter Name?«

»Ist die Kurzform von Franziska. Verrätst du mir auch, wie du heißt? Oder soll ich dich einfach weiter *Klugscheißer* nennen?«

Ich bin fast ein bisschen stolz auf sie, weil sie sich nicht von Tims arschiger Art einschüchtern lässt. Keine Ahnung, ob sie mein Lächeln bemerkt, aber ich würde am liebsten Konfetti für ihre Retourkutsche werfen.

»Ich heiße Tim. Tim Jäger. Siebzehn, aus Essen, Ende der Woche hier raus.«

Nun fixiert Bellinger Tim genau.

»Was lässt dich das annehmen?«

»Das wissen Sie. Meine Eltern haben überreagiert. Es war eine lange Saison und ein hartes Schuljahr. Das ist alles.«

Jetzt will ich langsam wirklich wissen, weswegen er hier ist.

»Deine Ärzte sind der Meinung …«

Tim unterbricht Bellinger wütend.

»Ich bin Fußballer. Das ist ein Männersport, da gehört sowas eben dazu.«

»Was hat das denn mit der Therapie zu tun?«

Fritzi entpuppt sich als erstaunlich gute Fragestellerin.

»Was geht dich das an?«

»Du hast doch damit angefangen.«

»Ja und? Hab ich mit dir gesprochen?«

»Dir ist aber schon klar, dass wir alle hören können, was du sagst?«

»Erzähl du doch mal, wieso *du* hier bist!«

Das ist wie bei einem sehr flotten Ballwechsel beim Wimbledon-Finale. Man muss schnell sein, um folgen zu können. Fritzi verschränkt die Arme vor der Brust und fixiert Tim.

»Damit du kneifen kannst?«

»Ich kneife nie. Es geht nur niemanden was an.«

Damit verschränkt Tim die Arme vor der Brust und wirft mir einen kurzen Seitenblick zu.

»Erzähl du ihnen doch von deinem Problem, Spinner.«

»Tim, das reicht!«

Bellinger macht sich eine Notiz in seinem Block, den er jede Stunde bei sich hat. Ich beuge mich etwas zu Tim rüber.

»Ich glaube, das nennt man: sich die gelbe Karte einfangen.«

»Du fängst dir gleich eine Schelle ein.«

»Okay, aufhören! Franziska, sei so gut und tausche bitte mit Tim den Platz.«

»Hi.«

Fritzi nickt kurz.

»Hi.«

Heute Morgen habe ich sie beim Frühstück gesehen, als ich Blut abgeben musste. Allerdings hat sie nur ein Müsli gegessen und gelesen. Ich glaube, es war Harry Potter. Der dritte Band, wenn ich mich nicht irre. Seite zweihundertundacht. Nicht, dass ich genau hingesehen hätte, als sie gedankenverloren mit ihren Fingern die Buchseiten gestreichelt oder bei manchen Passagen des Buches geschmunzelt hat. *Auf gar keinen Fall* habe ich sie so genau beobachtet. Irgendwas an ihr ist anders, spannender und aufregender als bei den anderen Mädchen hier. Ich will wissen, was es ist. Schon lehne ich mich ein bisschen zu ihr rüber und wage einen weiteren flüsternden Versuch, etwas Smalltalk zu machen.

»Wie findest du es hier bisher?«

Sie tut so, als würde sie dem Gespräch zwischen Bellinger und Tim folgen.

»Nicht so übel wie erwartet.«

»Pseudologie?«

Irritiert sieht sie zu mir, ahnt wohl, dass meine Frage mehr als nur Geplänkel ist. Ich will noch immer ihr Geheimnis erfahren.

»Was?«

»Wenn es keine Essstörung ist, tippe ich auf Pseudologie.«

Mein Grinsen passiert ganz von alleine, gibt meinen nächten Makel preis – und natürlich lenkt sie der unperfekte Zahn auch diesmal ab.

»Hat Tim etwa recht und du bist ein Spinner?«

»Wieso beantwortest du nicht meine Frage?«

»Wenn Pseudologie der Fachbegriff dafür ist, dass man Jungs ordentlich ins Gemächt tritt, dann: Ja.«

»Zwanghaftes Lügen.«

Denn immerhin lügt sie, was ihren aktuellen Zustand angeht, denn ihr Körper ist angespannt, die Hände sind zu Fäusten geballt, ihre Kiefermuskeln arbeiten, als würde sie sich gerade an einem Problem die Zähne ausbeißen.

»Schließe nicht immer von dir auf andere, Basti.«

Das hat gesessen, denn ganz kurz verrutscht mein Grinsen, obwohl ich es schnell auffange. Sie sieht wieder zu den anderen und hofft wohl, mich abgewürgt zu haben. Ich betrachte ihr Profil, das aus der Nähe viel zarter wirkt, als ihr wohl lieb ist. Sie hat lange, dunkle Wimpern, schöne Lippen. Dinge, die mir sonst bei Mädchen nicht auffallen. Dennoch gibt sie sich mit ihrem burschikosen Look große Mühe, genau diese Feinheiten zu vertuschen.

»Stören wir euch beide vielleicht?«

Bellingers Frage übertönt das laute Gebrüll verschiedener Stimmen in meinem Kopf. Schnell reguliere ich die Lautstärke in meinem Gehirn und konzentriere mich wieder auf die Realität.

»Verzeihung, wir hatten nur kurze Verhandlungen laufen.«

»Wollt ihr uns daran teilhaben lassen?«

Er sieht zwischen Fritzi und mir hin und her, doch wir schütteln beide den Kopf. Wie wenn man in der Schule beim

Quatschen erwischt wird, sehen alle zu uns. Tim grinst anzüglich herüber und nickt in Richtung Fritzi, aber ich ignoriere diese nonverbale Attacke.

»Gut, dann versuchen wir es noch mal. Ich möchte euch daran erinnern, dass es Konsequenzen hat, wenn ihr euch danebenbenehmt oder Pflichtveranstaltungen auslasst.«

»Was für Konsequenzen?«

Tim will es heute aber sehr genau wissen. Natürlich, er ist relativ neu hier und hat keine Ahnung. Ich hingegen weiß genau, was Bellinger antworten wird.

»Küchendienst, Putzdienst, besondere Betreuung.«

Er muss mich nicht ansehen, damit ich weiß, dass letzteres vor allem mir droht. Kein anderer hier hat so viel zu verlieren.

»Bringen wir es hinter uns …«

Bellinger sieht zu dem blonden Mädchen, das noch nicht ein Wort gesagt hat, stattdessen ihr Gesicht so gut wie möglich hinter ihren langen blonden Haaren verbirgt und die Arme um den Oberkörper geschlungen hält – als würde sie in einer Zwangsjacke stecken. Soll das ein Versuch sein, ihre üppige Oberweite zu vertuschen? Da muss ich sie enttäuschen. Ich gebe mir große Mühe, in ihre blauen Augen zu sehen.

»Ich heiße Sarah Kirchner, bin gerade fünfzehn geworden, und das hier ist meine erste Therapie.«

Ihre helle Stimme überschlägt sich fast, als wären das die letzten Worte, die sie sagen kann, bevor der komplette Sauerstoff der Welt aufgebraucht ist.

»Ich komme aus Daisendorf.«

Wir sehen sie alle ahnungslos an. Niemand sagt etwas,

doch sie wartet wohl auf eine Reaktion. Sarahs Wangen sind fast feuerrot, es ist nur eine Frage der Zeit, bis sie vor unseren Augen verglüht. Zu meiner Überraschung lächelt sie schließlich.

»Das liegt am Bodensee.«

Sarah sieht jetzt jedem von uns kurz in die Augen und ein bisschen was von ihrer meterhohen Schutzmauer bröckelt, während sie gleichzeitig die Schultern strafft. Die blonden Haare, die sie bis eben noch so weit wie möglich ins Gesicht hat hängen lassen, streicht sie jetzt mit einer flüchtigen Handbewegung hinter die Ohren. Eine kleine Geste, aber es wirkt so, als hätte sie sich vor unseren Augen in einen anderen Menschen verwandelt. Einfach so.

»Das war's dann jetzt?«

Tim hat dieses Phänomen entweder nicht bemerkt oder es ist ihm egal. Bellinger gibt kopfschüttelnd auf.

»Für heute, ja.«

Bevor jemand reagiert, ist Tim schon so gut wie zur Tür raus, dicht gefolgt von Fritzi, die es so eilig hat, als wäre im Raum ein Feuer ausgebrochen. Nur Sarah und ich bleiben sitzen, lächeln einander kurz an: ein schwacher Versuch meinerseits, ihr zu zeigen, dass das eben ziemlich tapfer von ihr war. Bellinger rückt auf Tims Platz und sieht Sarah freundlich an.

»Es ist übrigens auch noch ein Platz in der Theatergruppe frei. Ich dachte, das würde dich interessieren.«

Sarah sieht allerdings wenig begeistert aus, denn ihr Blick offenbart den puren Horror. Sofort lässt sie die Haare wieder nach vorne fallen und schüttelt energisch den Kopf.

»Ich denke nicht.«

»Du kannst es dir noch überlegen, es wäre ein wichtiger Schritt in der Therapie.«

Sie nickt, wird sich aber nichts mehr überlegen. Bellinger gibt sich geschlagen, lächelt noch immer und sieht dann zu mir.

»Und du, Bastian, stell keinen Unsinn an, ja?«

»Ich? Niemals.«

»Gut. Du bist noch immer auf Bewährung.«

Richtig. Das bin ich. Für den Rest meines Lebens.

FRITZI

Breakfast Club

»Oh hey, vorsichtig!«

Da habe ich die Kurve wohl etwas zu schwungvoll genommen und pralle an einer Ecke gegen einen Mann, der deutlich älter ist als wir anderen hier. Er hat kurze blonde Haare und einen dichten Bart, sein beeindruckender Stiernacken passt zum Umfang seiner Oberarme, die locker auch als Oberschenkel durchgehen könnten. Gerade grinst er mich so an, wie sonst nur Leute, die man schon kennt. Sollte der Aufprall eben keine Amnesie hervorgerufen haben, bin ich sicher, ihn noch nie gesehen zu haben.

»Du musst Fritzi sein. Die mit dem Schweigegelübde.«

»Was genau verrät mich denn?«

Der Typ zuckt die Schultern, mustert mich kurz.

»Weiß nicht genau. Du siehst einfach aus wie jemand, der viel zu sagen hat. Ich bin Ole.«

Abgesehen davon, dass das Gesagte keinen Sinn ergibt, ist mein erster Eindruck von Ole ziemlich okay. Sein offenes Lächeln, die freundlichen Augen und die gute Laune, die er ausstrahlt, machen ihn auf Anhieb sympathisch.

Verdammt.

»Also, hast du dich schon für eine Aktivität entschieden?«

»Äh …«

Doch bevor ich mein Gehirn nach einer passenden Lüge durchforsten kann, rauscht Tim mit wütenden Schritten an uns vorbei.

»Hey, Tim, schön, dich zu sehen. Hast du schon entschieden, an welchem Progamm du teilnehmen möchtest?«

»Fußball, habe ich doch schon gesagt.«

Ach wirklich? Tim scheint ja voller undurchschaubarer Geheimnisse zu stecken.

Not.

»Fußball ist schon voll. Aber beim Segeln gibt es noch ein paar Plätze.«

»Nein, danke.«

»Bist du wasserscheu oder kannst nicht schwimmen?«

Jetzt sieht Tim von Ole zu mir und lacht auf, als wäre es ihm doch peinlich, dass ich das mitkriege.

»Quatsch! Natürlich kann ich schwimmen.«

»Dann trage ich dich fürs Segeln ein, ja?«

Ole lächelt so entspannt, dass ich mich kurz frage, ob er vielleicht bewusstseinserweiternde Drogen nimmt. Oder wie schafft er es, hier so locker zu bleiben?

»Whatever. Bin eh nicht mehr lange hier.«

Tim stürmt über den Flur davon, ohne ein weiteres Wort zu sagen. Er ist wütend, das kann man an jedem seiner Schritte sehen.

»Du kennst Tim schon, nehme ich an?«

Wir sehen ihm beide nach, wie er die Schwingtüren aufstößt und ins Freie tritt, wo er sofort in einen leichten Trab verfällt.

»Jap.«

»Netter Junge.«

»So nett wie Draco Malfoy.«

»Potterhead?«

»Möglich.«

Wenn er mir jetzt noch offenbart, dass er die Bücher auch gerne liest, falle ich vom Glauben ab.

»Cool. Nun denn, Fritzi, willst du immer noch lieber schweigen?«

»Ja.«

»Willst du vielleicht darüber reden?«

»Wahnsinnig witzig. Sind Sie Arzt oder so was?«

»Nicht ganz. Ich bin euer therapeutischer Betreuer und wir werden viel Zeit zusammen verbringen. Ihr Astronauten steht unter meiner Aufsicht. Wenn du also ein Problem hast oder reden willst, kannst du dich an mich wenden.«

»Spitze.«

»Und wenn du schweigen willst, jeden Morgen vor dem Frühstück gibt es einen Yoga-Kurs. Bei schönem Wetter halten wir den draußen ab. Da kannst du eine ganze Weile schweigen. Also, welche Aktivität soll ich für dich eintragen?«

»Ähm … zählt es, wenn ich verspreche, jeden Tag beim Abendessen aufzukreuzen?«

»Ich trage dich einfach fürs Segeln ein.«

»Anders als Tim bin ich allerdings wasserscheu.«

»Umso besser. Es soll ja auch eine Herausforderung sein.«

Ein lässiges Augenzwinkern und schon macht auch er sich über den Flur davon. Ich stehe noch immer total perplex da und frage mich, wie ich es geschafft habe, mich für einen

Segelkurs zu qualifizieren, ohne mich überhaupt dafür beworben zu haben.

»Er hat eine Freundin.«

Erschrocken zucke ich zusammen, weil Bastian unerwartet neben mir auftaucht.

»Ole?«

»Nein. Tim.«

»Ja und?«

»Ich dachte, die Herzchen in deinen Augen könnte das vielleicht interessieren.«

Er hat nicht nur die Klugscheißerrolle wirklich abonniert, sondern auch einen Knick in der Optik.

»Welche Dioptrie hast du?«

»Null Komma null.«

»Dann halluzinierst du.«

»Ich weiß, was ich gesehen habe, Fritzi.«

»Okay, Bastian, News Update: Tim interessiert mich nicht.«

»Ach so. Dann warst du einfach nur von seinem Adoniskörper beeindruckt?«

»Kann es sein, dass du dich einfach nur gerne selbst reden hörst?«

»Dein Blick hat Bände gesprochen.«

Ich verschränke die Arme vor der Brust und mustere Bastian ausgiebig. So wie er vorhin, bei einem weiteren Versuch, meine Krankheit zu erraten.

»Lass mich raten ...«

Sogar seinen Tonfall imitiere ich verdammt gut.

»Bist du krankhaft eifersüchtig?«

»Auf den Anabolikabolzen? Nein!«

»Pseudologie auch noch?«

»Hör mal, Fritzi. Ich wollte nur nett sein. Bevor du dich Hals über Kopf in ihn verliebst und dann mit gebrochenem Herzen hier landest.«

»Ein gebrochenes Herz wäre mein kleinstes Problem. Und jetzt tschüss!«

Bastian

Sherlock Holmes

»Entschuldigung, ist hier noch frei?«

Fritzi ist sichtlich genervt, noch bevor ich den Satz zu Ende gesprochen habe, trotzdem lasse ich mich in den Stuhl gegenüber fallen und werfe einen neugierigen Blick auf ihren Teller. Er ist gut gefüllt, tatsächlich hat sie sich sogar für das Dessert, einen Schokopudding, entschieden. Lustlos stochert sie im Püree und würdigt mich keines Blickes, während ich mich an ihrem Tisch ausbreite und mehr Territorium einnehme, als nötig wäre.

»Kannst du nicht mal zur Abwechslung jemand anderen stalken?«

»Könnte ich. Aber du bist mein aktuelles Projekt.«

»Ich bin total öde, langweilig und unspannend. What you see is what you get.«

Sie deutet an sich rauf und runter, was ich als Einladung nehme, sie etwas genauer unter die Lupe zu nehmen. Fritzi trägt wenig Make-up, eigentlich schminkt sie sich nur die Augen ein bisschen, ansonsten erkenne ich keinerlei Versuche, wie ein It-Girl zu wirken. Ihre Frisur verrät, dass sie nun wirklich nicht besonders viel Wert auf den perfekten Look legt, doch ein Blick in ihre Augen reicht, um zu wissen, dass sie lügt. Sie ist weder öde noch langweilig und sicher nicht unspannend.

»Ich glaube dir nicht.«

»Bastian, du bist entweder ein Undercover-Agent von Ole oder eine chronische Nervensäge.«

»Jetzt, da wir geklärt haben, wer *ich* bin …«

Sie sieht mich endlich an, lässt mir aber keine Chance, sie wirklich zu studieren. Klar, ich kann ihr Gesicht sehen, ihre braunen, sturen Augen, aber es fühlt sich an, als würde mein Blick an ihr abprallen.

»… erzähl mir doch ein bisschen über dich.«

»Alles, was du wissen musst, habe ich dir schon verraten.«

»Du hast mir nicht gesagt, dass du eine Buchliebhaberin bist.«

Ihre Augenbrauen ziehen sich misstrauisch zusammen, dazwischen entsteht eine ordentliche Falte, die einen Klingonen neidisch machen könnte.

»Du willst ja nur wissen, wieso ich hier bin, oder?«

»Ganz richtig.«

Das ist nur nicht wahr. Jedenfalls nicht mehr.

Du magst sie …

Red Skull, ein ziemlich unangenehmer, echt hässlicher Zeitgenosse und Gegner von *Captain America*, hat sich ungebeten an unseren Tisch gesetzt – zum Glück ist er nur für mich zu hören. Auch wenn ich ihn jetzt ignoriere und mich wieder auf Fritzi konzentriere, die nicht nur das eindeutig schönere Gesicht, sondern auch die spannendere Geschichte bietet.

»Es interessiert mich einfach, wie du so tickst.«

Das und zahlreiche andere Dinge, zum Beispiel: Welche ist deine Lieblingsband? Gehst du gerne ins Kino? Hast du die *Star-Wars*-Filme in der richtigen Reihenfolge gesehen?

Hast du einen Freund …?

Sie interessiert sich nicht für dich, Bastian. Vergiss es.

Fritzi legt die Gabel weg und blickt zu mir.

»Willst du es wirklich wissen?«

»Will ich.«

Sie sieht sich kurz um, als hätte sie Angst, jemand könnte die nächsten Worte hören. Dann beugt sie sich etwas über den Tisch und deutet mir mit einer Kopfbewegung an, es ihr gleichzutun. Ihr Gesicht kommt meinem näher als erwartet. Ihre Augen haben etwas Geheimnisvolles. Sie hat nicht einfach nur Rehaugen – Fritzis Augen haben mehrere Brauntöne. So, wie wenn man einen *Mars*-Riegel abbeißt und dann zuerst die Schokolade, dann das Karamell und schließlich die Candy-Creme sieht. So sehen ihre Augen aus. Aber das kann ich nicht sagen, weil es total bescheuert klingt und sie mich auslachen würde. Ich weiß nicht mal, woher mein Bedürfnis kommt, es überhaupt zu sagen. Mädchenaugen waren nie interessant. Mein Herz pocht plötzlich schneller – wie bei einem normalen Menschen, was mich irritiert und aus dem Tritt bringt. Ihre Stimme ist nur ein Flüstern, ich halte den Atem an.

»Du musst versprechen, es für dich zu behalten.«

Ich nicke nur benommen, kann meinen Blick nicht von ihrem Gesicht losreißen.

»Ich habe jemanden umgebracht.«

Stille.

Nur das Klappern des Bestecks am Nachbartisch ist zu hören. Und *Red Skulls* nerviges Gelächter. Na toll, sogar mein imaginärer Bösewicht lacht mich aus.

Dann verzieht sich auch noch Fritzis Mund zu einem Grinsen, frecher und breiter als bisher. Zufrieden, mir eins ausgewischt zu haben, schnappt sie sich ihr Tablett und steht auf.

»Lass es dir schmecken, Bastian.«

»Ha. Ha.«

Sie will gehen, aber ich bin doch noch gar nicht fertig. Nicht mit dem Betrachten ihres Gesichts oder dem Zuhören, wenn sie Lügengeschichten für mich erfindet.

»Warte! Wen hast du umgebracht?«

»Oberst von Gatow.«

Damit sieht sie mich wieder an, eine Augenbraue hochgezogen, als würde sie nur darauf warten, dass ich irritiert nachfrage. Einmal mehr muss ich sie enttäuschen: Das Brettspiel *Cluedo* – in dem es darum geht, den Mörder zu erraten und auf das sich ihre Antwort bezieht – ist mir bestens vertraut.

»Wie und wo?«

Anerkennung huscht durch ihre Augen.

»Mit dem Kerzenständer in der Bibliothek. Zufrieden?«

Ich nicke. Sie macht einen kleinen Knicks, bevor sie zielsicher einen neuen Tisch auf der anderen Seite ansteuert. Zu meiner Enttäuschung erkenne ich dort Tim. Keine Ahnung, was sie sagt, keine Ahnung, was er erwidert, aber offensichtlich ist sie bei ihm willkommen und nimmt auf der Seite des Gegners Platz. Süffisant grinsend wirft sie mir einen Blick zu.

Verräterin.

Diesmal weiche ich ihr aus und starre auf meinen Teller. Langsam fahre ich mit meiner Zunge über den abgebrochenen Zahn, als müsste ich mich davon überzeugen, dass er noch da ist. Ist er. Wieder bin ich nicht per Wunderheilung perfekt geworden.

Sie wählt Tim, weil er nicht so kaputt ist, wie du es bist!

Ach ja? Wenn dem so wäre, wieso ist er dann wohl hier?

Es ärgert dich, dass sie bei ihm sitzt, nicht wahr?

Ist mir doch egal.

Wieso bist du dann eifersüchtig?

Ich bin nicht eifersüchtig. Ich mag Fritzi ja nicht mal besonders. Schon bei dem Gedanken schmeckt das Püree – oder die Lüge – bitter auf meiner Zunge. Möglichst unauffällig schiele ich zu ihnen rüber …

So kenne ich dich ja gar nicht, Bastian …

Halt den Mund!

Ohne länger darüber nachzudenken, schnappe ich mir mein Tablett, sammle meinen Mut zusammen und folge ihr an den Tisch des Feindes – und lasse *Red Skull* mit meinen Zweifeln und Ängsten zurück.

FRITZI

Guardians of the Galaxy

»Ich hoffe, dass ich euer vertrauliches Gespräch nicht störe, aber wir Astronauten sollten an einem Tisch essen. So verlangt es das Protokoll.«

Tim sieht nicht auf. Ganz so, als hätte er Bastian nicht gehört oder gesehen. Als wäre der nur Luft für ihn.

»Wenn es sein muss ...«

Keine Ahnung, was zwischen den beiden Jungs vorgefallen ist, aber wenn sie zusammen in einem Raum sind, ist die Luft auf unangenehme Weise geladen. Der jetzige Moment bildet keine Ausnahme, fast warte ich auf ein Donnergrollen. Doch es bleibt still. Bastian entscheidet sich für den Platz neben mir, direkt gegenüber von Tim, der sich von unserem Zuwachs nur geringfügig begeistert zeigt.

»Freut ihr euch schon auf unser großes Segelabenteuer?«

Bastian ignoriert die angespannte Stimmung am Tisch, schiebt sich genüsslich eine Gabel voll Essen in den Mund und sieht zwischen Tim und mir hin und her.

»Sag bloß, du bist auch in der Segelgruppe.«

Tims Laune sinkt noch tiefer in den Keller, als ihm klar wird, dass Bastian sich wohl auch angemeldet hat.

»Ich lasse euch doch nicht alleine Neuland entdecken.«

»Mit einem wie dir an Bord saufen wir garantiert alle ab.«

Tim spuckt die Worte wütend in Bastians Richtung, der nur stumm weiterisst. Die Vorstellung, mit den beiden da auf hoher See zu sein, ist ein gefundenes Fressen für meine Panik.

Zum Glück kommt nun Ole an unseren Tisch. In seinem Schatten führt er Sarah mit, die wie ein Reh im Scheinwerferlicht wirkt. Sie hält die Arme vor der üppigen Brust verschränkt und starrt ein Loch in den Boden vor uns.

»Hey, Astronauten! Euch ist ein Mitglied abhandengekommen …«

Er deutet auf Sarah, die wohl am liebsten im Erdboden versinken würde. Drei Augenpaare richten sich auf das blonde Mädchen, das unter der Last unserer Blicke kleiner und kleiner wird. Sarahs Augen mustern uns unsicher, sonst bewegt sie sich kein Stück, als wäre sie einer Spontanlähmung zum Opfer gefallen. Sie wartet eindeutig auf eine Reaktion, die nicht kommt. Ole schubst sie sanft von der Seite gegen die Schulter, wohl um zu testen, ob sie jetzt zu Staub zerfällt.

»Keine Sorge, die Astronauten werden auf dich aufpassen.«

Hat er die Jungs schon mal in Aktion erlebt? Die können ja nicht mal auf sich selbst aufpassen! Sarah ist harmlos, auf eine anstrengende Art und Weise, aber ich mag sie. Lächelnd deute ich auf den freien Platz an unserem Tisch.

»Hey, Sarah, setz dich doch.«

Als könne sie nicht glauben, dass ich sie direkt angesprochen habe, weiten sich ihre Augen, bevor sie sich in Zeitlupe in Bewegung setzt und neben Tim Platz nimmt. All das geschieht geräuschlos, was die Frage aufwirft, ob Sarah nicht vielleicht ein Ninja oder so was ist.

»Seid nett zu ihr, ja?«

Auch dabei sieht Ole vor allem Bastian an, während der unschuldig die Schultern zuckt.

»Ich bin immer nett.«

Tim atmet hörbar genervt aus, Sarah ist nach wie vor so gut wie unsichtbar und Bastian bemüht sich um ein Lächeln. Ich lehne mich ein Stück zu ihm rüber.

»Pseudologie, Bastian. Pseudologie.«

Er wirft mir ein anerkennendes Grinsen zu.

»Am besten, ich trage dich auch für den Segelkurs ein, Sarah. Dann seid ihr vier öfter zusammen und könnt euch ein bisschen besser kennenlernen. Okay?«

Das *kann* nicht Oles Ernst sein.

»Ole, denkst du nicht, dass diese Kombination auf einem Boot unangenehm enden könnte?«

»Wie meinst du das, Fritzi?«

»Na ja, Harry Styles hier …«

Ich deute dabei auf Bastian.

»Und Marco Reus da drüben scheinen mir nicht gerade für eine Bromance auf hoher See geschaffen.«

»Die beiden Jungs werden sich schon benehmen, nicht wahr?«

Kurzer Blickwechsel, Bastian nickt und Tim schüttelt zumindest nicht den Kopf. Das reicht Ole, aber ich bin nicht überzeugt oder beruhigt. Meine Hände ballen sich unter dem Tisch wieder zu Fäusten. Ein Verbündeter auf dem Meer wäre nicht schlecht gewesen, aber auf Sarah kann ich nicht zählen, Bastian vertraue ich nicht und Tim mag mich nicht mal.

Das wird ein Fest!

Zumindest für meine Panik, die mir jetzt schon wie ein schwerer Klumpen im Magen liegt. Ich atme tief ein, was mir einen besorgten Blick von Bastian einträgt.

»Außerdem seid ihr nicht alleine. Mach dir keine Sorgen, ja?«

Wir nicken unisono. Sarah allerdings scheint sich in eine tatsächliche Raumkapsel zu wünschen, mit der sie einen flotten Abgang hinlegen könnte, in eine Galaxie weit weg von uns. Im Moment bin ich geneigt, ihr folgen zu wollen. Ole mustert alle der Reihe nach und versucht uns stumm ein Versprechen abzunehmen.

»Bastian, denkst du daran, dass du noch Blut abgeben musst?«

»Hab's nicht vergessen.«

Der Klang seiner Stimme erinnert an einen von Alvins Brüdern aus den *Chipmunks*, viel zu schrill und viel zu hoch. Sofort schaufelt er sich eine weitere Portion Essen in den Mund.

»Gut. Dann noch einen guten Appetit.«

Irre ich mich, oder sieht Ole dabei vor allem Sarah an, bevor er uns alleine lässt?

Sarah.

Sie ist irgendwie merkwürdig, mit ihrer blassen Haut und den paar Sommersprossen auf der Nase, wie sie jetzt gerade auf den Tisch vor sich starrt. Sie ist jünger als ich, aber körperlich deutlich weiter entwickelt. *Schönen Dank auch, liebes Universum.* Obwohl wir uns ein Zimmer teilen, weiß ich noch so gut wie nichts über sie. Tim sieht betont locker zum Fenster, wohl ebenfalls bemüht, nicht das Offensichtliche anzustarren. Schnell räuspere ich mich.

»Nun, dann sind wir wohl ein Team.«

»Ihr seid nicht mein Team.«

Tims blaue Augen sind so kühl wie ein Bergsee im Winter, kurz bevor er zufriert. Sein kalter Blick gilt Bastian, der seit Oles Weggang keinen Ton mehr gesagt hat und sich voll auf sein Abendessen konzentriert.

»Sag mal, Spinner, müssen die nachher eigentlich noch deine Drogenwerte im Blut checken?«

Diese Aufforderung zur nächsten Runde ihres verbalen Duells nimmt Bastian nicht an, sondern zuckt betont lässig die Schultern.

»Ich könnte auch einfach nur Diabetiker sein.«

»Du bist nie im Leben Diabetiker, Kaugummifresser.«

»Gut erkannt, Sherlock.«

»Also doch Drogen?«

Tim lehnt sich über den Tisch und sieht ihm direkt in die Augen. Glaubt er, man kann den Drogenkonsum an der Pupille ablesen?

»Hast du dir im Drogenrausch den Zahn angehauen?«

»Nein. Ich habe in der letzten Runde Apollo Creed den Weltmeistertitel abgenommen.«

Kurz meine ich, Tim glaubt die Geschichte oder kennt den Film *Rocky* nicht, doch er schüttelt nur enttäuscht den Kopf.

»Schisser.«

Bastian widerspricht nicht und so bleibt die Frage unbeantwortet im Raum hängen. Wie ein Zeppelin mit Neonreklame schwebt sie über unseren Köpfen, bis ausgerechnet Sarah ihn anstupst.

»Wieso sagst du dann nicht einfach die Wahrheit?«

Alle Köpfe schnellen zur Seite, unsere Blicke treffen Sarah unvorbereitet, sie kann ihre Schutzmauer nicht schnell genug hochziehen und so ist sie uns ausgeliefert. Nervös zupft sie an dem Haargummi, das sie am linken Handgelenk trägt. Immer wieder lässt sie es auf ihre Haut schnipsen.

»Du kannst ja doch sprechen.«

»Natürlich kann ich sprechen.«

»Das klang bei Bellingers Runde anders.«

»Die Frage ist doch, kannst *du* die Wahrheit sagen?«

Bastian fixiert sie, das schwächste Glied unserer Truppe, genau.

»Meine Herrschaften, es war mir eine Freude, mit Ihnen gespeist zu haben.«

Ohne auf eine Reaktion zu warten, schnappt er sich sein Tablett, wirft mir einen kurzen, undurchsichtigen Blick zu und verlässt wortlos unseren Tisch. Tim zählt Bastians Abgang, seinem breiten Grinsen nach zu urteilen, als persönlichen Triumph.

»Ja, zieh nur ab, Feigling!«

Tim hält mir eine Hand zum High five hin, doch ich lasse ihn hängen, was ihn tierisch nervt.

»Ach komm, tu nicht so, als wärst du nicht auch froh, den Typ los zu sein.«

»Bastian mag ja nerven, dennoch gehört er zu uns Astronauten.«

Ich kann nicht glauben, dass ich das wirklich ausspreche.

»Die Gehirnwäsche fruchtet bei dir also schon.«

»Ach, halt doch den Mund.«

Es rutscht mir so raus, weil mich die ganze Situation

ärgert. Am meisten nervt mich, dass Bastian einfach so gegangen ist.

»Komm schon, Franzi, der Typ stochert ständig in unseren Geheimnissen, aber wenn man *ihn* dann mal was fragt, reagiert er wie ein beleidigtes Mädchen.«

»Und deswegen musst du dich wie ein Arsch benehmen?«

Tim zieht amüsiert eine Augenbraue nach oben.

»Ach, sieh an. Verteidigst du jetzt deinen Boyfriend oder was?«

»Hier ein paar Fun Facts für dich, Tim: Er ist nicht mein *Boyfriend*. Und du imponierst niemandem, wenn du dich superarschig benimmst.«

»Hier mal ein paar Fun Facts für dich, Franzi: Es juckt mich nicht, was du denkst. Ich will …«

»… hier nur wieder raus, blablabla. Schon kapiert.«

Tim schiebt den Stuhl heftig zurück, steht auf und zieht dadurch die Blicke der anderen Jugendlichen auf sich. Bedrohlich beugt er sich zu mir runter.

»Du kapierst gar nichts, Franzi.«

Ohne sein Tablett mitzunehmen, stürmt er in Richtung Ausgang.

»Übrigens, ich heiße Fritzi!«

Mehr als einen erhobenen Mittelfinger bin ich ihm nicht wert, dann ist er auch schon verschwunden. Wütend sehe ich zu Sarah, die ziemlich unglücklich auf ihrem Platz sitzt, unverändert am Haargummi zupft. Mein Lächeln ist gequält und wenig überzeugend.

»Willkommen bei den Astronauten.«

BASTIAN

Herr der Ringe

»Ja, ich esse jeden Tag dreimal, Mama.«

Ich wickle das Telefonkabel um meinen Zeigefinger und sehe dabei zu, wie meine Fingerkuppe rot wird und anschwillt. Es ist Viertel nach acht und eigentlich schauen sie um diese Uhrzeit immer *Zuhause im Glück*, aber seit ich im Sonnenhof bin, haben sich die Prioritäten, das TV-Programm betreffend, verschoben. Der Tag hat mich geschafft, und das Gespräch beim Abendessen mit den Astronauten hat mich auf die Bretter geschickt. Jetzt steht die letzte Hürde des Tages an: Telefonat mit meinen Eltern. Das Rekapitulieren der Ereignisse, als würde sich hier im Alltag irgendwas wahnsinnig Aufregendes abspielen. Schlapp beantworte ich Fragen und muss mich anstrengen, die nächste zu verstehen. Mein Akku ist leer und blinkt hektisch bei nur noch zwei Prozent.

»Dr. Bellinger sagt, die Therapie läuft ganz gut. Wie fühlst du dich denn, mein Schatz?«

Sie nennt mich immer dann »mein Schatz«, wenn ich nicht zu Hause bin. Bei ihr klingt es liebevoll, als würde sie mich vermissen – und nicht wie bei Gollum, wenn er über den *Einen Ring* spricht. Ich muss lächeln.

»Ganz gut.«

»Du lügst mich auch nicht an?«

Natürlich glaubt sie mir nicht, weil ich in der Vergangenheit zu oft meinen Zustand verschwiegen habe. Ständig ist sie misstrauisch und würde mich am liebsten nonstop an einen Lügendetektor anschließen. Meine Fingerkuppe wird inzwischen langsam taub.

»Nein, Mama. Es geht mir heute ganz gut.«

Das ist gelogen, denn gerade weiß ich nicht mal so recht, woher ich die Kraft nehme, den Hörer in dieser Position zu halten. Dabei war der Tag gar nicht so verkehrt, zumindest bis zum Abendessen, als mich Tims blöde Kommentare – und das alles vor Fritzi – irgendwie ausgeknockt haben. Mama werde ich davon trotzdem nichts erzählen. Ihre Stirn hat schon genug Sorgenfalten. Dank mir.

»Das ist schön. Wir kommen am Besuchertag auch ganz sicher und schauen nach, wie es bei dir aussieht.«

Ich lasse meinen Kopf auf die Tischplatte sinken und schließe so fest die Augen, bis ich gar nichts mehr sehe und alles schwarz ist.

»Das müsst ihr nicht, ehrlich. Die lange Fahrt, die Staus. Papa wird nur genervt sein.«

»Es war seine Idee.«

Ich presse mein Kinn gegen die nach Desinfektionsmittel riechende Tischplatte. *Natürlich war es seine Idee.*

»Bastian, wir sind dir nicht böse. Das weißt du, oder?«

Meine Fingerkuppe stirbt ab. Vielleicht nimmt sie meine Gefühle mit ins Grab.

»Hm-hm.«

»Felix wird morgen aus dem Krankenhaus entlassen.«

Ihre Stimme klingt belegt und nicht mehr so fröhlich wie eben noch. Ich sehe Felix' Gesicht vor mir – egal, wie fest ich die Augen geschlossen halte, es verschwindet nicht. Meine Kaugummis liegen meilenweit weg oben in meinem Zimmer.

»Vielleicht willst du ihn ja mal anrufen?«

Vielleicht möchte ich auch lieber, dass er vergisst, wer ich bin. Und was ich getan habe.

»Mama, ich muss los …«

»Warte! Papa will kurz mit dir sprechen.«

Als könnte mein Vater mich sehen, nehme ich blitzartig eine aufrechte Position ein und erlöse meinen Zeigefinger von seinen Qualen. Mein Vater und ich, das ist so, als würden wir einen Dialog in unterschiedlichen Sprachen führen, selbst wenn wir uns auf ein Thema einigen. Er kapiert nicht, was ich sagen will, und seine Worte ergeben für mich selten Sinn. Dabei meint es keiner von uns böse. Ganz im Gegenteil, ich liebe meine Eltern. Sie verstehen mich nur einfach nicht.

»Bastian?«

Seine tiefe Stimme, die immer so klingt, als hätte er absolut alles im Griff, schallt aus dem Hörer. Er ist der Fels in der Brandung, selbst jetzt.

»Papa.«

»Wie geht es dir?«

»Gut.«

Eine Einwortlüge, auf die ich Patentrechte erworben habe.

»Das freut mich.«

»Und dir?«

Angetäuscht und weggeduckt.

»Viel zu tun. Wir haben viele Aufträge. Naja, du fehlst hier.«

Ich fehle dort. Aber fehle ich ihm?

»Ich hatte dich ja für die Sommerferien fest eingeplant und jetzt … Nun, wir haben einen Praktikanten eingestellt.«

Es soll kein Vorwurf sein, kommt aber bei mir so an.

»Tut mir leid, Papa.«

»Unsinn! Du wirst jetzt erst mal gesund. Wenn du wieder auf dem Damm bist, klären wir alles.«

Mittelneufnach ist knapp siebenhundertdreiundzwanzig Kilometer vom Sonnenhof entfernt. Trotzdem spüre ich gerade, wie sich seine Ortsgrenzen um mein ganzes Leben legen, wie dieses Telefonkabel um meinen Finger.

»Klar.«

»Ich halte deinen Platz in der Firma natürlich frei, da musst du dir keine Sorgen machen.«

Er lacht. Ich könnte heulen. Meine Eltern haben einen gut laufenden Vertrieb für synthetische Füllmasse, so ein Zeug, das man in Dübellöcher in der Wand oder zwischen zwei schlecht sitzende Fugen schmiert. Ich schlucke schwer. Es kommt mir so vor, als ob mein Hals mit ebendieser Füllmasse vollläuft. Ich bekomme Atemnot.

»Ich muss los, Papa.«

»Alles klar. Mach's mal gut, Großer.«

Sein Abschied klingt optimistisch, fast gut gelaunt, als wäre ich nur an der Ostsee, weil die Meeresluft mir hilft, mich von einem grippalen Infekt zu erholen. Ich spüre das Gewicht des Telefonhörers tonnenschwer in meiner Hand, verliere das Armdrücken gegen ihn und lege schließlich auf.

Mit einem Mal bin ich so erschöpft wie nach einem Zirkeltraining mit Tim.

MITTWOCH

FRITZI

Hufflepuff

»DEFEKT« – dieses Wort steht auf dem Schild, das an einem der drei Telefone lehnt. Nicht das Einzige, was im Sonnenhof beschädigt ist, wenn wir ehrlich sind. Ein Mädchen telefoniert mit seinen Eltern, erzählt fröhlich von ihrem Alltag und wickelt die langen Haare um den Finger. An einem anderen Telefon erkenne ich Tim. Natürlich, es ist seine typische Telefonzeit. Für mich heißt es also warten, und so nehme ich Platz in einem der hellen Sessel, die in Strandkorboptik gehalten sind. Dabei kriege ich ungewollt mehr von Tims Telefonat mit, als mir lieb ist. Angestrengt versuche ich wegzuhören, doch seine Worte erreichen mich nur zu deutlich. Es ist nicht das erste Mal, dass ich in den Genuss seiner Liebestelefonate mit seiner Freundin Vicky komme.

»Du fehlst mir auch, Schatz.«

Er spielt mit dem Kabel des Telefons und sitzt mit dem Rücken zu mir. Vielleicht sollte ich Schwester Kora sagen, dass die Sessel in Hörnähe nicht besonders gut platziert sind. Vor allem nicht hier, wo jeder darauf bedacht ist, seine Geheimnisse so gut wie möglich für sich zu behalten.

»Ach, das Übliche. Aufbautraining fürs Knie, damit die Stabilität passt. Sonst versuche ich mich in Form zu halten.«

Keine Ahnung, was sie sagt, aber er lacht leise.

»Klar denke ich an dich. Ständig.«

Da sind sie, diese Liebesschwüre, die er ihr bei jedem Telefonat wie auswendig gelernt vorbetet. Das kommt mir so bekannt vor, weil auch Isa und Philipp sie vor jeder Schulstunde ausgetauscht haben, als würden sie sich nicht nur fünfundvierzig Minuten, sondern einen ganzen Monat nicht sehen. Ach, was sage ich: ein ganzes Jahr!

Junge Liebe. Muss schon schön sein. Mich ruft niemand an, um mir zu sagen, wie sehr er an mich denkt. Wer hat schon Bock auf eine Dreiecksbeziehung mit mir und meiner Panik? Mein Herz zieht sich bei dem Gedanken schmerzhaft zusammen.

WENN DU DENKST, DER SCHULALLTAG UND EINKAUFEN SIND SCHON EIN PROBLEM, DANN WARTE MAL, BIS DU DICH VERLIEBST.

Ich verliebe mich nicht, keine Sorge.

Tim lehnt sich in den Stuhl zurück und spricht weiter. Diesmal gebe ich mir nicht mal mehr Mühe, wegzuhören. Ganz im Gegenteil.

»Mach dir keinen Kopf, hier kann dir kein Mädchen das Wasser reichen.«

Vor ihr muss er anscheinend nicht so sehr einen auf dicke Hose machen, auch unter seiner Schutzhülle steckt ein normaler Kerl, der Gefühle hat. Beruhigend.

»Schatz, ich wäre viel lieber bei dir, aber wir holen alles nach. Versprochen.«

Sie säuselt wohl irgendwelchen Liebeskram, Tim lacht.

»Ich muss los, die nächste Einheit steht an. Ja, ich dich auch. Ich rufe heute Abend wieder an. Tschau.«

Endlich legt er auf und verharrt noch einen kurzen Moment in dieser Position, den Kopf in die Hände gestützt, als wäre er zu schwer mit all den tobenden Gedanken darin. Erst als Tim aufsteht, bemerkt er mich, während ich möglichst unbeteiligt aussehe, als hätte ich nichts gehört, gesehen oder gemerkt. Er nickt mir nur knapp zu und verschwindet wieder. Ich blicke zu dem Achtzigerjahretelefon, das nur darauf wartet, die nächste Lüge in die Außenwelt zu tragen.

Durchatmen.

Durchhalten.

Dann bin ich dran.

Das Telefonat mit meiner Mama – die ein Protokoll davon via Mail an Papa senden wird – dauert genau achtzehn Minuten und siebenundzwanzig Sekunden. Ich erzähle von den letzten Tagen, in denen ich meine Eingewöhnungsphase hatte: Heute steht unser erster Gruppenausflug an und der nervöse Wollknäuel in meinem Magen wird sich im Laufe des Tages sicher noch zu einer schönen Panik ausspinnen.

Nachdem wir alle Therapiefragen durchhaben, wage ich einen kühnen Ausbruch in mein altes Leben in Stuttgart und frage, ob Mama Isa gesehen und diese vielleicht sogar nach mir gefragt hat, doch die Antwort befördert mein Herz einige Etagen tiefer, direkt ins Untergeschoss.

»Isa ist den Sommer über gar nicht hier. Habe ich dir das nicht erzählt?«

»Nein.«

»Ihre Mutter sagt, sie macht einen Roadtrip.«

Einen Roadtrip. Klar. Philipp hat den Führerschein. Und ein Auto. Weil Philipp cool ist. Ich nicke stumm und bin erleichtert, hier keinen Instagram-Zugang zu haben. Meine Mutter versucht, mich mit Infos von zu Hause abzulenken, aber ich kann nur an Isa und ihren Urlaub denken. Sehe Poladroidfotos, die sie lachend in der Sonne, am Meer, in einem Restaurant, am Strand und in Philipps Armen zeigen. Erst als Mama sich verabschiedet, hört auch die Slideshow in meinem Kopf auf. Ich verharre kurz in der Position, die Tim vor mir eingenommen hat, den Kopf in die Hände gestützt. Dabei versuche ich, nicht zu weinen.

Isa macht also einen Roadtrip, von dem *ich* nichts weiß. Weil sie mir nichts davon erzählt hat: Isabel Weber, das Mädchen, das mich angerufen hat, als sie ihr erstes *Hello-Kitty*-Mäppchen und ihre Periode bekommen hat – beides übrigens am gleichen Tag. Ich war dabei, als sie sich den allerersten BH gekauft hat – und ich nur wehmütig die verschiedenen Körbchengrößen angesehen habe, die meine Oberweite niemals ausfüllen wird. Sie hat mir geholfen, die Haare zu schneiden, mit ihr habe ich im Garten gezeltet und große Träume gesponnen. Sie war jederzeit da. Wir haben über alles gesprochen.

Immer.

Jetzt erfahre ich durch die Mütter-Connection von ihrem Sommerurlaub, dabei hat sie selbst keine Ahnung, wo ich bin.

Schon klar, manche Dinge müssen sich verändern, Evolution und so, aber doch nicht die guten.

Zum ersten Mal bin ich froh, hier und nicht zu Hause zu sein.

Bei dem Gruppenausflug unter dem Motto *Hoch hinaus* sollen wir Astronauten uns besser kennenlernen. Was sich etwas schwieriger gestaltet als gedacht, denn der Kleinbus, der uns an den Treffpunkt fahren soll, bietet trotz seiner bescheidenen Größe genug Raum, um den maximal möglichen Individualabstand einzuhalten. Tim hat sich ganz hinten seinen Platz reserviert und sein grimmiger Blick ist alles andere als einladend. Gut, er war ohnehin nicht meine erste Wahl.

Sarah sitzt direkt hinter dem Fahrer, starrt aus dem Fenster, spielt mit ihrem Haargummi, heute ist es neonpink, und versinkt in eine andere, stumme Welt.

Ein Platz in der Mitte bietet sich an. Das und die Hoffnung, Bastian möge vielleicht auf die tollkühne Idee kommen, sich neben mich zu setzen. Doch ich habe Pech, er hat mal wieder nicht die beste Laune. Seine Wahl fällt auf einen Platz schräg hinter mir, wo er mit Kopfhörern auf den Ohren die Außenwelt ausblendet – auch dann, als Ole uns erklärt, wo es hingehen wird.

»Astronauten, willkommen an Bord! Heute beginnt euer Weltraumabenteuer. Gibt es noch Fragen?«

»Brauchen wir unsere Raumanzüge?«

Grinsend blicke ich in die letzte Reihe, wo Tim eine dämliche Frage nach der anderen stellt, und streife dabei Bastian, der aus dem Fenster sieht, als würde er nicht zu uns gehören. Schade, gerade jetzt wünsche ich mir einen seiner frechen Sprüche, die er sich doch bei so einer Vorlage sonst nicht entgehen lässt. Aber Bastians Stimmung ist auf dem Nullpunkt, er spielt mit der Haut an einem seiner Fingernägel, die Brauen wie Gewitterwolken über den Augen zusammengezogen. Augen, die heute erschreckend finster wirken.

»Wir sind nicht die *NASA*, Tim.«

»*Du* bezeichnest uns als Astronauten.«

»Wie würdest du die Gruppe denn nennen wollen?«

»*Die Spinner und ich.*«

Muss Bastian nicht zumindest schmunzeln? Keine Regung. Wenn ich doch nur Blickkontakt aufnehmen könnte. Aber meine Signale bleiben unbeantwortet, als würde auf seinem Planeten kein Leben herrschen, sondern ewige Eiszeit.

»Bleiben wir vorerst bei Astronauten, okay? Sonst noch Fragen?«

Tim hebt wieder die Hand in die Luft.

»Noch *konstruktive* Fragen?«

Ole sieht von Sarah zu mir, doch ich schüttle nur den Kopf.

»Gut. Dann kann es losgehen.«

Ole nimmt neben dem Busfahrer Platz und unsere erste Allmission kann beginnen. Auch wenn es nicht wirklich zu den Sternen und Planeten geht, mache ich mir Gedanken. Weil ich darin so gut bin. »Hoch hinaus.« Das kann alles bedeuten. Schwindelfrei bin ich, aber die sehr deutliche Vision meines Absturzes aus gut zehn Metern Höhe zaubert mir gerade einen Knoten in den Magen.

AUSSERDEM IST ISA AUF EINEM COOLEN ROADTRIP. OHNE DICH.

Ja, besten Dank für die Erinnerung.

Meine Hände platziere ich auf dem Bauch und atme so tief ich kann ein.

Nichts wird passieren. Alles wird gut.

Ein kurzer Blick zu Bastian, der den Kopf an die Scheibe gelehnt und die Augen geschlossen hat, reicht aus, um zu wissen, dass er heute wirklich nicht in der Stimmung für eine Partie Verbal-Pingpong ist. Zum ersten Mal sehe ich ihn so, ganz ohne seinen neugierigen Blick und das angeschlagene Grinsen, wie ein Standbild in einem hektischen Film, wenn der Hauptdarsteller eingefroren auf der Leinwand erscheint. Er trägt ein weiß-blau geringeltes T-Shirt und die Jeans vom Vortag. So ruhig, wie er dasitzt, gibt er mir die Möglichkeit, ihn endlich mal zu studieren. Wenn man in seiner Nähe ist, umgibt einen immer eine Art Energie, die ständig wechselt. Als würden die vielen kleinen und positiven Protonen mit den fiesen negativen Elektronen eine wilde Party feiern, unentschlossen, wer die Oberhand gewinnen wird. Jetzt sieht Bastian jünger aus, ohne diese Atomteilchensause. Einfach nur Bastian.

Sobald der Bus sich in Bewegung setzt, flammt ein Unwohlsein in meinem Magen auf. Ein Vorbote, der einen ganzen Flugzeugträger mit Panikbombern ankündigt. Schnell suche ich etwas, worauf ich meine volle Konzentration richten kann. Alles, nur nicht die Panik. *Ablenkung*. Das ist eine meiner leichtesten Übungen. Ich gehe einfach eine meiner Listen durch: alle bekannten Bewohner des Hufflepuff-Hauses.

Newt Scamander.

Nymphadora Tonks.

Cedric Diggory.

Professor Sprout.

Äh …

Zacharias Smith!

Verdammt!

Gilt Teddy Lupin?

Mist! Wieso funktioniert es diesmal nicht?

Die Angst wächst rasend schnell, wie ein Geschwür auf meiner Seele.

Panisch sehe ich wieder zu Bastian, dem ungewollten Ruhepol des Busses.

Zum ersten Mal fällt mir auch die kleine Narbe an seiner Wange auf, die Locken, die über der Stirn blonder sind als oben auf seinem Kopf, die vereinzelten Bartstoppeln am Kinn und seine Lippen, die …

Als er die Augen schlagartig öffnet, will ich schnell wegsehen, doch mein Blick bleibt einfach an ihm hängen. Ich weiß genau, was jetzt kommt: ein frecher Spruch, gepaart mit einem noch frecheren Grinsen. Doch Bastian bleibt stumm, hält meinen Blick fest, als wären wir irgendwo auf hoher See, verloren in einer festen Umarmung. Das Lösen kostet Kraft, die ich fürs Atmen brauche. Dabei kommt es mir vor, als wolle auch er mir eine Geschichte erzählen. Vielleicht sogar seine. Ein kurzes Lächeln huscht über meine Lippen, damit er kurz die Fritzi sehen kann, die ich sonst nicht mehr zum Spielen rauslasse, sondern im hintersten Zimmer wegsperre. Egal, was uns gerade schüttelt, wir sind beide Teenager im Strudel der wilden Fragen des Lebens und wissen nicht so recht, was gerade mit uns geschieht – und welche Tür zur Zukunft wir wählen sollen. Das verbindet doch, oder? Kurz meine ich, er würde auch lächeln oder es zumindest versuchen, aber seine Augen sind plötzlich leer, als hätte jemand just in dieser Sekunde seine Seele zwangsversteigert.

Obwohl es im Bus warm ist, spüre ich eine Kälte, die mir eine Gänsehaut über den Rücken jagt. Entweder verlässt ihn der Mut oder die Kraft, denn das Lächeln stirbt auf seinen Lippen, bevor es seine Mundwinkel erreicht. Müde dreht er den Kopf wieder zur Seite, erschöpft von unserem Blickkontakt. Damit ist ein Moment beendet, der vielleicht nicht länger als eine halbe Minute gedauert hat, obwohl er mir so unendlich lange vorkam.

Wir finden ihn süss, nicht wahr?

Ich hasse es, wenn mein Hausdämon mir keine Ruhe lässt. Es ist unmöglich, Gedanken oder Gefühle vor ihm zu verstecken, denn er spürt sie überall auf.

Was, wenn er uns auch mag? Dates zu dritt. Das wird ein Spass!

Atmen, Fritzi, atmen.

Ich dachte, wir verlieben uns nicht?!

Bastian

Das Erwachen der Macht

»Keine Sorge, Bastian hat dich!«

Ob diese Versicherung Tim, der gerade ziemlich weit über unseren Köpfen auf einer Art Hochseil steht, wirklich beruhigt, wag ich mal zu bezweifeln.

Seilgarten Prora steht in großen Lettern am Eingang zu einem Waldstück, in dem es angenehm kühl ist, weil die Sonne nur durch die Baumspitzen streift und dabei die wundersamsten Schatten auf den Boden vor uns zeichnet. Kinderlachen umgibt unsere Truppe, während wir dort unter Oles aufmerksamem Blick unser Gruppengefühl stärken sollen. Oder so was in der Art. In Wirklichkeit kämpfe ich seit dem Elterntelefonat mit dem Imperator aus *Star Wars*, der es sich nicht nur in meinem Kopf gemütlich gemacht hat, sondern auch in diese Umgebung passt, die dem Planeten Endor verblüffend ähnlich ist. Außerdem will er mich davon überzeugen, einen kurzen Moment unachtsam zu sein. Nur so aus Spaß, um zu sehen, was dann passiert. Netter Bursche das.

Einer der Mitarbeiter hat die letzte Stunde damit verbracht, uns genau zu erklären, was wir zu tun haben, falls unser Kletterpartner abstürzt. Jetzt stehe ich – ausgerechnet –

hier unten, halte Tims Sicherheitsleine fest und beobachte jeden seiner Schritte genau. Er balanciert mit kleinen Babyschritten über ein Seil und hat ein weiteres Seil über seinem Kopf fest gepackt. Das macht er leider sehr gut, sicher auch, weil er so durchtrainiert ist und über Körperspannung verfügt. Ole steht direkt neben mir, damit er im Notfall eingreifen kann. Oder weil er mir nicht traut.

»Mein Vater verklagt dich, wenn du mich nicht richtig sicherst!«

Offenbar hat Tim auch noch genug Kondition, um mir alle paar Meter eine weitere Drohung oder Beleidigung herunterzuschleudern.

»Oder er schickt mir eine Glückwunschkarte.«

Ha, der war gut, junger Skywalker – jetzt lass schon los …

Tim sieht zu mir nach unten, was natürlich keine gute Idee ist, denn er kommt kurz aus dem Gleichgewicht, bevor er sich schnell wieder fängt.

»Jungs, konzentriert euch lieber!«

»Ich fühle mich ehrlich gesagt nicht besonders wohl dabei, wenn dieser Spinner da unten meine Lebensversicherung sein soll.«

Ole lässt es Tim zwar durchgehen, ihn aber auch nicht aus den Augen.

»Was genau macht dir dabei denn Angst?«

»Nichts. Mir wäre es nur lieber, jemand anderes wäre meine Lebensversicherung.«

»Nun, zu dumm, dass Bastian dein *Wingman* ist.«

Tim macht wieder einen Schritt, während ich darauf achte, mehr Seil zu lassen, damit er zügig vorankommt.

»Wingman fürn Arsch. Im echten Leben würden wir *niemals* zusammen rumhängen.«

»Wieso nicht? Was stört dich an Bastian?«

»Er mag keinen Fußball.«

»Das ist alles?«

»Der achtet nicht auf seinen Körper, hat keine Freunde und redet den ganzen Tag nur über Filme, Serien und so einen Mist. Er nervt!«

Ole wiegt nachdenklich den Kopf.

»Nun, Letzteres ist zumindest eine klare Gemeinsamkeit.«

Schockiert bleibt Tim genau über uns stehen und sieht runter, was ihn wieder aus dem Gleichgewicht bringt. Das Seil unter seinen Füßen fängt verdächtig an zu zittern, es kostet ihn Kraft, sich zu fangen und nicht abzustürzen. Sobald das Seil nicht mehr vibriert, wendet sich Ole an mich.

»Wieso magst du Tim nicht?«

»Klassischer Tetrapack: überheblich, arrogant, eingebildet, arschig. Er hält sich für was Besseres. Und das ist nur das Offensichtliche.«

»Gibt es noch mehr, was du loswerden willst?«

»Es gibt nur Fußball für ihn. Unser Zimmer sieht aus wie ein Cristiano-Ronaldo-Schrein.«

»Er ist mehrmaliger Weltfußballer.«

Obwohl ich auf Tims Füße achten sollte, sehe ich in sein Gesicht.

»Ja und? Steven Spielberg ist mehrmaliger Oscar-Gewinner. Habe ich unser Zimmer mit seinem Gesicht zugepflastert?«

»Das kann man ja wohl nicht vergleichen!«

»Oh Mann, ihr klingt wie ein altes Ehepaar.«

Fritzi, die neben Sarah oben auf der Plattform sitzt und darauf wartet, an die Reihe zu kommen, feuert ihren Kommentar so unerwartet ab, dass ich tatsächlich kurz die Konzentration verliere. Auch Tim wirft ihr einen Schulterblick zu, allerdings ohne dabei das Gleichgewicht zu verlieren.

»Ey, meine Jungs würden sich totlachen, wenn sie wüssten, dass ich hier bin. Mit dem da!«

Er nickt zu mir runter.

»*Der da* ist noch immer deine Absturzversicherung.«

Ich winke kurz, bevor ich wieder mit beiden Händen das Seil so fest wie möglich packe. Obwohl der Imperator gerade auf meiner Schulter gelandet ist.

Komm zur dunklen Seite und lass ihn fliegen!

»Weiß denn niemand von deinen Jungs, wo du bist?«

Tim lacht auf, das Seil unter seinen Füßen vibriert wieder. Ich spüre den leichten Zug auf der Sicherung.

»Natürlich nicht. Das würde meinen Ruf ruinieren.«

»Schämst du dich unseretwegen oder deinetwegen ...?«

Fritzis Stimme übertönt die des Bösewichts auf meiner Schulter. Ich schaue, ebenso wie Tim, wieder zu ihr. Sie sitzt fast vier Meter hoch oben, die Beine an den Körper gezogen und recht blass um die Nase. Dabei sieht sie total unschuldig aus, als wüsste sie nicht ganz genau, wie sehr ihre Frage Tim trifft. Sarah hockt neben ihr, aber das bemerke ich immer erst beim zweiten Blick.

»Euretwegen natürlich!«

Das Seil vibriert weiter, diesmal etwas heftiger.

»Natürlich. Es ist dir also null peinlich, dass du wegen

eines psychischen Problems hier bist, von dem keiner wissen darf. Es ist nur schlimm, weil wir eben auch hier sind.«

»Ja, verdammt!«

Doch so »verdammt« sicher ist er nicht, das kann ich spüren, weil das Seil urplötzlich an Zug gewinnt und Tim hektisch versucht, das Gleichgewicht wiederzugewinnen. Schon rudert er wie ein Vogel mit den Armen, aber es ist zu spät.

Es passiert in Zeitlupe.

Zumindest für mich.

Er kippt nach hinten, kann sich nicht mehr halten, rutscht mit dem Schuh vom Seil und fällt. Jetzt muss ich ihn halten, seinen Absturz verhindern.

Es brennt auf meiner Handfläche, als das Seil einen kurzen Moment heftig durch meine Finger rutscht.

Lass ihn fallen! Lass ihn einfach fallen. Du hast es schon mal geschafft.

Der Imperator auf meiner Schulter macht Ernst.

Meine Handfläche glüht.

Es riecht nach verbrannter Haut.

Ein bisschen erinnert es an schmurgelndes Gummi auf Asphalt.

Felix' Gesicht taucht vor meinem inneren Auge auf, aber ich blinzle schnell, verdränge die Erinnerung an quietschende Reifen, splitterndes Glas und den dumpfen, aber heftigen Aufprall.

Schnell schließe ich meine Finger fest um das Seil und lehne mich, so wie wir es vorhin gelernt haben, als Gegengewicht zurück. Tims Fall wird gebremst, bevor er überhaupt in die Nähe des Bodens kommt.

Ich hab es nicht versaut.

Unsere Blicke treffen sich. Das Blaue seiner Augen prallt gegen das mürrische Braun von meinen. Er sollte mir dankbar sein. Stattdessen entdecke ich Scham und Unsicherheit. Tim erlaubt mir einen kurzen Blick durch den Briefschlitz seiner Fassade auf den Jungen, der da wirklich über unseren Köpfen baumelt. Er lässt es zu, ohne es zu wollen, ohne es verhindern zu können. Tim hängt hilflos in seinem Sicherheitsgurt zwischen den Bäumen, während es mich viel Kraft kostet, ihn auch dort zu halten. Er weiß, dass er sich gerade auf mich verlassen muss. Und das passt ihm gar nicht. Doch statt auf diese Stimme zu hören, die noch immer einen Unfall fordert, halte ich ihn so fest ich kann.

»Sehr gut reagiert, Basti!«

Ole hilft mir dabei, Tim wieder heil auf den Boden zu bugsieren, dann sehe ich zu den Mädels nach oben, die den Absturz mit angehaltenem Atem beobachtet haben.

Mit deinen armseligen Fähigkeiten bist du weder mir noch der dunklen Seite der Macht gewachsen!

Fritzi lächelt.

Besser noch, sie lächelt *mich* an. Ich wusste nicht, dass man so laut lächeln kann, doch sie übertönt das Zwitschern der Vögel, das Geschrei der Gruppe neben uns – und die Stimme des Imperators, der verzweifelt versucht, mich zurück auf die *dunkle Seite der Macht* zu rufen.

Hatte Fritzi eigentlich schon die ganze Zeit das schönste Lächeln, das ich je gesehen habe?

FRITZI

Birdman

Ich lasse meinen Blick über die Kante der Plattform in die Tiefe wandern. Gut möglich, dass sich der Abstand zum Boden vergrößert hat, seitdem ich hier sitze und unbemerkt Atemübungen mache, als läge ich in den Wehen.

»Vertraust du Bastian nicht?«, fragt Ole mich fürsorglich.

»Ich vertraue *mir* nicht.«

Mit Basti hat das alles nämlich rein gar nichts zu tun. Na ja, vielleicht legt mein Herz kurze Quickstepptanzschritte ein, jedes Mal, wenn er zu mir sieht, aber er ist gerade wirklich mein geringstes Problem.

»Egal, was dein Kopf dir weismachen will, du hast die Kontrolle über diese Situation.«

HAST DU NICHT, LASS DIR NICHTS EINREDEN.

»Fühlt sich nicht so an.«

Trotz allem stehe ich auf und beweise meiner Panik, dass Ole recht hat – und ich die Kontrolle –, wage aber keinen Schritt auf das Hochseil zu. Sarah, die bisher so gut wie nichtexistent war, nickt mir aufmunternd zu.

»Du kannst das.«

»Ich kann nicht mal alleine einkaufen gehen, wie soll ich dann diese Zirkusnummer packen?«

»Weil ich glaube, dass du es kannst.«

»Du kennst mich doch nicht mal.«

Das sage ich nicht böse oder vorwurfsvoll, aber meine Stimme verrät die Überraschung, dass sich offenbar doch jemand in meiner Ringecke befindet. Jemand, mit dem ich nicht gerechnet habe. Ein ungewohntes Gefühl. Sarahs Gesicht verändert sich, sie wird nicht wie sonst feuerrot oder versucht sich in Luft aufzulösen. Lächelt nur zart. Weiß Sarah eigentlich, wie hübsch sie ist, wenn sie sich mal nicht versteckt?

»Genau deswegen ja.«

Das ergibt entweder gar keinen oder vollkommenen Sinn. Sie kennt mich nicht, weiß nichts von meinen Problemen zu Hause, in meinem Kopf oder im Herzen. Für sie und alle anderen hier könnte ich tatsächlich über ein Seil in einem Kletterpark marschieren, als wäre ich das lang verschollene Gör der Artistenfamilie Traber.

Ein kleiner, zittriger Schritt zur Kante.

»Ole, ich möchte an dieser Stelle nur sagen, dass diese Idee von dir echt saublöd war.«

Er nickt wissend, aber offensichtlich mit sich zufrieden.

»Gibt es sonst noch was, das du uns mitteilen willst?«

Ich greife nach dem Seil über meinem Kopf, warte, bis der Mitarbeiter mich in das Sicherheitsseil eingehakt hat und mir das Okay für den nächsten Schritt gibt.

»Einiges. Mein Kopf ist ziemlich voll.«

Das Seil gibt unter dem Gewicht meines Körpers minimal nach, als ich meinen Fuß draufsetze und zu Bastian schaue.

»Du fängst mich auf, ja?«

Unter wilden Locken und energischen Augenbrauen sitzen diese dunklen Augen, die mich jetzt fest im Blick haben, als wären sie ein zusätzlicher Sicherheitskarabiner. Er nickt ernst. Kein Grinsen, kein Spruch. Nur ein Nicken.

»Ich fange dich auf.«

»Wenn du mich fallen lässt und ich deswegen sterbe, bring ich dich um.«

Bastians Lippen formen ein Lächeln: ein echtes, keine von den Masken, die wir alle den ganzen Tag spazieren tragen, als wären wir zur Faschingszeit in Venedig. Wieder nickt er.

»Okay. Ich kann das.«

Ich kann das, weil Sarah es glaubt. Und Ole. Und sogar Bastian. Der zweite Schritt ist der schwerste, weil das ganze Seil irgendwie schwingt und ich nicht weiß, wie ich es ruhighalten soll.

»Du musst deinen Körper anspannen.«

Tim, der bisher nicht den Eindruck gemacht hat, als würde er mich überhaupt beachten, gibt mir den Tipp, der das Vibrieren zumindest kurzzeitig stoppt.

»Was geht dir jetzt alles durch den Kopf?«

Kann Ole nicht einmal statt Therapeut einfach nur Aufpasser sein?

»Wer wohl meinen Harry-Potter-Limited-Edition-Schuber bekommt, wenn ich abstürze.«

»Deine Prioritäten sind gut gesetzt, Fritzi.«

Außer Ole nennt mich keiner der Mitarbeiter im Zentrum so. Für alle anderen bin ich nur *Franziska* – und die bin ich eben nicht.

»Was denkst du noch?«

»Wieso sich jeder Gang in die Schule oder zum Supermarkt

für mich genau wie dieser Drahtseilakt anfühlt, obwohl das für alle anderen eine Leichtigkeit ist.«

»Weil du dir zu viele Gedanken machst.«

»Vielleicht machen sich die anderen zu wenig Gedanken.«

»Worüber machst du dir denn welche?«

Tim steigt jetzt also auch in die Unterhaltung ein. Ich löse meinen Blick kurz vom Seil vor mir und sehe zu ihm, wie er die Hand schützend vor die Augen hält und hochschaut. Er klingt nicht so herablassend wie sonst.

»Über die Zukunft, die Scheidung meiner Eltern, meine beste Freundin, meine Unfähigkeit, normal zu sein …«

Ich will einen weiteren Schritt tun, aber das Seil zittert, weil ich die Körperspannung vergessen habe und den Zug auf meinem Sicherheitsseil durch Bastian spüre, der mir dabei hilft, wieder sicherer zu stehen.

»Wie definierst du *normal*?«

Sieht Ole denn nicht, dass ich hier oben gerade ganz andere Sorgen habe?

»Einen Roadtrip mit Freunden machen, Pizza essen gehen, ins Kino …«

»Das alles kannst du nicht?«

Tim klingt schockiert. Genau deswegen wollte ich nichts sagen.

»Nicht so richtig.«

»Wieso nicht, ist doch Kinderkram.«

Für ihn vielleicht!

»Weil …«

Wieder ein kleiner, unsicherer Schritt, wieder hilft mir Bastian.

»Weil ich glaube, dass ich es nicht kann. Die Angst hat sich um mein ganzes Leben gesponnen und ich …«

… habe kapituliert.

»… habe Angst, dass etwas passiert, und probiere es vorsichtshalber gar nicht erst aus.«

»So verpasst du dein Leben, das ist dir schon klar, oder?«

Etwas in Tims Stimme lässt mich ahnen, dass er nur zu genau weiß, wovon ich spreche. Leidet er auch an solchen Attacken? Ich bleibe stehen, löse meinen Blick erneut und sehe zu ihm.

»Du sprichst aus Erfahrung?«

»Ich denke nur, wenn man zu viel nachdenkt, verpasst man vielleicht die Chance, das Leben zu genießen.«

»Für dich ist das ja auch leicht.«

»Für mich?«

Er klingt getroffen, nicht wütend, was mich überrascht und meine Konzentration stört. Tims Kopf ist rot, sein Blick glasig. Es liegt sicher an der Entfernung, dass er jetzt so klein aussieht, wie er da im Schatten des Baumes sitzt.

»Du hast keine Ahnung, was du da eigentlich redest, Franzi. Ich weiß sehr gut, wie es ist, alles zu verpassen. Du stehst da oben auf dem Seil und faselst davon, dass du es nicht kannst. Dabei bist du schon fast auf der anderen Seite angekommen!«

Tatsächlich trennen mich nur knapp zwei Meter vom Erreichen der Plattform. Ich habe es so gut wie geschafft!

ABER WAS, WENN WIR AUF DEN LETZTEN METERN ABSTÜRZEN?

Genau da passiert es: Ich rutsche mit dem rechten Fuß vom Seil, trete ins Leere – und falle.

Doch bevor ich wirklich abstürzen kann, schwebe ich auf wundersame Weise über allen und fühle mich ganz kurz leicht und schwerelos. In diesem Moment, der nicht länger als die Dauer eines Flügelschlags andauert, ist alles irgendwie okay. Vielleicht habe ich es nicht ganz bis auf die andere Seite geschafft, aber auf jeden Fall viel weiter, als ich jemals geglaubt hätte. Von hier oben genieße ich den Ausblick über die ganze Anlage des Parks und die Menschen, die klein und unbedeutend aussehen – so wie ihre und meine Probleme, die kurz ihre bedrückende Wucht verlieren.

Ich sehe zu Bastian, der mein Sicherheitsseil fest umklammert hält, sich als Gegengewicht zurücklehnt und nicht nur mich, sondern auch meinen Blick auffängt.

»Siehst du, hab dich.«

BASTIAN

Die Schöne und das Biest

Sarah überrascht uns alle.

Selbst Tim, der sie sichert, auch wenn er es nicht zugeben kann. Sarah hat entweder sehr genau hingeschaut, wie es die anderen gemacht haben, oder sie ist ein Naturtalent. Mit federleichten Schritten und dem richtigen Maß an Körperspannung und Geschwindigkeit setzt sie einen Fuß vor den anderen und lässt uns verblüfft zurück, als sie nach wenigen Minuten und nur einem kurzen Zwischenstopp die Plattform auf der anderen Seite erreicht.

»Habt ihr gesehen? So macht man das. Hervorragende Leistung, Sarah!«

Ole klingt so stolz, als wäre er selber über das Seil getänzelt, und fordert uns auf, ihr einen kleinen Applaus zu gönnen – was wir auch tun.

»Machst du das öfter? Oder wieso sieht das bei dir so leicht aus?«

Tim kann natürlich nicht verstehen, warum sie und nicht er das Ziel unbeschadet und in Bestzeit erreicht hat. Sarah, gestärkt durch diesen Erfolg, grinst ihn selbstsicher an und setzt zu einer perfekten Bühnenverbeugung an.

»Mutig sein oder nicht sein. Das ist hier die Frage.«

Sarahs ist echt ein ziemliches Mysterium. Mal still und fast unsichtbar, dann so selbstsicher wie eben auf dem Hochseil.

»Wie fühlst du dich, Sarah?«

Natürlich, auch sie kommt nicht ohne Oles Fragerunde davon.

»Gut. Sehr gut sogar.«

Als ob das ihr strahlendes Lächeln nicht schon längst verraten hätte. Sie sieht ganz anders aus, wenn sie *tatsächlich* da ist und sich nicht versteckt.

»Hattest du Probleme, dich da oben zu zeigen?«

»Nein, komischerweise gar nicht.«

»Und das, obwohl die anderen dich die ganze Zeit beobachtet haben.«

»Das ist was anderes, sie kennen mich nicht.«

Fritzi und ich tauschen einen kurzen Blick, mit dem wir uns fragen, um was es da wohl gerade geht. Welche Infos hat Ole, die uns fehlen?

»Ganz richtig. Sie lernen dich so kennen, wie du bist.«

»Und das fühlt sich gut an. Als könnte ich noch mal bei null anfangen.«

»Sehr gut, Sarah. Sehr gut.«

Offenbar haben wir anderen Astronauten einen wichtigen Therapieschritt von Sarah verpasst, aber Ole hat nicht vor, uns einzuweihen, sondern wendet sich stattdessen an mich.

»Wir überspringen dich, Basti. Okay?«

Das hatte ich mir schon gedacht.

»Was? Wieso? Wir anderen mussten auch ran.«

Tim fühlt sich um seine Chance betrogen, mich fallen zu

sehen, das schmeckt ihm gar nicht. Zu dumm nur, dass Ole nicht der Typ ist, mit dem man gut diskutieren kann.

»Bastian hat eine andere Vorgeschichte als ihr.«

»Höhenangst oder was?«

»Tim, belassen wir es dabei.«

»Ich dachte, hier geht es um Teambildung. Wie soll er dazugehören, wenn er nicht die gleichen Aufgaben erfüllen muss wie wir.«

Siehst du, nie gehörst du dazu.

Wieso kriecht der Imperator ausgerechnet jetzt wieder aus seinem Versteck?

»Wenn Bastian es dir erklären möchte, kann er das tun. Falls nicht, wirst du meine Entscheidung akzeptieren müssen.«

Tim ist sauer.

»Extrabehandlung. Ganz toll.«

Wütend stampft er davon in Richtung Ausgang, während Ole mir nur ein entschuldigendes Achselzucken gönnt.

»Sorry, Basti, Bellingers Entscheidung.«

»Schon klar.«

Weil ich der Risikofaktor bin.

Selbst in einer Gruppe voller Außenseiter bist du noch der Ober-Freak.

Halt die Klappe, Sith-Lord!

Mit nervösen Fingern reiße ich die Verpackung eines Kaugummis auf und schiebe ihn mir in den Mund. Die Schärfe setzt alles in Flammen. Ich komme zurück, atme kurz tief durch, spüre, wie auch mein Rachen brennt.

Fritzi taucht neben mir auf.

»Alles okay?«

Zu gerne würde ich ihre Frage mit einem dummen Spruch abtun. Die Wahrheit ist nur leider, dass es sich wie immer anfühlt. Nicht mal das Kaugummi hilft. Obwohl ich ein Astronaut bin, fühle ich mich eher wie ein Teil der Bodentruppe. Das wurmt mich.

Du wirst nie dazugehören.

Eure Überheblichkeit ist eure Schwäche, Imperator.

Dein Vertrauen in deine Freunde ist die deine.

Ja. Schönen Dank auch.

Fritzis Blick haftet noch immer an mir. Vielleicht kann sie ja den Imperator auch sehen oder hören. Schon im Bus, auf dem Weg hierher, hat sie mich so angeschaut, als wüsste sie genau, was in mir vorgeht. Als würde sie es verstehen.

»Basti…«

Obwohl ich nicht will, sehe ich zu ihr.

»Hm?«

Sie lächelt. So wie vorhin. Laut und schön. Dann beugt sie sich zu mir, ihre Lippen berühren fast mein Ohr und ihr leises Flüstern trifft warm meine Haut.

»Danke fürs Auffangen.«

Dann küsst sie, einfach so, meine Wange, verharrt einen Moment in der Position und schließt dann lächelnd zu den anderen auf. Ich bleibe noch einen Moment stehen.

Das ist nur Show, mach dir keine Hoffnungen.

Vielleicht ist es ja doch echt.

Niemals.

Und genau in diesem Augenblick treffe ich eine Entscheidung.

Fritzi

Kleine wahre Lügen

Mein Herz ist eine Pauke, mein Kopf ein Kettenkarussell und mein Leben eine Achterbahn. Schuld daran hat nicht nur die Panik, die in Lauerstellung irgendwo hinter mir herschleicht. Dieses Herzklopfen, das sich zuerst wie der Anflug einer Panikattacke angefühlt hat, nimmt eine interessante Linkskurve, drückt mich in den Sitz meines Lebens und nimmt Anlauf zum Looping. Mein Lächeln aber ist wie festgeschraubt und fliegt nicht aus der Kurve.

Schuld daran hat der Lockenkopf, der mit Sarah und Ole vor uns hergeht, als wäre rein gar nichts geschehen.

Ole hat uns nach Sellin gebracht, der kleinen Schwester von Binz, etwas abseits der großen Touristenmassen und Kurhäuser. Er meinte, ein bisschen Abwechslung würde uns guttun: die Gedanken loslassen und einfach nur atmen.

Ich atme. Etwas zu verkrampft, aber ich atme.

Ich habe ihn auf die Wange geküsst – und das hat sich verdammt gut angefühlt. Ja, ja, ich weiß, nichts Besonderes! Aber Tims Worte hängen noch in meinem Kopf. Ich will nicht immer alles verpassen. Auch wenn ich gerade verdammte Angst habe.

Ablenkung. Jetzt! Gryffindor. Schnell!

Harry Potter. Natürlich.

Remus Lupin. Mein Liebling!

Sirius Black. Hach…

Seamus Finnigan. Schräger Vogel.

Aber vielleicht braucht es jetzt gar keine Liste mit Namen, diesmal reicht ein Blick aufs Meer, denn der ist hier wirklich berauschend schön. Es ist eine Ewigkeit her, dass ich das Meer nicht nur aus dem Autofenster oder auf Postkarten gesehen habe. Die Seebrücke liegt wie ein schlafender Riese vor uns im Tiefblau der Ostsee und lädt zahlreiche Besucher ein, sie mit Begeisterung zu betrachten. Wir steigen die neunundachtzig Stufen vom Hochufer zur wohl bekanntesten Attraktion der Gegend herunter. Da thront sie auf dem Holzpier, 394 Meter lang, mit einem Pavillon in der Mitte, der inzwischen ein Restaurant ist und köstliche Fischgerichte anbietet. Ich weiß das alles, weil Isa und ich alle Reiseführer durchgeschmökert haben. Damals, als der Plan noch aktuell und Rügen unser gemeinsames Ziel war. Es riecht nach Sonnenmilch, gebratenem Fisch und Sommer – so wie ich es mir vorgestellt habe. Das Meer ist dunkler als auf den Bildern – unendlich, voller Geheimnisse und Leben.

»Los, kommt schon, traut euch.«

Ole führt unsere Truppe mit Sarah an, die den Kopf gesenkt hält und sich in Bastians Schatten duckt, als würde sie an einer Sonnenallergie leiden. Tim und ich bilden die Nachhut. Kurz bleibe ich stehen, greife nach dem Holzgeländer und atme so tief ich nur kann in den Bauch. Dabei versuche ich, die Meeresluft alles vertreiben zu lassen, was nichts in meinem Körper zu suchen hat, während ich das grobe Holz unter meinen Fingerkuppen spüre. Es ist kein Urlaub, aber es ist schön hier.

»Tolle Aussicht, hm?«

Tim mustert mich neugierig und lehnt sich neben mir ans Geländer. Ich nicke nur und schaue auf der Suche nach einem Anker für meine Gedanken auf das Meer vor uns. Er folgt meinem Blick, auch wenn ich nicht weiß, was er da draußen sucht.

»Allerdings.«

»Ich wollte dich nicht so anfahren im Kletterpark.«

Er presst die Worte fast mit Gewalt über die Lippen, was ich ihm hoch anrechne.

»Schon okay. Ist für uns alle ziemlich ungewohnt.«

»Ziemlich. War auf jeden Fall nichts Persönliches.«

Tim sieht mit Sonnenbrille und Kappe aus wie ein typischer Beachboy. Fast könnte man meinen, dieses Postkartenpanorama hätte nur auf ihn gewartet, weil es nun erst perfekt ist. Wir genießen einen Moment stumm den Blick aufs Meer, das so ruhig aussieht wie ein tiefblauer, wellenloser Teppich, der perfekt verlegt wurde, dann drehe ich mich zu ihm.

»Was du vorhin gesagt hast … von wegen *alles verpassen.*«

»Hm.«

»Was hast du damit gemeint?«

Sein Sonnenbrillenblick wandert vom Meer zu mir, undurchsichtig verspiegelt betrachtet er mich und hadert wohl mit sich und der Frage, ob ich die Wahrheit verdient habe.

»Ich vergeude hier meine Zeit.«

»Weil du lieber bei deiner Freundin wärst?«

Er nickt.

»Wieso lügst du sie dann an?«

Ertappt zuckt er kurz zusammen.

»Ich habe dich zufällig beim Telefonieren gehört ...«

»Du hast mich belauscht.«

»Ja, aber nicht absichtlich.«

Er schüttelt müde den Kopf und hat keine Lust auf einen weiteren Streit.

»Was soll ich denn sagen, wo ich gerade bin? In der Klapse? Ich bin doch kein Freak!«

Er deutet nach vorne, wo Bastian und der Rest ebenfalls den Ausblick genießen.

»Keiner von uns ist ein Freak, Tim.«

»Als ob das so einfach wäre.«

»Es ist ganz einfach, Tim. Sag ihr, wo du bist.«

Jetzt nimmt er die Sonnenbrille tatsächlich ab und seine blauen Augen durchbohren mich wütend. Dabei habe ich an seiner Situation – wie auch immer die sein mag – gar keine Schuld.

»Wissen denn *deine* Freunde, dass du hier bist, Franziska?«

Süß, wie er die Pluralform benutzt, weil er davon ausgeht, ich hätte mehrere davon. Doch im Moment habe ich nicht mal mehr Isa, und die Erinnerung daran tut ganz schön weh. Sie und Philipp irgendwo knutschend und lachend auf ihrem saublöden Roadtrip – ich nur noch ein verblassendes Foto an ihrer Zimmerwand, das sie bald abnehmen wird, weil sie Platz für ein neues Foto von ihrem »Schatzi« braucht. Tim beobachtet mich und nickt langsam, weil er glaubt, mich durchschaut zu haben.

»Du hast es ihnen auch nicht gesagt, stimmt's?«

»Habe ich nicht.«

Hauptsächlich, weil sie nicht existieren.

Wir sehen uns nur an, bis Tim sich zum Strand hin abwendet. Links von uns spielen ein paar Jungs im Sand Fußball. Er sieht ihnen zu, sein Blick wehmütig und wütend zugleich. Was er wohl geben würde, um dort unten und nicht hier oben zu sein? Ich lasse meinen Blick über die vielen Strandkörbe und die dazugehörigen Familien, Paare und Jugendliche gleiten. Natürlich wären wir lieber da unten, bei all den *Normalen*. Das Mädchen mit dem roten Bikini zum Beispiel könnte auch Isa sein. Mein Herz setzt einen Schlag aus, als ich genauer hinsehe. Könnte es *tatsächlich* Isa sein? Hier? Unmöglich! Die Gruppe von Jugendlichen läuft lachend über den Strand, während ich den Kopf schüttle. Doch nicht Isa. Erleichtert atme ich auf, als Tim sich an mich wendet. Blaue Augen haben es bei einer Lüge viel schwerer, vor allem, wenn sie so klar sind wie seine. Zu leicht erkennt man die Wahrheit. Tim weiß wohl, dass ich ihn durchschaut habe, und checkt kurz, ob die anderen unser Gespräch mitbekommen. Allerdings sind sie viel zu weit weg.

»Franzi, wenn dein Freund dir sagen würde, dass er Probleme hat und den Sommer über in die Geschlossene muss, was würdest du denken?«

Eine gute Frage, die *so* viele hypothetische Faktoren beinhaltet, dass ich gar nicht weiß, wo ich anfangen soll. Also sage ich das, was ich mir selber seit meinem ersten Tag hier vorbete.

»Das hier ist aber nicht die Geschlossene.«

Tim schüttelt genervt den Kopf und tritt heftig mit dem

Fuß gegen das Holzgeländer. Dann setzt er die Sonnenbrille auf, und schwupp, ist sein Schutzschild wieder da.

»Rede dir das ruhig weiter ein. Wir wissen beide, dass jeder Ort der Welt uns lieber wäre.«

»Was, wenn wir doch hierhergehören?«

Es ist nur so ein Gedanke, den ich jetzt laut ausspreche. Doch Tim antwortet nicht sofort, sondern beobachtet ebenfalls unsere Truppe, die sich hier in das Gesamtbild einfügt, als wären wir nur Urlauber wie alle anderen. Und sicher keine Freaks.

»Willst du denn hier sein oder haben deine Eltern das entschieden?«

»Na ja, von *wollen* kann keine Rede sein, aber …«

Tim wartet, während ich die richtigen Worte suche.

»Nenn mich ruhig naiv, aber ich hoffe, ich kriege hier Hilfe. Weil die Zukunft sonst ziemlich ätzend wäre.«

»Ach, Franzi. Manche Dinge behält man aber lieber für sich. Weil sie ausgesprochen alles kaputt machen würden!«

Die Entschlossenheit in seiner Stimme lässt die angenehme Meeresbrise kälter wirken, als sie es an diesem sonnigen Tag ist.

»Nicht immer …«

Ich will ihm Mut machen, dabei weiß ich gar nicht, wobei.

»Okay, wenn das so easy ist, dann verrate mir, wieso *du* hier bist.«

Sarah hat gesagt, sie würde mich nicht kennen und glaube deswegen an mich. Denn sie weiß nicht, woran ich scheitern könnte, welche Tretminen ich mir selber Tag für Tag in den Weg lege.

»Weil ich Angst habe.«

»Angst? Wovor denn?«

Natürlich versteht er es nicht. Weil es für jeden, der nicht daran leidet, wie ein kindisches Problem klingt. Bevor ich die Antwort in meinem Kopf zu einem einigermaßen überzeugenden Satz zusammenbasteln kann, unterbricht mich das Piepen eines Handys. Tim greift an seine Hosentasche, ertappt und panisch. Doch außer mir hat die eingehende *WhatsApp*-Nachricht niemand bemerkt.

»Du hast dein Handy nicht abgegeben?!«

»Franzi, bitte … Wenn ich auf die Nachrichten von meinen Kumpels und Vicky nicht reagiere, werden die misstrauisch, stellen Fragen. Ich kriege dann echt Probleme …«

Die Panik in seiner Stimme ist so deutlich, dass sie fast den Inhalt des Gesagten übertönt. Tim hat wirklich Angst, um seine Freundin, seinen sozialen Status in der Schule, all die Dinge, die mir egal sein könnten, weil ich sie nicht habe.

»Bitte.«

Kurz nicke ich, konzentriere mich dann schnell wieder auf das Rauschen des Meeres und meine Atmung.

»Danke, Fritzi.«

Er klingt so unendlich erleichtert

»Du hast mich *Fritzi* genannt.«

Er lächelt.

»Habe ich.«

DONNERSTAG

BASTIAN

Oh Captain, mein Captain

Als ob eine Rettungsweste mich retten und damit ihrem Namen alle Ehre machen könnte.

Wenn es wirklich so einfach wäre, könnten wir uns Tag für Tag eine umschnallen und durch unsere Alltagsprobleme segeln, als wäre das alles keine große Sache. Im echten Leben funktionieren Rettungswesten nur leider nicht.

»Sie muss schön fest sitzen.«

Ole ruft uns die Anweisung zu und klingt dabei für meinen Geschmack viel zu gut gelaunt um diese Uhrzeit. Ich bin noch nicht mal richtig wach, weil wir direkt nach dem Frühstück zu unserer ersten Segelstunde aufgebrochen sind und jetzt in einem kleinen Boot mit dem klangvollen Namen *McFly* sitzen, in dem es gerade genug Platz für uns vier gibt.

Sarah, die wohl von der großen Weltumseglung geträumt hat, ist ziemlich enttäuscht, dass wir nun in der Nähe des Stegs zwischen Schilf und maximal hüfthohem Wasser auf dem Selliner See in der Nähe von Seedorf treiben. Ole sitzt auf dem Steg neben uns, seine Beine baumeln im Wasser und er hat sichtlich Spaß dabei, uns in dem konservendosengroßen Boot zu beobachten. Tim leidet jetzt schon an Klaustrophobie, Fritzi ist seit dem Frühstück überdurchschnittlich nervös. Ungefähr so wie ich auch. Hoffentlich aus anderen Gründen. Nur Sarah strahlt über das ganze Gesicht, seitdem wir auf dem Boot Platz genommen haben. Der See ist ruhig und entführt uns aus dem Alltag im Sonnenhof, denn um diese Uhrzeit sind außer uns nur ein paar Mitarbeiter am kleinen Hafen unterwegs. Jetzt hier zu sitzen, nichts wahrzunehmen, außer dem Plätschern des Wassers gegen den Rumpf unseres Bootes, bloß ab und an mal einen Vogel zu hören, ist eine willkommene Abwechslung, die ich so lange wie möglich genießen möchte.

»Im Ernstfall rettet eure Weste euch das Leben.«

Ole legt sich auf den Steg, streckt sich genüsslich aus und überlässt uns unserem Schicksal auf der *McFly* – natürlich angebunden am Steg. Ich schwitze unter der Rettungsweste in der prallen Sonne, die sich auf der Wasseroberfläche spiegelt und tanzt, weil sie offenbar gute Laune hat. Dabei frage ich mich die ganze Zeit: Was passiert, wenn meine Rettungsweste nicht funktioniert? Ich schaue zu meinen Mitmatrosenastronauten, die ebenfalls alle – Sarah ausgenommen – nicht besonders begeistert aussehen. Seit der Aktion im Kletterpark ist sie ziemlich aufgeblüht, antwortet sogar in ganzen Sätzen und beendet den Blickkontakt nicht sofort, wenn man sie mal ansieht. Ich finde das sehr, sehr merkwürdig. Und höchst spannend. Jetzt lächelt sie zufrieden, wirkt richtig glücklich – und das, obwohl es bei der Größenwahl der Schwimmweste kurz peinlich für sie wurde. Sie trägt nämlich eine Nummer größer als Tim, was ihrer Oberweite geschuldet ist. Aber niemand hat was gesagt.

Nicht mal der Klugscheißer himself. Ist es gemein, wenn

ich sie ein bisschen beneide? Ein paar Tage im Sonnenhof und es geht Sarah schon so viel besser.

Träum weiter.

Ich atme genervt aus. Meine Laune ist nicht gerade auf dem Höchststand, aber Tim in einer zu kleinen Rettungsweste zu sehen, hebt auch meine Stimmung ein wenig. Fritzi, die neben mir sitzt, kämpft noch immer mit dem verwirrenden Verschluss ihrer Weste. Ich kann es einfach nicht länger mitansehen, wie sie mit zittrigen Fingern versucht, die richtige Lasche zu finden. Schon beim Yoga vor dem Frühstück wirkte sie irre nervös. Ich greife spontan nach ihrer Hand, die übrigens eiskalt ist, und helfe ihr.

»Hat man dir heute einen doppelten Espresso gereicht oder was ist los?«

»Nichts ist los!«

»Oh, wow, ich wollte nur helfen.«

Fälschlicherweise hatte ich angenommen, wir hätten unsere Startschwierigkeiten überstanden. Immerhin hat sie mich geküsst.

Also, nicht richtig.

Doch, schon richtig.

Nur nicht auf den Mund.

Selbst heute kann ich das Kribbeln an meiner Wange noch spüren, da wo ihre Lippen meine Haut berührt haben. Das sage ich ihr natürlich nicht, schon gar nicht, wenn sie so eine kratzbürstige Laune hat. Dabei habe ich sie auf dem Weg hierher bestimmt viermal angelächelt. Persönliche Bestleistung.

Das hat sie aber nicht interessiert.

Gollum höchstpersönlich hat es sich heute zum Tagesziel gemacht, mich über den Rand des Wahnsinns zu schubsen. Meine neue Taktik heute: *Ignorieren!* Statt auf ihn konzentriere ich mich lieber auf Fritzis Schokoriegelaugen. An die habe ich nämlich gestern vor dem Einschlafen gedacht.

»Was starrst du so?«

Erst jetzt fällt mir auf, dass ich sie tatsächlich noch immer ansehe. Und noch immer ihre Hand in meiner halte. Schnell räuspere ich mich und schließe den Verschluss ihrer Weste.

»Das muss da durch, dann da rein. Siehst du, fertig.«

Fritzi schüttelt meine Hand ab, als sei sie allergisch gegen meine Berührung.

»Danke, ich weiß, wie es geht.«

»Das habe ich die letzten zehn Minuten gesehen. Du wärst fast falsch herum in die Weste gestiegen.«

»Entschuldige bitte, ich gehöre eben eher zu den Landgängern.«

Ist das die gleiche Fritzi, die ich gestern aufgefangen habe? Heute hat sie wohl ihren zickigen Zwilling geschickt. Das hat hoffentlich nichts mit dem sehr vertrauten Gespräch zwischen ihr und Tim an der Seebrücke zu tun. Die beiden haben, für meinen Geschmack, etwas zu innig gewirkt.

Kannst du es ihr verübeln?

Mein Kopfschütteln bezieht sich auf Gollum und ist zugleich eine Aufforderung, bitte abzuhauen.

»Ich sehe aus wie ein kompletter Idiot.«

Tim streckt die Arme vor und demonstriert, wie klein ihm die Weste ist.

»Und du glaubst, das liegt an der Rettungsweste?«

Prompt zeigt er mir den Mittelfinger. Fritzi packt mich am Kragen und zwingt mich, sie anzusehen.

»Wenn du dich auf dem Boot nicht zusammenreißt …«

Nimmt sie etwa gerade ausgerechnet Tim in Schutz?

»Was dann?«

Zu gerne möchte ich über die Konsequenzen informiert werden, die mich dann erwarten. Leider unterbricht Ole sie an dieser Stelle.

»Astronauten hergehört! Ihr habt eure Westen, ihr habt euer Boot, es wird Zeit, euren Kapitän zu wählen.«

Ein Blick auf unsere zusammengewürfelte Truppe und man erkennt sofort, dass wir zig Seemeilen davon entfernt sind, eine Mannschaft zu bilden. Wie sollen wir da den Kapitän wählen?

»Wollt ihr abstimmen oder –?«

Tim hebt die Hand, bevor Ole den Satz beenden kann.

Ich verdrehe die Augen und schüttle entschlossen den Kopf.

»Unter keinen Umständen steige ich auf ein Boot, wenn *der* das Sagen hat.«

»Möchtest du lieber der Kapitän sein?«

Ja! Dann kannst du sie alle ins Verderben segeln lassen!

Gollum wird mich heute nicht runterziehen. Vollkommen egal, wie oft er mir gemeine Aufforderungen ins Gesicht spuckt. Ich als Kapitän eines Segelboots, das kommt nicht infrage. Nicht, solange Fritzi dadurch in Gefahr geraten könnte.

»Das ist keine gute Idee. Vielleicht lieber eines der Mädels?«

Ole folgt meinem Blick und lächelt Fritzi auffordernd an.

»Wie sieht es aus? Lust auf ein kleines Abenteuer?«

»Ich passe.«

Sie muss nicht mal darüber nachdenken. Jetzt rutscht Sarah ungewollt in den Fokus, wobei ich ihr Unbehagen fast spüren kann, obwohl sie in diesem Seemannslook die beste Figur von uns allen abgibt.

»Sarah, deine Mitmatrosen haben wohl dich gewählt.«

»Mich?«

Sie schüttelt ungläubig den Kopf. Allerdings muss man zugeben, dass sie sich bisher bei allen Dingen ausgesprochen gut angestellt hat. Keine dreißig Sekunden hat sie gebraucht, um in ihrer Rettungsweste auf das Boot zu steigen. Sie wusste sogar, wie man welche Leinen losmacht und welche Kommandos zu rufen sind.

»Ich habe doch gesagt, dass ich es mache.«

Tim ist es offensichtlich nicht gewöhnt, nicht sofort die erste begeisterte Wahl zu sein.

»Schon, aber deine Kollegen sehen das anders.«

»Sie spricht ja nicht mal so laut, dass wir sie hören.«

Fritzi rutscht von ihrem Platz neben mir auf die andere Seite des Bootes neben Sarah, kurz wackelt die *McFly* und gibt uns dadurch einen kleinen Vorgeschmack, was uns erwartet, wenn wir nicht am Steg angebunden, sondern irgendwann auf hoher See dümpeln. Das macht mich nervös. Fritzi lächelt Sarah aufmunternd an.

»Ich glaube, dass du es kannst.«

Wenn Mädchen sich so ansehen, als seien sie in eine Unterhaltung vertieft, die wir Jungs nicht hören oder verstehen können, finde ich das immer ein bisschen gruselig.

Warum verfügen sie über solche Superkräfte, sich nur über Blickkontakt zu unterhalten?

»Wirklich?«

Fritzi nickt lächelnd, Sarah zögert kurz, aber dann sprengt ihr Lächeln fast das Gesicht.

»Okay. Ich mach's.«

»Moment mal ...«

Tim will gerade widersprechen, als Sarah sich an Ole wendet, seinen Zwischenruf ignoriert und mit straffen Schultern nickt.

»Ich habe gesagt, ich mache es!«

Wie Clark Kent zu *Superman* wird, verwandelt sich Sarah vor unseren Augen in unseren Kapitän und braucht dafür nicht mal eine Telefonzelle.

FRITZI

Master and Commander

»Das ist der sogenannte Palstek. Ein klassischer Seemannsknoten.«

Ein Blick zu Sarah, und ich erkenne, dass sie den Knoten offenbar schon fertig hat, obwohl Ole ihn gerade erst erklärt.

»Wie machst du das?«

Sie grinst, offenbar mit sich und dem Knoten zufrieden.

»Intuition.«

Seit knapp einer Stunde sitzen wir jetzt schon auf dem Boot, Sarah neben mir, Bastian direkt gegenüber und Tim im Bug, uns den Rücken zugewandt. Ich finde es schade, dass er noch immer so tut, als würde er nicht dazugehören, genieße aber auch die Tatsache, dass die beiden Jungs sich gerade mal nicht an die Gurgel gehen. Ich starre wieder auf das Stück hellblaues Seil, das Ole an uns alle verteilt hat, um die wichtigsten Knoten zu lernen. Ich scheitere schon beim ersten Handgriff.

Bisher hatte ich nicht angenommen, dass wir das mit dem Segeln wirklich so ernst nehmen müssen. Vor allem, da wir ja doch nur am Steg angebunden rumschwimmen. Aber Oles dickes »Segeln für Dummies«-Buch, das wir ausgehändigt bekommen haben, lässt ahnen, auf was ich mich wirklich eingelassen habe.

»Es funktioniert wie eine gute Schlaufe. Damit könnt ihr das Boot beim Anlegen festmachen. Oder wenn jemand über Bord geht, ihn damit einholen.«

Bastian, der mir gegenübersitzt und das Seil lange Zeit einfach nur angestarrt hat, sieht kurz zu Ole. Er scheitert am Palstek ebenso wie ich. Basti ist genervt.

Jedes Mal, wenn ich ihn heimlich betrachte, muss ich daran denken, wie er mich angesehen hat, nachdem ich ihm den Kuss auf die Wange gegeben habe.

»Noch was, wofür ich kein Talent habe.«

Er wedelt mit dem Seil vor unseren Gesichtern und wirft es dann zur Seite. Sarah hebt es wieder auf und reicht es ihm. Ihr Blick macht klar, dass sie keine Widerrede akzeptiert.

»Es ist leichter, wenn du es am Anfang um dein Handgelenk legst.«

Da sie sich mit Seemannsknoten aller Art auszukennen scheint – und unser Kapitän ist –, nimmt Basti wieder das Seil, atmet tief aus und sieht dann zu mir, sehr zu meiner Überraschung. Im Sonnenschein fallen mir nicht nur seine dunklen Augenringe, sondern vor allem die vielen kleinen und grünen Punkte in seinen sonst braunen Augen auf. Dabei gebe ich mir doch gerade so viel Mühe, vernünftig zu sein. Ich bin schließlich hier, um gesund zu werden und den Fokus auf die wichtigen Dinge zu richten.

»Sarah, könnten wir den Platz tauschen?«

Bastis Stimme klingt ernst. *Nein, ihr könnt nicht den Platz tauschen*, weil du mir dann zu nah kommst und ich mich dann wieder dabei ertappe, wie ich deine Arme anstarre und versuche, meinen Blick unter deine Rettungsweste wandern zu lassen. Sarah nickt natürlich und wechselt die Seite, mit einem kurzen Grinsen zu mir, lässt sich neben Tim fallen und wirft einen kritischen Blick auf seine Knotenkonstruktion. Bastians Oberschenkel berührt meinen, denn er sitzt viel zu dicht neben mir, während ich nur auf das Seil starre.

»Darf ich?«

Statt auf eine Antwort zu warten, greift er nach meinem Handgelenk, legt das Seil darum und versucht sich allen Ernstes an der Ausführung eines korrekten Palstek. Die Härchen auf meinen Armen stellen sich auf wie kleine Zinnsoldaten, die in den Krieg ziehen wollen. Dabei ist heute ein warmer, fast windstiller Sommertag. Meine Sprache versteckt sich hinter einem klopfenden Herzen, deswegen klingt mein Protest nur gedämpft.

»Oh, hey …«

Bastian ist total konzentriert bei der Sache.

»Entspann dich, ich übe nur den Plastikknoten.«

»Palstek.«

»Hab ich doch gesagt.«

Dabei zucken seine Mundwinkel zu einem kurzen Lächeln, er sieht mich aber nicht an, sondern ist ganz vertieft in seine Arbeit. Also ergebe ich mich schweigend, starre auf seine Finger, die den Knoten binden und dabei vielleicht etwas häufiger als nötig meine Haut berühren.

»Also, Fritzi …«

»Hm?«

Zum Glück sieht er mich nicht an, denn ich befürchte, dass es mir schwerfällt, meine turbulenten Gefühle zu verheimlichen.

»... was passiert, wenn ich mich an Bord nicht benehme?«

Richtig, bei dieser Frage wurden wir vorhin unterbrochen. Jetzt ruft er damit die Panik wieder auf den Plan, die bisher artig irgendwo im Schatten gesessen und mich in Ruhe gelassen hat.

»Ich habe einfach keine Lust, bei einem Segelunfall draufzugehen, weil du und dein Intimfeind eure Fehde auf hoher See ausfechten müsst.«

Das ist nur ein kleiner Teil der Wahrheit. Das Meer an sich macht mir keine Angst, aber die Enge des Bootes, die hohe Wahrscheinlichkeit, dass ich eine Panikattacke bekomme und es niemanden gibt, dem ich das verraten kann – und wie immer die Angst vor der Angst: das große schwarze Fragezeichen, das bei jedem Schritt über mir schwebt.

»Wie willst du denn dann draufgehen?«

Gerade als ich angenommen habe, dieses Gespräch könnte eine angenehme Wendung nehmen, stellt Bastian so eine Frage. Etwas irritiert sehe ich in sein Gesicht, das noch immer höchste Konzentration zeigt. Dabei fährt er ständig mit der Zunge über seinen angeschlagenen Zahn.

»Ich bin sechzehn. So was habe ich mir noch nicht überlegt.«

Er nickt, sieht aber nicht auf.

»Okay, aber stell dir vor, du dürftest es dir aussuchen.«

»Dann würde ich gerne irgendwann, wenn ich alt und runzelig bin, nach einem schönen Spaziergang am Meer einfach glücklich entschlafen.«

Kurz findet sein Blick den meinen. Der Knoten ist ihm gelungen, die Schlaufe sitzt locker um mein Handgelenk.

»Das ist langweilig.«

»Das ist schmerzfrei.«

»Das stimmt.«

»Wie willst *du* denn sterben?«

Als würde das Braun seiner Augen die hellen grünen Punkte verschlucken, verdunkelt sich sein Blick schlagartig und er denkt über meine Frage nach. Ich nehme mein Seil und lege es um seine Hand, so wie er es bei mir gemacht hat, doch nichts in seinem Gesicht deutet darauf hin, dass er etwas davon bemerkt. Seine Haut fühlt sich weich und warm an. Er hat sehnige Unterarme, die nicht so blass sind wie seine Haut unter der Rettungsweste. *Ja, ich schaue schon wieder hin.*

»Ich denke, einfach untergehen, das wäre nicht der schlechteste Weg, um abzutreten.«

Er sieht über die glatte Wasseroberfläche, die einladend glitzert, als hätte eine unsichtbare Hand Diamanten darübergestreut.

»Was ist dann mit deinen Eltern? Die würden daran doch kaputtgehen!«

Er zuckt nur die Schultern, als wäre mein Einwurf nur ein kleiner Schönheitsmakel eines sonst perfekten Plans.

»So weit habe ich gar nicht gedacht.«

»Aber *bis dahin* hast du schon gedacht oder wie?«

»Manchmal.«

Mir fehlt die Leichtigkeit in Bastis Stimme, das Grinsen oder sonst ein Anzeichen, dass er nur Spaß macht und es ein rein hypothetisches Gespräch ist. Da ist sie wieder, die Leere in seinen Augen, wie neulich im Bus. Wären wir auf einem harmlosen Segeltrip, könnte ich es als geschmacklosen Witz abtun. Aber er ist nicht ohne Grund hier, man muss wirklich kein britischer Meisterdetektiv mit hohen Wangenknochen sein, um zu erahnen, dass Bastian Schumacher eine düstere Seite hat: die Stimmungsschwankungen, die Traurigkeit in seinem Blick. Von all diesen Dingen will er mit seinen flotten Sprüchen ablenken, aber ich habe genauer hingeschaut.

»Das darfst du nicht machen.«

»Wieso nicht?«

Ich wünschte, ich könnte ihm diesen einen Grund nennen, der stärker ist als die Dunkelheit in seinen Augen. Meine Gedanken kreisen um dieses Gefühl, das seit Tagen langsam in meinem Brustkorb wächst, das ich aber nicht auszusprechen wage.

»Na, was wird dann aus uns?«

Noch während ich die Frage stelle, weiß ich nicht so genau, wen ich mit *»uns«* meine. Bastian offensichtlich auch nicht.

»Aus wem genau?«

Sag es, Franziska!

Mein Hals ist trocken, ich zucke nur hilflos die Schultern.

»Na, aus den Astronauten.«

Damit schließe ich ihn und mich nicht aus, denn vielleicht verdienen wir ja eine Spin-off-Serie, die hier gerade zaghaft ihren Anfang nimmt.

»Was soll schon aus euch werden?«

»Du kannst doch nicht einfach so …«

Das Wort will mir nicht über die Lippen kommen, deswegen mogle ich mich drum herum, damit es weniger wehtut.

»… weggehen.«

»Na, noch bin ich da.«

Das klingt aber nicht so, als ob er auch bleiben wollte. Seine Lippen versuchen sich an einem Lächeln, das nur einen Zweck hat: mich zu beruhigen. Stattdessen führt es nur dazu, dass sich Bastian weiter in mein kleines, ängstliches Herz schleicht.

Oles Stimme holt mich zurück in die Gegenwart, weg von den Bildern in meinem Kopf, die mir vorgaukeln, wie Bastian irgendwo auf hoher See einfach untergeht.

»Gut, der Knoten sitzt. Dann wollen wir ihn gleich mal anwenden. Tim, Bastian! Ihr spielt jetzt mal Mann über Bord.«

Schockiert schaue ich zu Ole. Das kann nicht sein Ernst sein. Weiß er denn nichts von Bastis Vorstellung, wie das Meer ihn verschlucken und von hier wegtreiben könnte?

Weg von uns Astronauten.

Weg von mir.

Tim springt auf und versetzt das Boot damit kurz in ein leichtes Schaukeln.

»Wer schubst wen?«

Er dehnt seine Arme, streckt sich und bereitet sich auf seinen großen Auftritt vor.

»Basti rettet Tim.«

Aber wer rettet Basti?

Gerade als dieser aufstehen will, schließt sich die Schlaufe, die ich erfolgreich gebunden habe, um sein Handgelenk. Er sieht zu mir, weil ich das Ende des Seils noch immer fest umklammert halte. Ganz sicher werde ich ihn nicht einfach so loslassen. Das folgende Lächeln gilt nur ihm. Ebenso wie das Flüstern.

»Siehst du, hab dich.«

BASTIAN

Baywatch

»MANN ÜBER BORD!«

Sarah hat das Segel in eine andere Position gebracht und das Kommando übernommen.

»Rein ins Wasser, Bastian!«

Also springe ich und schwimme jetzt in Richtung Tim, der vor mir leblos im Wasser treibt. Was ihm übrigens gar nicht passt, hätte er doch so gerne den Retter gemimt. Zu dumm, dass er jetzt den Ertrinkenden spielen muss. Die Mädels sind im Boot und bereit, mir das Seil mit einem von Sarah perfekt gefertigten Palstekknoten zuzuwerfen, damit wir unseren Muskelprotz wieder an Bord der *McFly* verfrachten können. Ole hat uns erklärt, wie wir vorgehen müssen, welchen Klammergriff ich anwenden soll, um den leblosen Körper in Richtung Boot zu ziehen, und worauf die Bordbesatzung achten muss. Alles gar nicht so einfach, wenn man kein ausgewiesener *Baywatch*-Fan ist.

Da hilft es auch nicht gerade, dass ich total unkonzentriert bin und zur Abwechslung nicht nur meinen internen Kampf mit Gollum, sondern auch noch den mit meinem Herzen führen muss, das beschlossen hat, aus einem jahrelangen Winterschlaf zu erwachen.

Ausgerechnet in diesem Sommer.

Ausgerechnet bei Fritzi.

Fritzi.

Die mich genau beobachtet hat, als ich Tim ins Wasser gefolgt bin. Natürlich weniger elegant und ohne perfekte Haltungsnote.

Das Wasser ist frisch, aber nicht kalt. Es weckt trotzdem all meine Sinne und zwingt mich gnadenlos dazu, mich mit meinen Gedanken auseinanderzusetzen. Ich kann Fritzis Blick selbst durch die Rettungsweste auf meiner – im Vergleich zu Tim – viel zu blassen Haut spüren. Mit langsamen Schwimmbewegungen nähere ich mich dem scheinbar leblosen Adoniskörper vor mir.

Tim hat sogar die Augen geschlossen, er ist perfekt in seine Rolle – und das Wasser – eingetaucht.

»Sprich ihn an, Basti, um zu checken, ob er noch bei Bewusstsein ist!«

Oles Kommandos wären bei einem Ernstfall sicher auch hilfreich.

»Hey, Tim, kannst du mich hören? Weißt du, wo du bist?«

Ich erreiche und drehe ihn mit der Weste, die seinen Körper über Wasser hält, in meine Richtung. Er grinst mich an und öffnet die Augen.

»Ich bin tot. Ist mir egal, wo ich bin.«

»Du bist nur bewusstlos.«

»Wenn's sein muss.«

Damit fällt er wieder in die Rolle, lehnt den Kopf zurück und genießt weiterhin lächelnd die Sonne auf seinem Gesicht.

»Ihr macht das sehr gut, Jungs.«

Davon bin ich nicht überzeugt. Tim macht genau genommen gar nichts, während ich versuche, ihn ungeschickt in eine Position zu kriegen, die mir den merkwürdigen Klammer-Rettungsgriff ermöglicht. Diese bescheuerten Westen verwandeln uns im Wasser zu unbeweglichen Sumo-Ringern.

»Was geht da eigentlich zwischen dir und Fritzi?«

Tim hält die Augen geschlossen. Er stellt die Frage blind und trifft doch genau ins Schwarze.

»Nichts.«

»Wieso starrst du sie dann immer an, wenn sie nicht hinschaut?«

Wann hat Tim angefangen, irgendwas außer sich selbst, sein Spiegelbild und jede sich ihm bietende Reflexion wahrzunehmen?

»Du spinnst doch.«

Er öffnet nur ein Auge, aber es genügt, um mich zu durchschauen.

»Stehst du auf sie?«

»Kannst du nicht einmal bewusstlos bleiben?«

»Es ist nur eine Frage, was zickst du jetzt so rum?«

Weil es mich nervt, dass nicht nur Gollum in meinem Kopf diese Frage ständig stellt, sondern jetzt auch noch du!

»Ist doch offensichtlich, dass du sie scharf findest.«

Damit will er mich nicht einfach nur aufziehen, sondern klingt dabei auch noch eine Spur eifersüchtig. *Wusste ich es doch!* Dabei finde ich sie nicht »scharf«, ich finde sie wahnsinnig hübsch. Am Anfang ist mir das gar nicht so aufgefallen, da war sie nur das Mädchen mit der Kurzhaarfrisur und den frechen Antworten. Jetzt sehe ich ein Mädchen, das mich aus *Mars*-Riegel-Augen ansieht, das ich unbedingt auffangen will und für das ich vielleicht, unter besonderen Umständen, sogar meinen Abgang von der Welt verschieben würde. Nicht, dass ich gerade etwas derartiges plane, aber man weiß ja nie so recht, wie kurz die Zukunft ist.

Nein, nein, lass dir von ihr nichts einreden.

Schnauze, Gollum! Ich habe gerade andere Sorgen!

»Ihr seid auf alle Fälle das schrägste Paar, das ich jemals gesehen habe.«

Mit einer groben Bewegung bringe ich Tim etwas unwirsch in eine Position, bei der ich ihn nicht mehr ansehen muss.

»Ach was, wirklich? Stehst du etwa auch auf sie? Wo du doch deine Traumfreundin Vicky jeden Tag zu Hause anrufst, damit sie sich ja keine Sorgen machen muss!«

Mich trifft ein Tritt, der durch das Wasser natürlich sehr gebremst und deshalb wenig schmerzhaft ist.

»Lass Vicky aus dem Spiel, du Penner!«

»Dann lass du Fritzi aus dem Spiel, du Boje!«

Tim rudert mit den Armen und versucht sich durch Schwimmbewegungen in meine Richtung zu manövrieren. Scharf sieht er mich an.

»Jungs, reißt euch mal zusammen! Komm schon, bring ihn zu uns ans Boot, Basti!«

Wenn das so einfach wäre. Der Kerl wiegt an Land ja schon eine Tonne, im Wasser ist er nur unwesentlich leichter und wehrt sich auch noch.

»Würde ich ja! Aber Akebono-Tim hier weigert sich, bewusstlos zu werden!«

Sofort hört Tim auf zu zappeln, wird wieder leblos und schließt die Augen.

»Du bist ein Schisser, Basti.«

»Du kennst mich nicht, Tim. Du hast *keine Ahnung*, was ich bin.«

Damit lege ich meine Arme um ihn, ziehe den Mistkerl so gut wie möglich an mich und versuche gleichzeitig rückwärts mit nur einem Arm unser doppeltes Gewicht durchs Wasser zu schippern. Dabei spüre ich, wie angespannt Tims Körper noch immer ist. Als würde er vibrieren, weil unausgesprochene Worte in seinem Brustkorb hämmern. Ich ziehe Tim etwas fester zu mir und halte ihn, so gut ich kann, ohne dabei zu viel Wasser zu schlucken. Er dreht den Kopf, um zu checken, wie weit wir noch vom Boot entfernt sind. Sein Blick trifft mich plötzlich knallhart, wütend und aufgebracht, dabei halte ich bewusst die Klappe. Er beginnt wieder zu zappeln und kurz befürchte ich, er hat einen Krampf oder so was, doch er macht sich nur entschlossen aus meinem Klammergriff frei, stößt mich mit allen ihm zur Verfügung stehenden Mitteln von sich und unterbricht dabei keine Sekunde den Blickkontakt.

»Was soll das jetzt schon wieder?«

»Fass mich nicht an, okay!«

Damit schlägt er mit der Faust ins Wasser vor uns, so heftig, dass ich froh bin, er hat sich nicht für mein Gesicht entschieden.

»Das ist 'ne Übung, Tim! Komm her jetzt!«

Ich greife nach seiner Weste, will ihn wieder zu mir ziehen, doch er wendet einen judoähnlichen Griff an meinem Oberarm an, eine kurze Drehung, heftiger Schmerz – und schon lasse ich ihn los.

»Finger weg!«

»Jungs! Wo ist das verdammte Problem?«

Tims Blick ist undurchsichtig. Ich habe keine Ahnung, warum er jetzt so wütend ist. Wenn er wirklich auch auf Fritzi steht, dann soll er das sagen. Das würde mir den Grund geben, den ich brauche, um den Kontakt mit ihr auf ein Minimum zu reduzieren.

Du brauchst außer mir keinen weiteren Grund.

Gollum taucht schwer atmend wieder neben mir im Wasser auf. Jetzt bin ich es, der wütend auf die Oberfläche schlägt.

»Okay, das reicht! Ihr beide habt heute Putzdienst. Und jetzt zurück an Bord!«

Ole ist ein sehr ruhiger, sehr netter Typ, der mir in der Vergangenheit schon einiges hat durchgehen lassen. Aber wenn seine Geduldssaite überspannt wird, dann sollte man darauf kein nerviges Gitarrensolo mehr spielen. Tim schwimmt mit schnellen Zügen an mir vorbei und verbrennt dabei nicht nur Kalorien, sondern auch seine Wut.

»Schönen Dank auch, Arschloch.«

Dabei ist nichts davon meine Schuld. Während ich zur *McFly* blicke, bemerke ich, dass auch Fritzi und Sarah mich vorwurfsvoll ansehen, als hätte ich das Manöver und den Tag ruiniert.

Na wunderbar.

FRITZI

Die Überglücklichen

Die ganze Rückfahrt hat niemand ein Wort gesprochen. Sarah ist wieder in ihr Schneckenhaus gekrochen, als wäre sie nie unser Kapitän gewesen. Basti hat mit verschränkten Armen alles und jeden in Grund und Boden gestarrt, und Tim war leider einmal mehr ganz der Alte. Dabei hatte der heutige Tag doch gar nicht so verkehrt angefangen.

Jetzt sitzen Sarah und ich am Tisch in der Kantine, unsere leeren Teller vor uns, und beobachten Tim und Bastian, wie sie ihre Strafe mit möglichst viel Würde tragen, trotz Tellerabräumen und Tischeabwischen. Ole hat seine Drohung wahr gemacht, was beiden eine Extrarunde Putzdienst eingebracht hat. Sie sehen sich nicht mal an, sondern weichen einander aus, als wären sie zwei gleichgeladene Magnete, die sich abstoßen.

»Jungs.«

Sarah bringt es ziemlich genau auf den Punkt, greift nach ihrem Colaglas und nimmt einen großen Schluck.

»Ziemlich *schräge* Jungs.«

Meine Mitbewohnerin zuckt die Schultern, mustert die beiden in ihren gelben Schürzen, die sie ein bisschen wie Kellner aussehen lassen.

»Basti ist komisch. Tim dafür ziemlich sexy, oder?«

Klar, Tim ist attraktiv. Es wäre eine Lüge, das Gegenteil zu behaupten. Helle Augen, markantes Kinn, perfekte Kieferpartie. Trotzdem ist er ein bisschen wie Dr. Tim und Mr Hyde. Sobald ich ihn sympathisch finde, tut oder sagt er etwas Dummes – so wie vorhin am See mit Basti. Zugegeben, das ist so ein Jungsding: sich immer danebenbenehmen, wenn wir Mädels sie gerade gut finden. Da soll noch mal einer sagen, das weibliche Geschlecht wäre kompliziert.

»Basti ist eher dein Typ.«

Das ist keine Frage, sondern eine Feststellung, die ich abstreiten oder so stehenlassen kann. Jetzt wäre der perfekte Moment für einen spontanen, sehr wichtigen Auswärtstermin. Allerdings bewege ich mich kein Stück, sondern starre nur weiter ins Nichts und denke schon wieder daran, wie er meine Hand gehalten hat. Länger als nötig.

»Willst du darüber reden?«

Ja, will ich, weil ich nicht weiß, was gerade passiert, und wieso ich öfter als mir lieb ist an ihn denken muss. So kenne ich mich nicht, weil Jungs seit der Panik nicht gerade weit oben auf meiner Prioritätenliste standen. Sollte ich über so was nicht lieber mit Isa reden?

Sarah sieht mich noch immer offen an. Wenn ich mich anstrenge, könnte ich mir einbilden, sie wäre Isa. Obwohl die beiden rein gar nichts gemeinsam haben. Aber Sarah fragt nach, wie es mir geht, ob ich reden will, und teilt sich mit mir das Zimmer. Wenn man einen Jungen gut findet und nicht weiß, wieso oder was da passiert, dann spricht man darüber doch mit einer Freundin, oder?

»Das muss dir nicht peinlich sein. Ich mag Bastian auch.«

Sarah ist nicht Isa. Sarah kennt Bastian, Sarah weiß, dass ich hier bin, auch wenn sie nicht weiß, warum. Sarah hält mich nicht für verrückt. Langsam beuge ich mich etwas zu ihr.

»Ich mag ihn schon. Irgendwie.«

»Aber?«

»Aber wir sind hier, um gesund zu werden, und nicht, um uns in den nächstbesten süßen Kerl zu verknallen.«

Sie zuckt die Schultern und grinst nur.

»Gefühle halten sich nicht an Therapiepläne, oder?«

»Kennst du das Gefühl, wenn alles, was du an dich ranlässt, dich nur noch verletzlicher macht?«

Sarah nickt heftig

»Oh ja, du beschreibst mein Leben.«

Ich werde das Gefühl nicht los, dass ich alle Leben auf diesem Planeten beschreibe. Dennoch meine ich es anders.

»Dann stell dir das mit hundert multipliziert vor, und du bist da, wo ich gerade bin.«

Sie sagt nichts, lässt mich einfach reden.

»So ist es auch mit Bastian. Nicht nur mit ihm. Mit allem. Mit der Schule, meinen Eltern, meiner besten Freundin …«

»Auch mit mir?«

Lügen? Oder die Wahrheit sagen?

»Ja.«

»Aber ich würde nie was tun, das gemein ist. Ich schwöre, Fritzi! Niemals.«

Statt ihrer Worte höre ich die Ehrlichkeit dahinter. Sarah wirkt nicht wie jemand, der andere Leute in die Pfanne haut.

Dafür scheint sie selbst oft zu zerbrechlich. Eine Ahnung beschleicht mich.

»Weil andere gemein zu dir waren?«

Sarah sieht durch mich hindurch, da die Frage wohl ein ungeahnter Treffer war. Einer, von dem sie sich nicht so schnell erholt.

»Ja.«

Keine Ahnung, ob sie die Tränen in ihren Augen bemerkt, denn sie blinzelt nicht, zeigt keine Regung. Sanft lege ich meine Hand auf Sarahs und erinnere sie daran, dass ich noch hier bin.

»Das tut mir leid.«

»Muss es nicht. Du warst ja nicht gemein.«

Sie lächelt traurig und glücklich zugleich. Dadurch vertreibt sie die hässlichen Erinnerungen und stellt ihren Blick wieder scharf, fast so, als hätte jemand einen Schalter umgelegt. Das ist wieder die fröhliche Sarah, mit der ich über Basti und meine Schwärmerei für ihn sprechen kann.

»Hier bei den Astronauten ist alles viel besser.«

BASTIAN

Braveheart

»Kann ich eins haben?«

Über die Musik, die durch die Kopfhörer in meine Ohren dringt, höre ich Fritzi, die vor mir auftaucht und auf meine Sammlung verschiedener Süßigkeiten auf der Couch deutet.

Nach dem Strafdienst mit Tim, der zu den ätzenderen Erfahrungen meines Aufenthalts gehörte, habe ich mich in den Gemeinschaftsraum zurückgezogen, um ein bisschen Ruhe vor dem Tag zu bekommen.

»Klar, such dir was aus.«

Noch immer würge ich die Musik nicht ab, weil ich finde, dass sie ziemlich gut zum Moment passt. James Horner hat mit dem Soundtrack zum Film *Braveheart* Millionen von Zuschauern zu Tränen gerührt, aber er wusste nicht, dass sein *For the love of a princess* auch so gut in den Alltag passt. Fritzi durchwühlt meine Vorräte an Süßkram. Dabei bewegt sie sich für meine Wahrnehmung in Zeitlupe, während ich sie nicht gerade unauffällig anstarre.

»Hm. Du hast echt einen schrägen Geschmack, Basti.«

Sie nimmt eines der Chili-Gummibärchen in die Hand und schnuppert erst mal vorsichtig daran. Dabei sieht sie unfassbar süß aus.

James Horner, du Musikgenie! Er hätte den Soundtrack zu meinem Leben schreiben müssen.

»Was grinst du so?«

Grinse ich? Tatsächlich, und solange Fritzi mich auf diese Art ansieht, kann ich es auch nicht abstellen. Ich ziehe mir aber die Kopfhörer von den Ohren und würge die musikalische Untermalung dieser Episode einfach ab.

»Sorry. Die meisten reagieren so, wenn sie meine Auswahl sehen.«

Von sauren Kaugummis, die einem die Tränen in die Augen treiben, über Chili-Bonbons und extra starke Mentholutschpastillen ist wirklich alles im Angebot.

»Was spricht gegen einen Erdbeerkaugummi?«

Sie rutscht auf die Couch neben mich. Mir ist noch nie aufgefallen, wie eng dieses Sitzmöbelstück ist, wenn man mit einem Mädchen darauf Platz nimmt, das man mag.

Und mit mir.

Obwohl wir Hochsommer haben, quetscht sich der Grinch zu uns auf das Sofa.

»Reichst du mir mal so ein Chili-Teilchen?«

Fritzi wirft mir meine Bestellung zu, aber ich verpasse sie, das Ding landet auf meiner Brust. Hastig beiße ich ein Stück ab und konzentriere mich auf den scharfen Geschmack.

»Du futterst die Dinger weg wie nichts.«

Das könnte ein Kompliment sein, würde sie dabei nicht so schockiert klingen.

»Therapeutische Maßnahme.«

»Aha.«

Etwas unsicher beißt sie ebenfalls in ihre gummibärchenartige Chilischote. Ich muss mir ein Grinsen verkneifen, denn sobald der Geschmack einsetzt, fängt Fritzi an zu husten, setzt sich auf und bekommt eine höchst gesunde Gesichtsfarbe.

Ich muss lachen und klopfe ihr auf den Rücken, weil sie Erstickungssympthome aufweist.

»Alles okay?«

»Wasser …«

»Das macht es nur schlimmer.«

»Wasser!«

Wer nicht lernen will, muss wohl oder übel fühlen. Ich reiche ihr die Flasche vom Tisch, und sie nimmt einen großen Schluck, hustet, trinkt und hustet noch mehr.

»Ich habe dich gewarnt.«

Sie wischt sich die Tränen aus dem Gesicht, sobald sie sich ein bisschen beruhigt hat, und atmet tief durch, dann sinkt sie erschöpft in die Couch und damit auch gegen mich.

»Die Dinger sind ja gemeingefährlich.«

Und lebensrettend.

»Du kannst mir unmöglich erzählen, dass du die wirklich magst?!«

»Tue ich nicht.«

»Warum sehe ich dich dann so gut wie nie ohne?«

Tja, warum mein Freundchen, hm?

»Weil sie alles andere abtöten.«

»Verstehe ich nicht.«

Fritzis Gesicht ist so nah an meiner Schulter, dass ihr Kinn den Ärmel meines T-Shirts berührt. Obwohl es unmöglich ist, meine ich, das trotz des heftigen Brennens in meinem Mund spüren zu können.

»Manche Gefühle sind halt nicht so schön.«

Du romantisierst das aber ganz hübsch.

Verpiss dich zurück in den Winter, Grinch!

»Und dann brauche ich einen Schock, der alles andere übertönt und abtötet.«

Besonders gut habe ich es nicht erklärt, aber ich bin auch nicht Bellinger, der meine Bewältigungstaktik wohl besser erläutert hätte. Fritzi nickt ernst, lässt mich keine Sekunde aus den Augen.

»Spürst du dann nichts mehr?«

Ich zucke die Schultern.

»Nicht mehr viel.«

Sie berührt mit ihren Fingerspitzen meinen Unterarm, zieht kleine Kreise über meine Haut und löst eine Gänsehaut aus, die sich wie eine Rüstung um meinen gesamten Körper legt.

»Spürst du das noch?«

Wenn ich ehrlich bin, spüre ich *nur noch das*. Ist außer uns etwa jemand in diesem Raum?

Unfähig, was zu sagen, das Sinn ergibt und nicht bescheuert klingt, nicke ich so mechanisch wie C-3PO aus den *Star-Wars*-Filmen.

Fritzi lehnt ihren Kopf an meine Schulter.

»Und das?«

Mein Herz beantwortet die Frage für mich. Ich sollte Dr. Bellinger informieren, dass ich wieder an akuter Tachykardie leide. Oder wie ich es nenne: *Schnellherzigkeit*. Ausgelöst durch Fritzis Nähe und ihre Berührung. Fritzi sieht mich fragend von der Seite an, ihre Schokoriegelaugen machen selbst Bambis Augenaufschlag Konkurrenz.

»Spüre ich auch noch.«

Meine Stimme klingt so rau, als würde sie gleich splittern.

»Gut.«

Sie lässt den Kopf an meiner Schulter und spielt mit der angebissenen Chilischote in ihrer Hand.

»Solange du das alles noch spürst, darfst du nicht über Bord gehen.«

Für wen hält sich dieses Mädel eigentlich? Ich geb hier die Kommandos.

Bitte, halt einfach die Klappe! Gönn mir doch diesen Moment! Nur diesen einen!

Mehr als 'nen Moment hält sie's sowieso nicht mit dir aus, bevor sie das Weite sucht!

Wenn ich nicht so genau wüsste, dass der Grinch nicht wirklich real ist, würde ich versuchen, ihn mit dem Kissen zu meiner Linken zu ersticken.

Fritzi greift nach dem Buch, das neben mir liegt, und mein Versuch scheitert, es ihr zu entreißen.

»Was zum …?«

Sie erkennt es natürlich sofort und setzt sich, sehr zu meinem Missfallen, wieder aufrecht hin. Der dadurch entstandene Abstand zwischen uns kommt mir viel zu groß vor.

»Du liest das echt!?«

»Segeln für Dummies« – sie hat mich erwischt.

»*Nein*, ich blättere es nur durch.«

»Du streichst dir wichtige Passagen an?«

Sie deutet auf eine Seite, bei der ich tatsächlich den Marker benutzt habe, weil ich mir keine Fachbegriffe merken kann.

»Sarah wirkt auf mich wie ein sehr strenger Kapitän.«

Doch statt mich auszulachen, strahlt sie über das ganze Gesicht. So sehen mich Leute für gewöhnlich nicht an. Zumindest schon seit einer ganzen Weile nicht mehr.

»Du nimmst es wirklich ernst.«

»Na ja, schon.«

Sie nickt zufrieden, blättert zu einem Bild, auf dem ein Segelboot in voller Fahrt zu sehen ist, und plötzlich spannt ihr Körper sich an.

»Talassophobie?«

Irritiert reißt sie den Blick vom Foto los und lässt das Buch zuklappen.

»Was?«

»Leidest du an Talassophobie?«

»Ich weiß nicht mal, was das ist.«

»Die Angst vor dem Unbekannten im Wasser und so.«

»Gibt es das auch an Land? Die Angst vor dem Unbekannten?«

Fritzi lässt sich erschöpft zurück in die Couch sinken.

»Die Angst vor der Angst.«

Sie reagiert nicht, starrt nur geradeaus. Ich weiß, dass ich ihrem Problem ziemlich nahegekommen bin.

»Ist das der Grund, weshalb du hier bist?«

So leer ihr Blick gerade noch war, so lebendig wird er, als sie ihn auf mich richtet.

»Geht es dir echt immer nur darum, Bastian? Willst du so unbedingt wissen, wieso ich hier bist?«

»Nein.«

Na klar. Freak-News sind die besten. Ansonsten ist das Mädel uninteressant.

Sie glaubt mir nicht.

»Schau, wenn es mir nicht gut geht, greife ich auf meine Skills zurück und esse extremen Süßkram. Was machst du?«

Sie zuckt die Schultern. Die meisten, die hier sind, haben sogenannte Skills, die sie anwenden, wenn ihr Problem zu groß wird. Manche sind beruhigend, andere reizen die Sinne. Oder es sind aktive Strategien wie laut schreien, aufräumen oder basteln. Meine kommen immer dann zum Einsatz, wenn die Stimme in meinem Kopf zu laut wird.

»Meine Fäuste. Muskeln anspannen und dann entspannen.«

Oft genug habe ich sie dabei erwischt, ich hätte es mir denken können.

»Und ich atme.«

»Klingt gut.«

»Auf dem Boot werde ich nicht besonders gut atmen.«

»Es wird bestimmt nicht so schlimm.«

Der Grinch will etwas sagen, aber ich schüttle den Kopf, vertreibe seine Worte ins Nirvana und greife stattdessen nach Fritzis Hand, die ich ganz kurz drücke.

»Spürst du das?«

Sie sieht auf unsere Hände und nickt, ein zartes Lächeln auf ihren Lippen. Ich lehne meinen Kopf neben ihren, komme ihr näher als geplant.

»Solange du das spürst, gehst du nicht über Bord. Und wenn es doch zu viel wird, greifst du einfach nach meiner Hand.«

Was redest du da für einen Bullshit? Irgendwann greift sie doch ins Leere, weil du weg bist!

Mag sein, aber noch bin ich da!

Was ist mit unserem Plan, Kumpel?

Fritzi verhakt unsere Finger und lächelt.

»Danke, Basti.«

Ihre Worte treffen den Grinch voll. Ich höre, wie seine Kniescheibe zertrümmert wird und er laut schreiend davonkriecht, aber mein stolpernder Herzschlag übertönt alles.

Scheiß auf unseren Plan, Grinch!

Fritzis Blick mustert mein Gesicht, und ich ertappe mich bei der Frage, ob ihr wohl gefällt, was sie da sieht. Langsam legt sie ihre Hand an meine Wange und streicht mit dem Daumen über meine Haut.

Wenn ich bisher angenommen habe, dass eine Manie für das krasseste Gefühl über den Wolken sorgt, dann habe ich mich verdammt noch mal geirrt. Fritzi Reutberger lächelt mich an. Ich halte diesen Moment so fest, damit er eine lebendige Erinnerung in meinem Kopf werden kann.

»In fünfzehn Minuten ist Zapfenstreich. Geht doch schon mal auf eure Zimmer.«

Hendrik trompetet diese Information in den Aufenthaltsraum und hat das schlechteste Timing der Weltgeschichte.

Fritzi setzt sich auf, unterbricht den Körperkontakt und sieht abwartend zu mir.

»Bringst du mich noch auf mein Zimmer?«

FRITZI

It's Kind of a Funny Story

Die letzten Jugendlichen huschen über die Flure, eilen zu ihren Zimmern, kommen aus den Duschräumen und tragen bereits Pyjamas. Nur Basti und ich lehnen an der Wand neben meinem Zimmer und wollen den Abend noch nicht beenden.

Ich sehe zu ihm. So lange, bis er nicht mehr so tun kann, als würde er es nicht merken. Sein Blick trifft meinen. Endlich.

»Dann sehen wir uns morgen beim großen Segelabenteuer.«

Vor dem ich mir jetzt schon in die Hose mache und am liebsten eine Magenverstimmung zum Frühstück vortäuschen würde.

»Ich werde da sein.«

Es ist eine Sache, auf einem ruhigen See in der Nähe des Steges vor sich hinzuschippern, aber eine ganz andere, wenn Ole uns morgen aufs Meer rauslässt, voller unkalkulierbarer Gefahren – für jede Panik die ideale Einladung auf Seidenpapier und mit Golddruck.

»Ich wünsche dir eine gute Nacht, Fritzi.«

Basti beugt sich zu mir und ganz kurz glaube ich, er könnte auf meine Lippen zielen. Aber der Kuss trifft mich auf der Wange und dauert nur ein paar Sekunden.

»Gute Nacht, Basti.«

Gerade als er sich wegdrehen will, greife ich nach seiner Hand, ohne zu wissen, was ich als Nächstes tun werde. Dem dringenden Bedrüfnis nachgeben, ihn zu küssen oder …

»Panikattacken.«

Ein Wort, abgeschossen wie ein Pfeil, rauscht durch den Flur. Immer und immer wieder, ein nicht enden wollendes Echo. Meine Hände ballen sich zu Fäusten, bereit für den Kampf.

»Ich weiß, das klingt total bescheuert für dich. *Panikattacken*, uhhh, wie gruselig! Du kannst dich ruhig darüber lustig machen, aber es ist echt beschissen, weil es mich davon abhält, Dinge zu tun, die ich gerne mache. Weil ich ständig Angst habe, dass es wieder passiert, und ich irgendwann gar nichts mehr kann. Es ist immer da. Immer. Egal, wo ich bin. Egal, was ich tue. Selbst heute, beim Knotenmachen, wusste ich, dass es passieren könnte. Du weißt gar nicht, wie müde ich manchmal bin. Wie viel Kraft es kostet, immer zu kämpfen. Gegen etwas, das für andere nicht da ist, mir aber die Luft abschnürt!«

Meine Stimme überschlägt sich, doch ich spreche einfach weiter, als wäre es die letzte Chance, bevor mich der Mut verlassen oder der Sauerstoff ausgehen könnte. Die Worte sprudeln nur so aus mir heraus, weil sie zu lange eingesperrt waren.

»Ich will einfach nur normal sein. Ich will mich nicht in meinem Zimmer verstecken müssen, weil ich nur dort sicher bin, und ich will nicht nächstes Jahr wiederkommen müssen, weil ich es nicht in den Griff kriegen kann und es mich fertigmacht. Ich habe es satt, ständig Angst zu haben, dass sie wieder zuschlägt und mir mein Leben wegnimmt.«

»*Sie*?«

Kurz finde ich seine Augen und weiß, dass Basti nicht nur meine Tränen sehen kann, sondern auch die Angst, von der ich gerade erzählt habe.

»Mein Panikzwilling. Die meine ich. Sie redet manchmal mit mir. Jetzt klinge ich wie ein Freak, oder?«

»Ich bitte dich, noch gehört der *Ober-Freak*-Status mir. Ich teile mir nämlich mit einem Bösewicht meinen Kopf. Der mir gerne sagt, wie beschissen alles ist, wenn ich glaube, es wird grad besser.«

Ich muss lächeln. Also ich meine, so richtig, trotz Tränen.

»Jetzt weißt du es.«

Er nickt, sieht aber nicht so triumphierend aus, wie ich es mir vorgestellt habe. Kein breites Grinsen, weil er mein Geheimnis entschlüsselt hat. Er sieht mich einfach nur an, als ob er verstehen würde, wie schwer es an manchen Tagen ist, überhaupt das Zimmer zu verlassen.

»Wie lange schon?«

»Eine Weile.«

»Du bist hier in den besten Händen.«

Basti will mir Mut machen, dafür möchte ich ihn am liebsten umarmen.

Also tue ich es.

Zuerst ist er von meiner Umarmung überrascht, erwidert sie aber und hält mich fest an sich gedrückt.

»Was, wenn sie nie mehr weggehen? Wenn ich verrückt werde?«

Es fällt mir urplötzlich so leicht, meine größte Angst in Worte zu fassen, weil Basti mich festhält und nicht lacht oder sie als Blödsinn abtut.

»Sie wird weggehen.«

Es klingt so bestimmt, dass alle meine Zweifel darunter zerbröseln.

»Oder zumindest nicht mehr so oft zu Besuch kommen.«

»Noch zwei Minuten!«

Koras Stimme hallt über den Gang und erinnert uns daran, dass wir hier einen Countdown haben, der nicht auf unserer Seite ist.

»Bastian Schumacher!«

Basti löst sich nur widerwillig von mir, dreht sich zu Schwester Kora, die ihn mahnend ansieht.

»Du warst nicht bei der Ausgabe!«

»Es kam was dazwischen.«

»Diese Ausrede will ich nicht hören. Hendrik wartet unten auf dich, los jetzt!«

Er verdreht genervt die Augen und zuckt entschuldigend die Achseln.

»Wir sehen uns morgen, Fritzi.«

Das klingt wie ein Versprechen und ist der perfekte Grund, mich auf den kommenden Tag zu freuen.

»Gute Nacht. Und danke fürs Auffangen. Schon wieder.«

BASTIAN

Ein Käfig voller Narren

Ich nehme zwei Stufen auf einmal, sprinte über den Flur und könnte wetten, dass mir jemand folgt. Doch jedes Mal, wenn ich mich umdrehe, ist da nichts außer der Ruhe, die immer um diese Uhrzeit in den Sonnenhof einzieht.

»Hallo?«

Doch niemand antwortet mir auf mein Flüstern. Selbst der Grinch hat sich seit Fritzis verbalem Volltreffer verkrochen, um seine Wunden zu lecken. Erleichtert atme ich auf, spüre das Verbotene in meiner Hand und schließe die Faust noch etwas fester.

Mit einem Grinsen renne ich den Rest des Flures zu meinem Zimmer hinunter, stoße die Tür auf und hoffe, Tim schläft schon. Es ist zu dunkel im Zimmer, als dass ich wirklich alles erkennen könnte.

Ja, da sind die Betten, der Wäschehaufen auf dem Boden davor und Tims Trainingsschuhe, über die ich jede Nacht stolpere, wenn ich aufs Klo gehe.

Mit einem festen Schubs öffne ich die Tür zum Badezimmer und bleibe wie angewurzelt stehen.

Da steht er.

Tim.

Die Boxershorts um die Fußknöchel gerutscht, ein Magazin in der Hand. Ertappt und wütend.

»Fuck!«

Hastig versucht er mir den Rücken zuzudrehen, seine peinliche Situation zu vertuschen, aber ich habe schon viel mehr mitbekommen, als mir lieb ist. Im ersten Überraschungsmoment habe ich das Corpus Delicti aus meiner Hand fallen lassen, es über den Boden rollen sehen und weiß, Tim hat es auch bemerkt.

»Verpiss dich!«

Rückwärts trete ich die Flucht an, obwohl die Stimme in meinem Kopf mich anbrüllt, erst die Beweisstücke zu vernichten! Das geht nur leider nicht so einfach, wenn Tim sich mit nacktem Hintern und einem Sportmagazin wichsend im Bad vergnügt.

Keine zwei Sekunden später steht er in der Dunkelheit des Zimmers vor mir. Seine Augen fixieren mich, glühend und fast rot leuchtend.

»Du hältst die Schnauze, verstanden?!«

Das ist keine Frage, aber ich nicke trotzdem, hebe abwehrend die Hände und will eigentlich nur ins Bad.

»Klar. Geht mich nix an, Mann!«

Meine Worte überzeugen Tim nicht, denn mit einem Schritt ist er bei mir, packt mich am Kragen und zieht mich so nah an sich ran, dass ich seine Wut fast riechen kann.

»Wenn du das rumquatschst, mache ich dich fertig!«

Daran habe ich keinen Zweifel. Und auch keinerlei Intention, ihn zu verpfeifen.

»Hab's verstanden.«

Sein Blick spießt mich auf, so intensiv, dass ich es in meinem Schädel pochen spüre. Er lässt mich los, verpasst mir einen heftigen Stoß, und ich pralle gegen die Wand, schlage mir den Hinterkopf an und unterdrücke einen Aufschrei.

»Kein Grund, gleich so aggressiv zu werden, Arschloch.«

Ich reibe die Stelle, an der wohl eine Beule wachsen wird, und schiebe mich hastig in sicherer Entfernung am schwer atmenden Tim vorbei in Richtung Badezimmer.

Das grelle Licht der Neonröhre über dem Spiegel brennt in meinen Augen, die panisch den Boden absuchen, aber nichts finden. Nur das Toilettenpapier, das Sportmagazin und ein Handtuch, sonst nichts.

Verdammt!

Tim taucht hinter mir in der Tür auf.

»Suchst du das hier?«

Ich muss mich nicht umdrehen, um zu wissen, dass er es gefunden hat. Kurz schließe ich die Augen, gehe alle möglichen und unmöglichen Erklärungen durch.

»Das verstößt bestimmt gegen die Regeln, oder?«

Der provokante Ton in seiner Stimme macht mich wütend, also drehe ich mich um. In der Gewissheit, es niemals mit ihm aufnehmen zu können, starre ich ihn finster an.

»Gib sie her!«

Er schüttelt den Kopf, schließt seine Hand zur Faust und hält sie triumphierend in die Höhe.

»Du kriegst sie wieder, wenn du mir versprichst, dass du nichts sagst.«

»Das ist Erpressung.«

Er wiegt nachdenklich den Kopf und nickt schließlich.

»Mag sein. Ist mir aber egal.«

»Gib sie her.«

»Versprich es!«

»Gib sie her, sie gehören mir.«

Er lacht nur höhnisch und schüttelt den Kopf.

»Gehst du sonst zu Bellinger oder was?«

Er sitzt am längeren Hebel, denn er weiß, das werde ich garantiert nicht tun. Ich habe viel zu viel zu verlieren. Ich will auf keinen Fall zurück in den fünften Stock und meine Privilegien verlieren.

Fritzi.

Scheiße.

Weil mein Gehirn nicht richtig funktioniert, wage ich einen tollkühnen Versuch, nach Tims Faust zu greifen, aber natürlich weicht er mir aus. Stattdessen packe ich seinen Hals.

Ja! Drück einfach zu!

Die Stimme gehört Pennywise, dem Clown aus *ES*, der auf dem Toilettendeckel hinter mir sitzt und sich das Handgemenge in aller Ruhe ansieht.

Niemand wird es dir verübeln, wenn du das Arschloch in Notwehr kaltmachst.

Tatsächlich legen sich meine Hände fester um Tims Hals, der merkt, dass es mir ernst ist, und mir einen harten Schlag ins Gesicht verpasst.

Taumelnd falle ich zurück, lande direkt vor dem Klo und Pennywise, der mich enttäuscht ansieht.

Zeig es dem Typen, Basti!

»Spinnst du oder was? Fass mich noch einmal an und ich mache dich fertig! Hast du mich verstanden?«

Tim steht über mir, funkelt mich an.

»Versprich mir, dass du es niemandem erzählst!«

Ich nicke, aber mein Gesicht steht in Flammen. Teils wegen des Schmerzes, teils wegen der Niederlage, weil er mich so leicht ausschalten und erpressen kann.

»Ich verspreche es.«

Damit wirft er mir zu, was ich so dringend haben wollte, und schüttelt angewidert den Kopf.

»Du Freak.«

Hilfe suchend sehe ich zu Pennywise, der nur zustimmend die Schultern zuckt. Ich spüre die Wut, die Enttäuschung und die Scham. Schnell sammle ich alles zusammen, vertreibe den Clown und werfe alles ins Klo, ziehe die Spülung, bevor ich es mir anders überlegen kann.

Na endlich, ich bin echt stolz auf dich!

FRITZI

Zusammen ist man weniger allein

Keine Ahnung, ob sich der Mond um die Erde oder die Erde um den Mond dreht. Physik war noch nie mein Ding. Meine Gedanken drehen sich um Bastian, das kann ich mit absoluter Gewissheit sagen.

Ich liege im Bett und sollte schon längst schlafen, aber ich kann nicht anders, als durch die Erinnerungen des heutigen Tages zu blättern, als wäre es der dritte Teil der Harry-Potter-Reihe. Dabei führe ich ein heftiges Streitgespräch mit meiner Panik.

DU HAST IHM ALSO VON UNS ERZÄHLT.

Stell dir vor, das habe ich.

DAMIT HAST DU MIR EINE HINTERTÜR FÜR WEITERE BESUCHE GEÖFFNET.

Wieso denn das?

WEIL DU EIN LEICHTES OPFER BIST, WENN DU NERVÖS WIRST. ICH KENNE DICH, FRANZISKA, DU WARST JUNGS GEGENÜBER SCHON IMMER UNSICHER.

Das stimmt. Wann ist man unsicherer als in der Gegenwart eines Jungen, den man mag?

Den man meint zu mögen.

Den man vielleicht mag.

Dessen Nähe sich wie eine Panikattacke anfühlt, die dann aber eine ganz andere Wendung nimmt. Und das macht mir Mut. Was, wenn es ganz anders funktioniert? Was, wenn die Panik immer kleiner wird, je mehr Menschen davon wissen? Wenn man eine ganze Armada von Verbündeten hat, an die man sich wenden kann, wenn es einem schlecht geht, die für einen da sind, wenn man glaubt, alleine keinen Schritt mehr tun zu können?

UNSINN, DANN WIRST DU DAS STIGMA *PANIK-FREAK* NIE MEHR LOS, SIE WERDEN DICH VERACHTEN, DIR NICHT MEHR VERTRAUEN, WEIL DU ... VERRÜCKT WIRST.

Einen Versuch wäre es dennoch wert.

DAS HAT MIT DEINER FREUNDIN JA SCHON SO TOLL FUNKTIONIERT.

Isa.

GENAU. DU WIRST ES NIEMANDEM MEHR ERZÄHLEN. WIR ZWEI BLEIBEN ZUSAMMEN.

Die Panik gewinnt immer. Das ist wie beim Roulette in Las Vegas, wo am Ende die Bank das ganze Geld einstreicht. Aber nicht jetzt. Nicht mehr. Ich setze mich so schnell auf, dass mir trotz der Dunkelheit kurz schwindelig wird.

»Sarah, bist du noch wach?«

»Ja.«

Ihre Stimme klingt kein bisschen schlaftrunken. Ich atme einmal tief durch.

»Ich leide an Panikattacken.«

Kurz lausche ich in die Nachtschwärze unseres Zimmers, dann höre ich, wie sie sich in ihrem Bett bewegt und auf die Seite rollt. Irgendwo da drüben sind ihre Augen, die jetzt meine suchen.

»Ich weiß.«

Das ist alles, was sie sagt. Ich frage nicht, woher oder wieso, ich spüre nur das Lächeln auf meinem Gesicht und lehne mich zurück in mein Kissen.

»Ich mag Tim.«

Es ist ein leises Flüstern aus dem Nebenbett. Jetzt bin ich es, die nickt und sich auf die Seite rollt.

»Ich weiß.«

»Ich bin nicht verliebt oder so, weil, er ist ja auch viel älter, aber ich mag ihn einfach.«

»Das ist doch total okay.«

»Denkst du, er findet mich bescheuert?«

Schwer zu sagen. Bei Tim weiß man nie so recht, woran man ist, allerdings hat er sich bei Sarah eher zurückgehalten. Auch heute, als wollte er nicht unnötig in ihrer Wunde bohren.

»Nein. Und wenn, dann weiß er nicht, was gut ist.«

Sie lacht leise.

»Auf dem Boot hat er sich selbst nicht besonders clever angestellt. Die Knoten hat er auch ständig irgendwie durcheinandergebracht.«

»Na, vielleicht braucht er etwas Nachhilfe.«

»Ich würde ihm helfen.«

Natürlich würde sie das. Weil sie eben doch in ihn verknallt ist.

»Dabei war er nicht immer besonders nett zu dir.«

Sie schweigt zunächst, dabei meinte ich das nicht so streng, wie es klang.

»Netter als die meisten Jungs.«

Da sie nicht weiterspricht, hake ich schüchtern nach.

»Was ist denn passiert?«

»Ich möchte nicht darüber reden.«

Es hätte mich auch gewundert, und wenn ich etwas weiß, dann ist es das: Es hilft nie, wenn man nachbohrt. Man kann nur ein offenes Ohr anbieten.

»Okay. Aber wenn du irgendwann mal darüber reden willst, und das nicht unbedingt mit Bellinger oder deinen Eltern ... Ich bin auch noch da.«

»Okay.«

Dann wird es still, ihre Atmung wieder regelmäßiger und ich bin der festen Überzeugung, sie ist eingeschlafen. Doch ich irre mich.

»Wenn ich nicht darüber rede, dann ist es vielleicht auch nie passiert. Und wenn ich es vergessen kann, dann vergessen es vielleicht auch alle anderen.«

Es klingt traurig und passt nicht so recht zu der Sarah, die wir heute auf dem Boot erlebt haben, die Sarah, die lächelnd ihre Nase in den Wind reckt.

Verschiedene Szenarien davon, was ihr passiert sein könnte, gehen mir bei ihren Worten durch den Kopf, immer sind sie hässlich und gemein.

»Dann wünsche ich mir, dass du es vergisst.«

»Fritzi?«

»Hm?«

»Wenn ich es dir irgendwann doch erzähle, vergisst du es dann mit mir?«

»Versprochen.«

»Danke.«

Es mag an der Dunkelheit liegen, dass wir so ehrlich sind, aber das spielt gerade keine Rolle. Wir sind beide froh, nicht alleine zu sein, eine Verbündete gefunden zu haben. Und zwar nicht nur, wenn es um unsere Zeit hier im Sonnenhof und die Therapie geht, sondern auch um alle Dinge, die uns sonst so beschäftigen. Auf diese Weise schleicht sich Bastian wieder in meine Gedanken: frech und ungefragt zaubert er mir ein Gefühl von Lebendigkeit ins Herz.

Es ist die erste Nacht auf Rügen, in der ich träume.

FREITAG

BASTIAN

Dementoren

Als ich heute Morgen die Augen – wohl eher eines davon – geöffnet habe, waren schlagartig alle Erinnerungen an gestern Abend wieder da. Nicht nur, weil die Schwellung an meinem linken Auge spannt wie die Hölle. Auf die Nachfrage, was passiert ist, habe ich behauptet, dass ich gestürzt sei, blöd gegen den Türknauf, und der höllische Schmerz hätte mich die halbe Nacht wach gehalten.

Das und die Gedanken.

An Fritzi.

An Tim.

An das komplette Chaos.

Und an Felix.

Ole erwartet uns draußen, bereit für einen neuen Tag auf dem Boot. Dem Leuchten seiner Augen nach zu urteilen, geht es heute wohl wirklich aufs Meer. Ich habe versprochen, pünktlich zu sein, doch jetzt starre ich schon seit über zehn Minuten das Telefon an. Zu schlapp, um den Hörer abzuheben.

Ich müsste doch nur die Nummer wählen. Eine, die ich früher oft gewählt habe. Eigentlich täglich. Doch nie hatte ich dabei so zittrige Finger wie jetzt. Mein Hals ist wie die Sahelzone an einem besonders trockenen Tag, und mein Kopf fühlt sich nach der schlaflosen Nacht nicht besonders fit an, von dem schmerzenden Gesicht ganz zu schweigen.

Werde ich trotzdem die richtigen Worte finden?

Es wäre besser, das Gespräch zu verschieben, ihn in ein paar Tagen anzurufen. Oder Weihnachten. Oder Silvester. Oder nächstes Jahr zu seinem Geburtstag. Heute ist einer dieser Tage, an denen ich gerne noch etwas länger im Bett geblieben wäre.

Ich hätte mir kein schlechteres Timing für diesen Anruf als heute aussuchen können – und trotzdem habe ich das Bedürfnis, es jetzt hinter mich zu bringen. Eine Art soziale Lithiumtablette, die mein Hochgefühl ausbremsen soll, bevor ich glaube, der König der Welt zu werden. Denn seit meinem Gespräch mit Fritzi war ich auf dem Weg zurück auf die Überholspur, weil das Gefühl in meinem Brustkorb so großartig war. Um das Abrutschen in die Manie zu verhindern, muss ich etwas tun. Irgendwas ohne chemische Nebenwirkungen, die man in meinem Blut nachweisen kann.

Meine Hand greift nach dem Hörer und ich beginne zu wählen. Kurz vor der letzten Ziffer verlässt mich der Mut. Ich lege wieder auf.

Dabei habe ich das Gespräch doch schon hundertmal in meinem Kopf geführt, alle möglichen und unmöglichen Szenarien durchgespielt. Jetzt muss ich nur noch den Mut finden und seine Nummer wählen.

Vielleicht zum letzten Mal.

Er wird nicht hören wollen, was du zu sagen hast.

Lord Voldemort fläzt sich auf den Stuhl neben mir, mit

seinen rot leuchtenden Augen, der fehlenden Nase, der kratzigen Stimme.

Statt wie sonst aufzulegen, wähle ich tapfer die letzte Ziffer und ernte ein imaginäres Augenrollen meines imaginären Sitznachbarn, dem ich jetzt demonstrativ den Rücken zuwende.

Es klingelt.

Es ist zu früh. Nicht nur am Tag, sondern im Allgemeinen. Es ist zu wenig Zeit vergangen. Er hat mir noch nicht verziehen, das spüre ich, schon als ich seine Stimme höre.

»Hallo?«

Er geht garantiert nur ran, weil er die Telefonnummer nicht kennt.

»Hi, Felix.«

Allein die Worte auszusprechen, gleicht schon einem Kraftakt, und das Warten auf seine Antwort ist noch schwerer zu meistern.

»Wer ist da?«

»Ich bin's. Basti.«

Er wird mir alle Beleidigungen an den Kopf werfen, die ihm auf die Schnelle einfallen, mich verfluchen und anschreien. Das alles habe ich verdient.

»Was willst du?«

Seine Stimme habe ich nicht so monoton in Erinnerung. Gefühlsleer und kalt, fast so, als würde ich mit Voldemort und nicht mit meinem ehemals besten Freund sprechen.

»Ich wollte …«

Ja, was wollte ich eigentlich? Mit einem Telefonat alles wiedergutmachen? Sagen, dass es mir leidtut, dass ich alles vermasselt und seine Zukunft eingestampft habe? Weil ich geglaubt habe, unverwundbar zu sein. Ein Leben auf der Überholspur. Im wahrsten Sinne des Wortes.

»… fragen, wie es dir geht.«

»Beschissen, danke.«

Er fragt nicht nach mir, kein Wunder. Es tut trotzdem weh.

»Das tut mir leid.«

»Ach ja?«

»Ja.«

Kaum vorstellbar, dass wir mal beste Kumpels waren, wenn man uns so hört. Ich weiß alles über Felix, kenne viele seiner Geheimnisse, seine Träume, all seine Stärken und Schwächen. Ich weiß, dass er fürs Gitarrespielen gelebt hat und Musik studieren wollte. Keine Ahnung, ob er das noch immer will, jetzt, da er nicht mehr spielen kann.

Meinetwegen.

»Ich wollte mich melden und entschuldigen.«

»Warum stehst du dann nicht vor meiner Tür und hast Blumen dabei?«

Früher hätte ich darüber gelacht. Früher hätte er es anders betont.

»Ich bin nicht zu Hause.«

»Hab' schon gehört, bist wieder in der Geschlossenen.«

Das ist so nicht korrekt, aber vielleicht besser, wenn er glaubt, sie haben mich weggesperrt. Damit ich niemanden sonst mehr verletzen kann.

»Haben die Ärzte gesagt, ob du, na ja, du ähm …«

»Ob ich wieder Gitarre spielen kann? Nein. Das war's.«

Ich wusste es. Meine Mutter hat so was gesagt, aber man darf doch wohl noch hoffen.

»Es tut mir so leid.«

»Weißt du, als alle gesagt haben, du bist ein durchgeknallter Irrer, wollt ich es nicht glauben.«

Das muss er mir nicht sagen, denn ich erinnere mich gut daran, wie nur Felix in der Schule neben mir sitzen wollte. Nachdem das mit meinem Selbstmordversuch – in zahlreichen Versionen – die Runde gemacht hatte, mochten nicht mehr viele was mit mir zu tun haben. Felix war einer der wenigen, der noch Wert auf meine Freundschaft legte.

»Felix, es tut mir echt leid. Ich weiß auch nicht, was mir in der Nacht durch den Kopf gegangen ist. Ich hätte aufhören sollen, aber ...«

Wie soll ich erklären, dass Loki mir gesagt hat, dass ich weiter aufs Gaspedal treten und alles andere ausblenden soll, weil ich der geilste Typ in der nördlichen Hemisphäre bin? Wie erklärt man eine manische Phase, in der man sich selbst gnadenlos überschätzt und nie an die Konsequenzen denkt? Alles wird immer wie eine billige Ausrede klingen.

»Typen wie du, die sollten keine Freunde haben!«

Das ist alles. Dann legt er auf – und ich bleibe k. o. in der Ecke liegen, werde von Lord Voldemort angezählt und weiß, tief in meinem Inneren, dass Felix recht hat.

FRITZI

Stand By Me

»Das ist nicht euer Ernst.«

Die Sonne scheint mir ins Gesicht, sodass ich die Hand schützend vor die Augen halten muss, in der Hoffnung, es wäre eine Fata Morgana, ausgelöst durch irgendwelche Spiegelungen. Doch egal, wie lange ich blinzle: Da stehen noch immer fünf Hollandfahrräder in verschiedenen Farben, die alle schon mindestens zwei Sommer hier überlebt haben, und Ole, der breit grinsend auf die Drahtesel deutet.

»Tim hat sich etwas mehr Bewegung für die Truppe gewünscht.«

»Ich war schon beim Yoga.«

Ole zieht eine Augenbraue nach oben und wirft mir einen Radhelm zu.

»Du hast auf deiner Matte gesessen und gelesen.«

»Macht man das nicht so beim Yoga?«

Sarah tritt neben mich und betrachtet die Räder, die direkt aus Amsterdam zu stammen scheinen.

»Ich dachte, wir segeln heute.«

Sie klingt enttäuscht bei der Vorstellung, heute nicht aufs Wasser zu dürfen.

»Ja. Aber irgendwie müssen wir da hinkommen.«

Auch sie bekommt einen Helm, den sie kurz unschlüssig in der Hand dreht.

»Was spricht gegen den Bus?«

»Das schöne Wetter. Los jetzt, sucht euch eines aus.«

Sarah entscheidet sich für das Rote, und sie deutet lächelnd auf das Pinkfarbene neben ihrem. Ich weiß nicht genau, was unser Gespräch gestern Nacht bedeutet hat, aber beim Frühstück fühlte sich zwischen uns alles nicht mehr ganz so fremd an. Tim taucht mit seinem Rucksack, der *Snapback* Cap und einer dieser coolen Sonnenbrillen mit Holzrahmen neben mir auf. Ich schenke ihm ein Lächeln und schubse ihn kurz mit der Schulter an.

»Na, gut geschlafen?«

Er sieht nicht mal zu mir hin, fast so, als würde ich nicht existieren.

»Ha. Ha.«

»Gab es Stress mit Vicky?«

»Okay, was hat Basti erzählt?«

Die Schärfe seiner Stimme stellt so einige indische Currygerichte in den Schatten.

»Nichts. Was ist denn passiert?«

Statt zu antworten, setzt er sich den Helm auf, nimmt das dunkelblaue Fahrrad, schwingt sich in den Sattel und schüttelt genervt den Kopf.

»Nicht mal 'ne Gangschaltung. Das ist ja 'n Senioren-Hobel.«

Er versteckt mehr hinter der Sonnenbrille als nur die Augenringe – ganz egal, wie cool er jetzt wirkt.

Und dann ist da noch Bastian, den ich spüre, bevor ich ihn sehe. Er trägt ein weißes T-Shirt mit blauem Kragen und angesetzter Brusttasche, aus der ein Sturmtruppler seiner geliebten *Star-Wars*-Reihe rausschaut, dazu kurze schwarze Hosen und eine Sonnenbrille. Auch er wirkt müde. Heute ziert ein weiteres Detail sein Gesicht: eine deutliche Schramme unter dem linken Auge. Ich hebe langsam die Hand, getrieben von dem Impuls, sie berühren zu wollen.

»Was ist denn mit dir passiert?«

Bevor ich auch nur in die Nähe seines Gesichts kommen kann, schnappt Basti meine Hand und verhindert die geplante Berührung. Seine Hand fühlt sich heute viel rauer an. Sofort lässt er mich wieder los.

»Ich bin gestolpert.«

»Gegen wen? Anthony Joshua?«

»Gegen den Türknauf. Halb so wild.«

Seine Stimme klingt belegt und viel nüchterner als meine.

»Harte Nacht?«

»Allerdings.«

Er reibt sich die Schläfen, während ich mich frage, ob die Jungs ganz ohne uns eine heimliche sehr wilde Party gefeiert haben, denn beide sehen aus, als hätten sie nicht viel geschlafen. Heute hält Basti eine Art angemessenen Mindestabstand, damit er mich unter keinen Umständen auch nur zufällig noch mal berühren kann. Im Gegensatz zu ihm suche ich den Blickkontakt, sehe ihn an, erkenne aber nur meine Spiegelung in seiner Sonnenbrille.

»Ich nehme das Grüne, wenn das für dich okay ist.«

Er deutet auf die letzten beiden freien Räder und wartet auf meine Reaktion. Doch ich starre ihn nur an. Ist das wirklich alles, was er sagen will?

»Stimmt was nicht? Du klingst so anders.«

Er schiebt sich die Brille ein Stück runter und schielt über den Rand zu mir. Seine Augen sehen trüb aus, als würde ich in eine schmutzige Pfütze nach einem starken Regenschauer blicken. Irgendwas ist gestern Nacht noch passiert.

»Nein, Franziska. Ich klinge genau wie immer.«

Franziska. Das macht er mit Absicht, weil er glaubt, es funktioniert. Doch ganz so leicht mache ich es ihm sicher nicht, mir hier und jetzt ins Gesicht zu lügen.

»Dein Ernst?«

»Absolut.«

Er zuckt nicht mal mit der Wimper, sieht durch mich hindurch. Habe ich mich letzte Nacht irgendwie meiner menschlichen Hülle entledigt? Oder warum habe ich gerade das Gefühl, für die Jungs nicht mehr existent zu sein? Bei Tim war es merkwürdig, bei Bastian mischt sich dieser stechende Schmerz dazwischen.

»Bist du jetzt zu cool, um mit mir befreundet zu sein oder was?«

Jetzt trifft sein Blick mich doch. Und zwar wie eine Abrissbirne.

»Wir sind doch nicht befreundet.«

Autsch!

Ich warte einen Moment, ob er eine schlüssige Erklärung, zum Beispiel eine Gehirnamputation, für sein Verhalten liefert, doch er starrt mich einfach nur aus matschbraunen Augen an.

»Du bist so ein Idiot.«

Das soll überzeugend klingen und doch zittert meine

Stimme unmerklich. Dabei bin eigentlich *ich* der Idiot, weil ich es hätte wissen müssen. Statt zu antworten, zuckt er nur die Achseln. Langsam schüttle ich den Kopf und schinde Zeit, damit er seine Meinung ändern kann. Als nichts passiert, sage ich das, was er hören will.

»Dann habe ich mich wohl gestern geirrt.«

Ich lasse ihn stehen, steuere auf das pinkfarbene Rad zu.

»Absolut.«

Das trifft mich wie ein Pfeil im Rücken, doch ich lasse es mir nicht anmerken, sondern ändere nur im letzten Moment die Route und nehme das grüne Gefährt neben Tim, der lustlos lächelt. Mit zittrigen Händen setze ich den Helm auf und atme dabei weder tief noch in den Bauch. Ole lässt die Fahrradklingel ertönen.

»Wären dann alle so weit?«

Keine Ahnung, ob Bastian sich in Bewegung gesetzt hat oder nicht, ich starre auf den Weg vor uns und freue mich darauf, meine Wut und Enttäuschung gleich in diese Pedale treten zu können.

»Wir folgen diesem Radweg durch das Waldstück bis runter zum Meer, okay?«

Als wäre das der Startschuss, setzt Tim sich sofort an die Spitze und radelt, als wären wir beim Start der Tour de France. Dabei wissen wir doch inzwischen ohnehin schon alle, wer das gelbe Trikot gewinnen würde.

Der Fahrtwind treibt mir Tränen in die Augen. Ich weiß, dass es nur der Wind ist. Was auch sonst? Wenn wir ganz ehrlich sind: Ich wusste ja, dass es so enden wird. Besser, ich bemerke das jetzt, solange ich noch einen Stacheldrahtzaun mit Elektroschock um mein Leben und mein albernes Herz aufstellen kann, bevor es zu spät ist.

Ich bin also wieder alleine.

IN UNSERER BEZIEHUNG IST OHNEHIN KEIN PLATZ FÜR BASTIAN. DAS WEISST DU, ODER?

Geh weg.

ER WÜRDE NUR STÖREN.

Geh. Weg.

ICH MAG ES SO, WIE ES IST. WIR BEIDE. UNGESTÖRT.

GEH WEG!

Als könnte ich der Panik entkommen, die sich langsam in meinem Brustkorb ausbreiten will, trete ich noch schneller in die Pedale, schließe zu Tim auf und überhole ihn, bevor er protestieren kann.

»Ist das eine Herausforderung?«

Keine Ahnung, ob es wirklich Tim ist, der das sagt, oder ob meine Panik mich zu einem weiteren täglichen Duell auffordert. Dennoch nicke ich nur und strenge mich an, die Geschwindigkeit zu halten.

»Wer zuerst am Meer ist!«

Tim zieht an mir vorbei, was ihn nicht mal im Geringsten zu fordern scheint. Aber er hat es noch nie mit einer wütenden, panischen und entschlossenen Fritzi aufnehmen müssen. Wenn mich die Panik auf dem Heimweg von der Schule überfällt, dann stelle ich einen persönlichen Rekord auf, den selbst Usain Bolt nur bewundernd zur Kenntnis nehmen kann. Mein Herz trommelt wie verrückt, meine Atmung ist schnell, das Blut rauscht in meinen Ohren, als ich versuche, das Maximum aus mir und dem Fahrrad, das eher für entspannte Stadtspazierfahrten als für ein Rennen auf einem holprigen Radweg auf Rügen geeignet ist, rauszuholen.

»Hey, macht langsam da vorne!«

Oles Stimme prallt an mir ab, ebenso wie die Bitte, auf ihn und den Rest der Truppe zu warten. Stattdessen strenge ich mich noch mehr an, bin fast Schulter an Schulter mit Tim, den meine Ausdauer überrascht.

DU KANNST MIR NICHT ENTKOMMEN!

Wer hat gesagt, dass es hier um dich geht, du blöde Panik!?

Darauf sagt sie nichts, und ich spüre den kurzen Adrenalinrausch, weil ich annehme, sie wirklich abgeschüttelt zu haben. Oft verzieht sich die Panik am schnellsten, wenn ich wütend bin – und gerade bin ich richtig sauer.

Auf Bastian.

Auf die Panik.

Auf meine Eltern.

Auf Isa.

Auf mich.

Auf mein blödes Herz.

Unsere Vorderräder sind gleichauf. Schon kann ich das Meer deutlich hören, nicht mehr lange und wir sind da. Wenn ich Tim besiegen kann, dann muss sich meine Panik warm anziehen! Dann ist alles möglich!

Da vorne ist das Meer, tiefblau und unendlich. Wunderschön. Alles wird ruhig und langsam, als würde der Anblick der Ostsee die Hektik und den Stress aus meinem Leben rausfiltern. Kurz fühlt es sich leicht an, als könnte ich es schaffen, die Panik abzuschütteln und mir mein Leben zurückzuholen. Ein fast vergessenes Gefühl regt sich. Ich muss lächeln. So wie früher. Bevor sich meine Kompassnadel um 180 Grad gedreht und mir einen neuen Kurs befohlen hat.

So sollte es immer sein. So und nicht anders. Ich genieße dieses Gefühl und will es festhalten.

Zu spät sehe ich die Wurzel, die quer über den Weg wächst und ein Hindernis darstellt, das eine schnelle Reaktion und gute Bremsen erfordert. Tim steigt in die Eisen, doch ich verreiße einfach nur das Lenkrad in einem verzweifelten Versuch, eine Kollision zu verhindern.

Mit mäßigem Erfolg.

Mein Rad bleibt stehen.

Ich hingehen fliege weiter, quer über den Lenker, direkt in das hohe Gestrüpp neben dem Weg. Den Aufprall fangen einige Sträucher und meine Hände so gut wie möglich ab. Ein stechender Schmerz, der durch mein Handgelenk zuckt, versichert mir, dass ich noch bei vollem Bewusstsein bin. Die Möwen kreischen über mir am Himmel, aber sonst höre ich nichts mehr, schließe schnell die Augen und bewege langsam die schmerzende Hand, was keine so gute Idee ist. Der Rest von mir scheint aber unversehrt, trotzdem bleibe ich einen Moment genau so liegen. Warte darauf, dass die Panik mich einholt, auslacht und mir, wie immer, droht.

Doch nichts passiert. Selbst dann nicht, als ich die Augen zögernd wieder öffne. Alles, was ich wahrnehme, ist der strahlend blaue Himmel. Eine sanfte Brise lässt die Gräser tanzen, die Sonne kitzelt meine Nase und alles ist friedlich.

So wie früher.

BASTIAN

Avada Kedavra

Fritzi fliegt über den Lenker und ich wünsche mir mehr denn je, ein Jedi-Ritter zu sein, ihren Sturz irgendwie aufhalten oder zumindest abbremsen zu können. Ein dumpfer Schlag, dann ist es still.

Für die anderen – aber *ich* höre das Quietschen der Reifen, sehe das Splittern des Glases und den Airbag, der sich wie ein Faustschlag in meinem Gesicht angefühlt hat.

Ich blinzle schnell, hole meine Gedanken aus der Vergangenheit in die Gegenwart und starre auf Fritzis Rad, das ohne Fahrerin daliegt wie ein erschossenes Tier.

Tim ist am nähesten dran, Ole stellt sein Rad ab und Sarah bleibt wie erstarrt stehen, unfähig sich zu bewegen. Das sah heftig aus, ist aber bestimmt nicht so schlimm. Es ist ja nur ein Fahrradunfall. Nichts weiter. Das ist jedem von uns schon passiert. Ständig. Meine Hände umklammern den Lenker so fest, dass die Knöchel sich weiß färben.

Hehehehe. Blöder, blöder Unfall.

Lord Voldemort ist natürlich mit uns auf diesen kleinen Radausflug gekommen, da er seit dem Telefonat mit Felix keine Anstalten macht, mir von der Seite zu weichen.

Die ist nicht wichtig. Vergiss sie einfach.

Sie ist verdammt wichtig!

Statt auf ihn zu hören, lasse ich das Rad einfach fallen und renne an Ole, Sarah und Tim vorbei zu der Stelle im hohen Gras, wo ich Fritzi vermute. Mein Herz trommelt aus mehreren Gründen wie bescheuert. Ich bin sogar zu schnell für Voldemort, denn nicht mal er kann mit mir Schritt halten. Gerade als ich sie erreiche, setzt Fritzi sich mühsam auf und hält ihr linkes Handgelenk, wirkt sonst aber unverletzt. Mir fällt ein Stein vom Herzen, während ich neben ihr in die Hocke gehe. Sie ist sichtlich überrascht, dass ausgerechnet ich hier auftauche.

»Bist du verletzt?«

Meine Stimme ist viel zu aufgeregt, wenn man bedenkt, dass es tatsächlich nur ein Radunfall war. Kein Autounfall. *Also beruhige dich, dummes Herz.*

»Nein. So ein Stunt gehört zu meinem Standardrepertoire bei Ausflügen.«

Sie versucht wieder, witzig zu sein, ihre typische Schutzmauer ist erneut da. Langsam will sie aufstehen und ich greife nach ihrem Arm, was sie aber nicht zulässt und mich heftig abschüttelt.

»Ich kann das alleine.«

»Daran zweifelt niemand. Es sah nur ziemlich übel aus.«

Obwohl ich das nicht beurteilen kann, weil sich in meinem Kopf Bilder vermischen, die nichts miteinander zu tun haben. Sie war nicht mit hundert Stundenkilometern unterwegs, hat nicht die Kontrolle über den Wagen verloren, sondern ist einfach nur vom Rad gestürzt.

»Was juckt's dich?«

Mir wird übel, weil ich den Geruch von verbranntem Gummi wieder in der Nase habe. Fritzi verschwimmt vor meinen Augen. Stattdessen ist da Felix' Stimme, der wütende Ton, die gemeinen Worte, die doch nur die Wahrheit waren, klingen wieder in meinen Ohren.

Zum Glück erreichen jetzt auch die anderen die Unfallstelle, ihre Stimmen holen mich zurück in die Echtzeit. Ich atme tief ein und versuche mich daran zu erinnern, dass ich gerade an der Ostsee bin. Hier riecht es nicht nach Gummi und dies ist keine Landstraße. Ich blinzle schnell, bin wieder da.

»Verdammt noch mal, was sollte das?«

Oles wütende Frage richtet sich an Tim und sie, doch eine Antwort bekommt er nicht.

»Mir geht es gut, keine Sorge.«

Noch immer hält sie ihr Handgelenk umschlossen, als wolle sie etwas verheimlichen.

Fritzi will sich nichts anmerken lassen, aber ich glaube ihr kein Wort, dafür glitzern ihre Augen zu verräterisch.

»Wir bringen dich sofort zurück und ...«

Ole tut, was er tun muss. Der Rest der Truppe nickt zustimmend – alle bis auf Fritzi, die so energisch den Kopf schüttelt, dass der Radhelm wackelt.

»Nein! Es geht mir wirklich gut. Das sah schlimmer aus, als es ist.«

Tim hält zwei Finger in die Luft vor ihr Gesicht.

»Wie viele sind das?«

»Zwei Finger und ein Verlierer.«

Tim schüttelt grinsend den Kopf.

»Du hast nicht gewonnen.«

»Hätte ich aber. Ich war schneller.«

Die beiden starren sich an, obwohl Tim noch immer seine Sonnenbrille trägt und uns damit aus seinem Gefühlsleben ausgesperrt hat.

»Stimmt. Du warst schneller.«

Wie bitte?! Ich muss mich verhört haben, aber auch die anderen sehen ihn ebenso überrascht an. Hat Tim gerade eine Niederlage gegen ein Mädchen zugegeben?

»Ich würde ja eine Revanche fordern, aber dein Vorderrad ist ziemlich verbeult.«

Ole kommt nach einem Telefonat geknickt zu uns zurück und verkündet: »Okay, wir lassen dich vom Arzt durchchecken und entscheiden dann, wie es weitergeht.«

Tim deutet zum Weg, wo all unsere Fahrräder verteilt liegen.

»Ihr Rad ist nicht mehr fahrbar.«

»Dann muss sie einer von euch auf dem Gepäckträger mitnehmen.«

Ohne zu überlegen, hebe ich die Hand und höre mich sagen: »Ich mach das.«

Ole will den Kopf schütteln. Ich weiß, warum, aber er muss sich keine Sorge machen. Nicht heute.

»Ich habe sie auch aufgefangen.«

Wenn er mir ihr Sicherheitsseil im Kletterpark überlassen hat, dann jetzt doch wohl auch den Job als Chauffeur.

»Okay. Los, fahren wir weiter. Ohne Zwischenfälle, wenn möglich.«

Fritzi bewegt sich nur zögernd, setzt einen zittrigen Schritt vor den anderen und hält sich noch immer das Handgelenk. Ich biete ihr meinen Arm als Stütze an, aber natürlich ignoriert sie mich. Ich folge ihr.

»Du hast eine beeindruckende Rolle vorwärts in der Luft hingelegt.«

Fritzi sieht mich nicht an, als wir das pinkfarbene Rad erreichen, das ich aufhebe.

»Wie schade, dass es für die doppelte Schraube nicht mehr gereicht hat, was?«

»Sicher, dass alles okay ist?«

»Witzig, dass du mich so was fragst. Wo du es doch bist, der sich benimmt, als wäre er mit dem Kopf heftig irgendwo aufgeschlagen.«

Ich könnte das alles erklären. Stattdessen setze ich meine Sonnenbrille wieder auf und deute auf den Gepäckträger.

»Du hast freie Platzwahl.«

Bei diesen Modellen sind die Träger sowohl vorne als auch hinten angebracht, was Fritzi vor eine Entscheidung stellt. Genervt deutet sie auf die Plattform am Lenker und ich nicke. Sie nimmt Platz, bedacht darauf, ihr Handgelenk nicht zu belasten. Schon jetzt merke ich, dass dies kein leichtes Unterfangen wird. Es ist Ewigkeiten her, seit ich mit jemandem zusammen auf dem Fahrrad geradelt bin.

»Gut festhalten.«

Es dauert ein paar Meter, bis wir uns ausbalanciert haben und ich mit jedem Tritt sicherer werde. Ich muss an Fritzi vorbeischauen, um den Weg zu sehen, und sie lehnt sich ein bisschen zurück, um besseren Halt zu finden. Ich könnte fast mein Kinn auf ihre Schulter legen, aber das wäre eine ganz schlechte Idee. Ihre Körperhaltung macht klar, wie wenig Lust sie auf diesen kleinen Trip hat, aber ich genieße ihn still und heimlich. So versteckt, dass nicht mal Voldemort was davon mitkriegt.

»Alles okay da vorne?«

»Warum so bemüht besorgt? Wo wir doch keine Freunde sind.«

Ich wusste, dass der Spruch seinen Zweck erfüllt. Eigentlich sollte ich froh sein, dass mein absurder Plan so gut funktioniert hat, aber das genaue Gegenteil ist eingetreten. Ich möchte nicht, dass sie sauer auf mich ist. Ich möchte nicht, dass sie wegsieht.

Doch, genau das wollen wir.

Nein! Ich möchte sie umarmen, festhalten dürfen, sie küssen und ihr die ganze Wahrheit sagen.

Willst du nicht!

»Fritzi ...«

Es ist zu spät! Wie soll ich die Worte ungesagt machen, die sie so verletzt haben?

»Glaub mir, du bist ohne mich als Freund besser dran.«

Das ist die bittere Wahrheit, wofür ich keinen Voldemort, keinen Imperator und keinen blöden Joker brauche. Das weiß ich ganz ohne Souffleur.

»Gilt deine Entscheidung für uns alle, ja? Oder betrifft das nur mich?«

Felix hat *gar keine Freunde* gemeint.

»Für euch alle.«

Aber für dich ganz besonders. Weil ich dir am wenigsten wehtun will. Weil ich dich mag, Fritzi. Sehr.

Worte, die sich in meinem Mund winden und rauswollen.

Worte, die ich zurückhalte.

»Gut zu wissen.«

Ihre Stimme ist so kalt, dass es sich anfühlt, als hätte ich an der *Ice Bucket Challenge* teilgenommen, sie lähmt meine Beine und Arme. Das Treten in die Pedale wird zur Schwerstarbeit.

»Jetzt bist du sauer, aber irgendwann wirst du verdammt froh sein, dass wir keine Freunde geworden sind.«

»Etwas zu spät, findest du nicht?«

»Ist das so?«

Sie nickt und dreht sich ein bisschen zu mir, nur so viel, bis ich ihr Gesicht sehen kann. Die glasigen Augen, das traurige Lächeln.

»Weil du das nicht alleine entscheiden kannst.«

»Kann ich nicht?«

Hör ja nicht auf sie!

»Nein. Weil deine blöde Warnung entschieden zu spät kommt.«

Es ist unmöglich, mich weiter auf das Fahren zu konzentrieren, wenn sie mich so ansieht.

Ich bremse und werde langsamer, bis wir schließlich zum Stehen kommen. Sie dreht sich ganz zu mir, ihr Blick ist entschlossen.

»Viel zu spät, um genau zu sein.«

»Wieso?«

»Weil wir schon Freunde sind, du Idiot.«

NEIN! NEIN! Glaub ihr nicht, Bastian! Es ist eine Lüge!

AVADA KEDAVRA!!

Der Todesfluch aus Harry Potter und mit ihm verbunden ein kurzer grüner Blitz zucken durch meinen Kopf, dann ist es still. So still, wie schon lange nicht mehr.

»Ach ja?«

Sie nickt.

»Ach ja.«

Erst jetzt sieht sie wieder weg, hinterlässt in mir aber das Gefühl, als wäre mein Herz ein Final-Teilnehmer von *Let's Dance*. Meine Mundwinkel machen sich selbstständig, sie entscheiden sich für ein Lächeln, das ich nicht aufhalten kann oder will.

Wir sind also Freunde.

FRITZI

The Thing Called Love

Noch bevor ich die Stufen der Arztpraix nach unten kommen kann, ist Basti bei mir.

»Hey! Und? Was hat der Arzt gesagt?«

»Verstaucht.«

Ich halte meinen leuchtend roten Verband in die Höhe und zucke die Schultern. Alles keine besonders große Sache, da ist es mir fast ein wenig unangenehm, dass sich die anderen so große Sorgen um mich machen. Sarah mustert mein Gesicht eingehend.

»Aber dem Kopf geht's gut, oder?«

»Zumindest nicht schlechter als vorher.«

Tim, der lässig an seinem Drahtesel lehnt, will nicht zugeben, dass auch er sich Gedanken gemacht hat.

»Vielleicht bist du ja jetzt geheilt, weil alles in deinem Schädel wieder an die richtige Stelle gerutscht ist.«

Wenn es so einfach wäre, hätte ich diesen Überschlag schon vor einer ganzen Weile zu Hause ausprobiert. Ich steige die Stufen zu den anderen runter, Basti neben mir, als müsse er meine Schritte überwachen. Das schlechte Gewissen wegen heute Morgen steht ihm ins Gesicht geschrieben. Vorsichtig greift er nach meiner bandagierten Hand und betrachtet sie, als wäre sie ein Relikt aus der Kreidezeit oder so.

»Hast du Schmerzen?«

»Sagen wir es so, beim Armdrücken würde Tim wohl gewinnen.«

Er sieht mir in die Augen und ich bekämpfe den Impuls, ihm auszuweichen.

Basti streichelt sanft über mein Handgelenk.

»Spürst du das?«

Das tue ich allerdings, sogar durch den Verband hindurch werden seine Berührungen irgendwie auf meine Haut übertragen.

Ich nicke nur, bemerke die Blicke der anderen. Ole schiebt sich unauffällig und doch deutlich zwischen uns.

»Gut, dann können wir ja jetzt zum Tagesplan zurückkehren. Wenn also niemand von euch mehr einen Unfall bauen könnte, wäre ich sehr dankbar.«

»Kann Fritzi denn so auf das Boot?«

Tim deutet auf meine Hand und Ole nickt.

»Der Arzt hat gesagt, sie kann mit.«

Dann dreht er sich zu mir.

»Wenn du versprichst, ausschließlich zuzusehen und den Segeltörn zu genießen.«

Segeltörn genießen. Das wird gar nicht so einfach. Alleine die Vorstellung, dass wir kentern könnten oder ich über Bord gehe, löst eine Paniklawine aus, die ungebremst auf mich zurauschen will. Mühevoll stemme ich mich gegen die Gedanken. Ich atme lange und tief ein, hebe meine bandagierte Hand und nicke so überzeugend wie möglich.

»Ich schwöre hoch und heilig, die anderen alle Arbeiten machen zu lassen.«

»Dann wollen wir mal los.«

Als wir wieder auf Bastis Fahrrad klettern, wartet er, bis die anderen außer Hörweite sind.

»Fritzi ...«

»Hm?«

»Irgendwann erkläre ich dir alles. Was mit mir nicht stimmt und ... so.«

»Okay.«

»Ich will nur, dass du mich ohne das Gepäck kennenlernst und magst. Normal halt.«

»Für mich bist du ziemlich normal. Und ich mag dich.«

Vollkommen egal, was alle behaupten, man verliebt sich nicht dann, wenn der perfekte Zeitpunkt vorher mit Fanfare und Feuerwerk ankündigt wurde. Keine Konfettikanone der Welt hat Bastian Schumacher bei seinem schrägen Auftritt in meinem Leben begleitet. Gerade jetzt, da ich wirklich genug andere Dinge im Kopf habe, steht er da, hält meine Hand und lächelt so, wie nur er lächeln kann. Die Augenringe lassen ihn älter erscheinen, als er ist, aber das Matschige aus seinen Augen ist verschwunden und zeigt zumindest wieder die grünen und goldenen Punkte, die wie ein Sternbild in seinem Blick funkeln. Seine Locken liegen durch das Tragen des Fahrradhelms etwas platter an als sonst, und den angeschlagenen Zahn, der mich bei seinem Lächeln immer abgelenkt hat, nehme ich nicht mal mehr wahr. Jetzt, so wie er gerade vor mir steht, schaut er wunderschön aus. Weil nur ich ihn so sehen kann.

Mein Herz hat die Schuhe ausgezogen und tobt sich seit Minuten in einer Hüpfburg aus.

Werden perfekte Zeitpunkte für die Highlights im Leben nicht vielleicht total überbewertet? Muss man nicht einfach zugreifen, wenn es sich richtig anfühlt?

BASTIAN

White Squall

»Die Rollen sind also klar verteilt. Tim, du übernimmst das Vorsegel am Bug. Bastian, du bist am Großsegel, Kapitän Sarah bestimmt den Kurs an der Pinne. Fritzi, du bist heute nur Passagier.«

Das blaue kleine Boot, unsere *McFly*, in der Fachsprache ein sogenannter Kielzugvogel, wird von Oles motorisiertem Beiboot aufs Meer gezogen.

Die Geschwindigkeit, der Wind, das Meer um uns herum, all das bereitet Fritzi bereits ordentliche Schwierigkeiten. Ihre Unsicherheit ist fast greifbar.

Sarahs Lächeln hingegen wird mit jedem Meter, den wir weiter aufs Meer schippern, zufriedener, sie atmet tief ein und lässt, was auch immer am Ufer ihr Problem sein mag, genau dort zurück. Hier draußen ist sie eine andere – und wirkt mit einem Male älter, als ihre fünfzehn Jahre es vermuten lassen.

»Du bist ein Naturtalent, hm?«

Während ich krampfhaft das Schot meines Segels umklammere, hält Sarah das Ruder locker zwischen ihren Fingern und lässt sich den Wind um die Nase wehen.

»Ich mag es, auf dem Wasser zu sein, ja.«

»Was ist denn daran so toll?«

Tim hat uns mehr oder weniger den Rücken zugedreht und lässt seine Frage vom Wind zu uns wehen.

»Man ist nicht an Land. Mir reicht das.«

»Was ist an Land denn so ätzend?«

Zumindest dreht sich Tim wieder ein bisschen zu uns, meidet meinen Blick und fixiert stattdessen Sarah.

Sarah sieht ihn nicht an, beantwortet aber dennoch seine Frage.

»Die Leute, der Lärm, ihre Kommentare, die Blicke. Alle starren ständig, als würde ich auf einer Bühne stehen.«

»Willst du deswegen nicht in die Theatergruppe?«

Es rutscht mir nur so raus. Sie sieht mich an, als hätte ich ihr hinterrücks ein Messer in den Rücken gerammt.

»*Du* spielst Theater?«

Tim sieht überrascht zu Sarah, die seinen Blick nicht bemerkt, weil sie noch immer mit mir zu kämpfen hat. Ihre Stimme zittert, als sie antwortet.

»Nicht mehr.«

Unser Kapitän hat das Boot verlassen, jetzt sitzt da nur noch ein unsicheres Mädchen, das weinen möchte. Meinetwegen.

Ich Idiot!

»Wieso hast du denn aufgehört?«

Selbst Fritzis Neugier ist geweckt, aber Sarah greift nur mit glitzernden Augen nach dem Haarband, das auch heute um ihr Handgelenk liegt und zupft daran rum.

»Weil es wehtut, wenn Leute mich ansehen! Weil ich es hasse, wie sie lachen, wenn sie mich sehen und hinter meinem Rücken tuscheln! Weil ich mich vor ihren Augen am liebsten auflösen würde! Deswegen …«

Sie wischt sich wütend über die Augen, niemand sagt mehr etwas.

»Können wir jetzt das Thema wechseln? Bitte?«

Tim sieht zu Sarah, als ob er etwas sagen wollte, ändert aber schnell seine Meinung und bleibt stumm, während ich nach den richtigen Worte suche, um mich bei ihr zu entschuldigen.

Das Geräusch von Oles Motorboot erstirbt. Offensichtlich sind wir angekommen.

»Okay, Astronauten. Hier wären wir.«

Irgendwo auf dem Meer, recht weit vom Ufer entfernt – und somit auch weit weg vom Sonnenhof.

»Leider haben wir nicht so viel Wind, wie gehofft, aber es ist genug, um ein paar Manöver zu üben. Kapitän Sarah, übernehmen Sie!«

Ole grinst breit, wirft Sarah ein Walkie-Talkie zu und startet den Motor, der unsere Proteste übertönt.

»Das kannst du doch nicht machen! Ole!«

Tim will sich gerade so richtig aufregen, als Sarah sich etwas fasst und wieder in ihre Rolle als Kapitän schlüpft.

»Tut, was ich sage, dann gibt es keinen Grund zur Panik.«

Dabei sieht sie kurz zu Fritzi, die zusammengekauert im Boot sitzt, auf ihre Füße starrt, die Hand zur Faust geballt.

Eigentlich tun wir gar nichts, außer unser Boot zum Wind hin ausrichten, was ohne Sarahs Anleitung niemals möglich wäre, und schon bewegt sich die *McFly* in sachtem Tempo voran. Alles, was ich machen muss, ist, unter dem Mast durchzutauchen, wenn wir ein Wendemanöver durchführen. Nach einigen ungeschickten Versuchen gelingt es jetzt ziemlich gut und es fühlt sich schön an, eine richtige Aufgabe an Bord zu haben. Vor allem aber mag ich es, wenn die mich auf Fritzis Seite des Bootes bringt, weil die Enge dafür sorgt, dass wir uns berühren. Rein zufällig. Jedes Mal.

»Alles gut da unten?«

»Solange ich nicht aufhöre zu atmen.«

»Du machst das toll.«

»Atmen?«

»Nun, gestern hättest du noch am liebsten gekniffen und jetzt bist du hier, oder nicht?«

»Nur teilweise.«

»Wo ist der Rest?«

Sie schließt kurz die Augen, atmet tief ein und aus, und fast ist da ein Lächeln auf ihrem Gesicht. Ich nutze die Chance und betrachte sie genauer. Bemerke das Muttermal am Nacken, dort wo ihre kurzen Haare unterschiedlich lang geschnitten sind, als hätte sie sich diese Frisur im elterlichen Badezimmer selber verpasst. Ihre Wimpern sind dunkel und ziemlich lang, umranden ihre Mars-Augen, als müssten sie diese im Zaum halten. Fritzis Lippen sind rosa, ganz ohne Lippenstift, und ich erinnere mich an die Millisekunde, als sie meine Wange geküsst hat.

Fritzi öffnet die Augen wieder und erwischt mich natürlich dabei, dass ich sie ansehe. Wie sie jetzt lächelt. Solch winzige Momente, die nur uns gehören, genieße ich.

»Das ist total öde.«

Tim ist so genervt, dass die Aggression in seiner Stimme unüberhörbar ist. Mit ausgebreiteten Armen deutet er aufs Meer, das uns umgibt.

»Das ist arschlangweilig! Wasser, Wasser, Wasser! Segeln ist scheiße!«

Sarah schüttelt entschlossen den Kopf.

»Nur weil es nicht windig genug ist.«

»Ich glaube, es ist auch bei Wind scheiße.«

»Quatsch! Dann ist es total genial!«

Wir alle sehen zu Sarah, aber es ist Fritzi, die es ausspricht.

»Du machst das nicht zum ersten Mal, oder?«

Ihr kleines Geheimnis ist schon lange keines mehr. Sie reckt das Kinn vor, sichtlich stolz, es endlich zugeben zu dürfen.

»Ich habe mit acht den Segelschein gemacht. Wir wohnen doch am Bodensee, da lag das nahe. Mein Vater war ständig mit mir draußen, als ich jünger war.«

Sie macht eine kleine Pause und atmet tief ein. Keine Ahnung, wieso, aber ich tue es ihr gleich. Die Meeresluft reinigt meine verstaubten Lungen und füllt sie mit einer Frische, die ich lange vermisst habe, als würde man einen alten Keller mal wieder richtig lüften.

»Wenn du das Gefühl hast, über das Wasser zu fliegen, das Segel sich aufbläht und du so schnell bist, dass du alles hinter dir lassen kannst, einfach nur weg, so schnell wie der Wind, irgendwohin, wo dich niemand kennt, und wenn du aufs Meer blickst und weißt, alles ist möglich. Das ist Freiheit!«

Sarahs Augen funkeln vor Abenteuerlust, ihr Blick ist fest auf das Meer gerichtet, einen Punkt irgendwo da hinten, wo Wasser und Horizont sich treffen, als wären sie alte Bekannte. Ich war in meinem ganzen Leben noch nie segeln und kenne das Gefühl gar nicht, das Sarah beschrieben hat. Aber ich möchte genau das: weg und irgendwo neu anfangen. Niemand sagt etwas, bis Sarah bemerkt, wie wir sie anstarren. Sie lächelt ertappt, weil sie uns viel zu nah an sich rangelassen hat. Bevor Tim etwas sagen kann, feuere ich einen warnenden Blick in seine Richtung. Doch er nickt nur langsam, keine Ironie liegt in seiner Stimme, als er spricht.

»Das klingt so, als wäre Segeln doch was für mich.«

Sarah wartet ab, ob ihm nicht doch noch ein blöder Kommentar einfällt, doch zu unserer Überraschung schweigt Tim.

»Hauptsache, man ist weg vom eigenen Leben. Ich bin immer nur Sarah Kirchner, nie jemand anderes.«

Ihr Lächeln verblasst, sie sieht wieder aufs Meer und zuckt die Schultern.

»Das Gefühl kenne ich.«

Tims Einwurf bringt uns dazu, zu ihm zu sehen, auch wenn unsere Blicke an seiner Sonnenbrille abprallen.

»Wenn ich auf dem Platz stehe, dann bin ich die Nummer sieben, Tim Jäger, dann werde ich von allen geliebt. Niemand interessiert es, wie ich wirklich ticke …«

Er bricht ab, sieht über das Meer, welches in *Fifty Shades of Blue* im Sonnenlicht schimmert und für dessen Faszination Tim wohl nichts übrig hat.

»Für neunzig Minuten bin ich nur eine blöde Rückennummer, schieße die Tore, juble so, wie es erwartet wird, und lasse mich feiern. Meine Eltern, meine Kumpels und Vicky, alle sind dann glücklich.«

Niemand sagt etwas. Das Wasser plätschert sanft gegen den Rumpf des Bootes.

»Dabei wäre ich so gerne mal jemand anderer.«

FRITZI

Mondsüchtig

Der Wind hat sich fast gänzlich verabschiedet und Ole macht keine Anstalten, uns wieder einzufangen. Also vertreiben wir uns die Zeit anderweitig, nämlich mit Sonnenbaden und Dösen. Eine wohlverdiente Pause vom Lärm, der sonst in unseren Köpfen herrscht. Tim liegt vorne auf dem Boot, seine Füße baumeln im Wasser, die Arme hat er hinter dem Kopf verschränkt.

»Von mir aus kann Ole uns gerne hier vergessen.«

Tim hebt die Hand, als würde auch er sich freiwillig für Sarahs Plan melden.

»Schließe mich an, würde hierbleiben.«

Bastian öffnet zumindest ein Auge und sieht prüfend zu mir. Ja, ich genieße unseren Segelausflug fast ein bisschen, die Panik hält einen Anstandsabstand. Sarah atmet hörbar aus, spricht mit einem Lächeln in der Stimme.

»Dann muss ich wohl mit, ohne mich seid ihr doch aufgeschmissen.«

»Aber wo würde es hingehen?«

Tim zieht die Beine aus dem Wasser und setzt sich in den Schneidersitz.

»Mir wäre es egal. Hauptsache, nicht nach Hause.«

»Wie wär's mit dem Mond? Immerhin sind wir Astronauten.«

Wir nicken alle nachdenklich, als wäre das wirklich eine Option – und nicht nur Tagträumerei, die wir uns hier gönnen, weit weg von allen anderen.

»Wenn wir einfach so verschwinden, würden meine Eltern das *FBI* anrufen.«

Sarah sagt es im Scherz, aber Tim korrigiert sie trotzdem.

»Die *NASA*.«

»Dann halt die. Meine Eltern sind super vorsichtig geworden.«

Basti lacht leise und schüttelt den Kopf.

»So wie meine. Wenn wir wirklich abhauen, würden meine Eltern glauben, ich hätte mich umgebracht. Das denken sie immer, wenn ich mal nur zwei Minuten zu spät komme.«

»Wieso denken sie das?«

Ein unangenehmes Gefühl beschleicht mich und ich sehe Bastian an, der in den Fokus unseres Gesprächs gerutscht ist.

»Eine gute Frage.«

»Haben sie denn einen Grund, das anzunehmen?«

Ich hoffe so sehr, dass er jetzt lachend verneint, doch er nickt nur.

»Deswegen bin ich hier.«

Tim dreht den Kopf in seine Richtung.

»Du wolltest dich umbringen?«

»Vielleicht. Weiß nicht genau. Es war merkwürdig, die Erinnerung ist etwas verschwommen.«

Verschwommen wird auch mein Blick, den ich auf ihn gerichtet halte, weil ich nicht glauben will, was ich da höre. Etwas Ähnliches habe ich mir schon gedacht. Aber nie im

Leben hätte ich wirklich geglaubt, dass er so was getan haben könnte. Basti mag hier und da bestimmt angeknackst sein und seine Stimmungsschwankungen sind nicht immer leicht zu verstehen. Aber Selbstmord? Er ist doch gerade mal sechzehn, da kann er doch nicht schon einen Suizidversuch hinter sich haben.

Meine Sprache ist über Bord gegangen, aber nun stellt Tim die Frage, die pochend in meinem Kopf herumflippt.

»Willst du dich noch immer umbringen?«

Gut möglich, dass ich es mir nur einbilde, aber ich meine, Basti sieht kurz zu mir, bevor er unschlüssig die Schultern zuckt.

»Will er nicht, sonst wäre Basti doch nicht hier.«

»Er hat gesagt, er weiß es nicht, also ist es wohl immer noch eine Option!«

»Oder auch nicht! Das weißt du doch gar nicht.«

Sarah und Tim starten, über Bastis Kopf hinweg, eine Diskussion über seinen Gesundheitszustand, aber ich blende beide aus. Langsam erhebe ich mich von meinem Sitzplatz im Boot, obwohl es unter meinen Füßen verdammt wackelt, und setze mich neben Basti an den Bootsrand. Er weiß nicht so recht, wohin mit seinem Blick, also verhake ich unsere kleinen Finger miteinander.

»Spürst du das noch?«

Er nickt.

»Gut. Bring dich bitte nicht um.«

»Ich versuch's.«

Das ist alles, was er sagt. Es muss reichen.

BASTIAN

Vielleicht lieber morgen

»Wie wolltest du dich denn umbringen?«

Viele haben mir diese Frage gestellt.

Doch nie habe ich ehrlich geantwortet.

Wenn ich es tue, hören vielleicht all die ätzenden Analysen der Erwachsenen, die zu wissen glauben, wie ich mich fühle, oder die ja auch alle mal »durch die Pubertät mussten«, auf. Es nervt mich, zu hören, dass alles doch gar nicht so schlimm sein kann. Ich bin zu jung für *echte* Probleme. Doch ich wette, keiner von denen weiß, wie es ist, wenn man abends im Bett liegt und nur noch Schwarz sieht. Egal, wo man hinschaut: ein Schwarz, das einen auffressen will und nicht weggeht, selbst wenn es draußen hell wird.

Tim wartet auf eine Antwort. Ich weiß, sie alle glauben, es wäre etwas total Aufregendes: Schlaftabletten, Alkohol, Pulsadern. Irgendwas für eine Schlagzeile in der Zeitung.

»Erhängen. Mit dem rosa Bademantelgürtel meiner Mutter. An der Duschstange. Aber ich war zu schwer, sie ist abgebrochen. Hab mir meinen Zahn am Waschbecken angeschlagen.«

Kurz ist es so still, dass ich fast den Herzschlag der anderen hören kann. Alles wird sich ändern. Ich kenne das. Wenn Leute einem nicht mehr in die Augen sehen können, die

Straßenseite wechseln und Ausreden erfinden, wieso sie einen nicht mehr treffen können. So fühlt es sich an, wenn man plötzlich alleine mit dem Problem zurückbleibt.

Doch dann bricht Tim in schallendes Gelächter aus, was ihm einen strafenden Blick von Sarah einbringt.

»Das ist nicht witzig, du Idiot.«

»Ich weiß, es ist nur so bescheuert, weil …«

Tim bricht ab, sieht zu mir und bemerkt, wie deplatziert sein Lachanfall rüberkam.

»Sorry.«

Doch ich muss selber darüber lachen. Zum ersten Mal überhaupt.

»Schon okay, es *war* ziemlich bescheuert. Seitdem ich hier bin, habe ich es nicht einmal versucht. Ich finde, das sollte anerkannt werden.«

»Wie lange bist du schon *suizidfrei*?«

»Suizidfrei. Das gefällt mir. Es sind aktuell sechs Wochen.«

»Du bist schon sechs Wochen hier?«

»Jap. Noch vor Ende des Schuljahres sind wir losgedüst. Andere fahren in den Urlaub, ich in Therapie.«

»Wissen deine Freunde, dass du hier bist?«

»Sarah, ich *habe* keine Freunde mehr.«

Damit sehe ich zu Fritzi.

»Also, zu Hause.«

Die anderen zeigen sich wenig beeindruckt von meinem Geständnis, es ist eben eine Begleiterscheinung von psychischen Krankheiten, das wissen sie auch schon.

»Willkommen im Club«, verkündet dann auch Sarah.

»Keine Schulfreunde?«

»Sicher nicht.«

»Warum? Du bist ziemlich witzig, wenn du willst.«

Tim nickt zustimmend.

»Außerdem bist du eine verdammt gute Kapitänin.«

Fritzi fällt auch noch etwas ein.

»Und eine gute Zuhörerin noch dazu.«

»Ich glaube, ihr seid am ehesten meine Freunde. »

»Sag das nicht so, als wäre es was Schlechtes.«

Ausgerechnet Tim schenkt ihr ein aufmunterndes Lächeln inklusive Augenzwinkern. Wenn er will, kann er seinen Charme schon aufdrehen. Es gibt Hoffnung für ihn. Fritzi rutscht wieder auf den Boden, löst unsere Verbindung.

»Meine beste Freundin weiß nicht mal, dass ich krank bin. Oder hier bin. Sagt wohl alles über unsere Freundschaft.«

»Na, du hast ja jetzt uns.«

Tim bietet Fritzi allen Ernstes die Freundschaft an?

»Wir wissen vielleicht nicht alles über dich und wie du zu Hause so bist. Aber wir kennen die Jetzt-Fritzi.«

»Schon.«

»Ist das nichts wert?«

»Doch. Die Wahrheit ist nur, dass ich an Isa hänge. An allem, was wir zusammen durchgemacht haben, an den gemeinsamen Erinnerungen und Zukunftsträumen. Aber sie hat mich derweil losgelassen, um auf ihrem Roadtrip neue Erinnerungen ohne mich zu sammeln.«

Fritzi sieht etwas verloren zu uns.

»Sie hat mich ersetzt.«

»Nicht jede Veränderung muss scheiße sein. Ich bin ganz froh, vieles loslassen zu können«, steuert Sarah tapfer bei.

»Meine Freunde sind nicht mal meine Freunde. Sie wissen es nur nicht.«

Tim sagt das ohne Sonnenbrille, die ihn vor unseren Blicken schützen könnte. So sehen wir alle die Traurigkeit in seinen Augen.

»Sie glauben, dass ich mit ihnen über ihre dummen Witze lache, auf diese langweiligen Partys gehe und mich über Leute wie euch lustig mache, weil ich es will.«

»Weswegen tust du es dann?«

»Weil es dazugehört.«

»Wozu?«

»Zu dem Bild, das sie von mir haben.«

»Vielleicht solltest du dich mal so zeigen, wie du wirklich bist.«

Wir tauschen einen langen, intensiven Blick aus, der die Mädchen aussperrt, weil sie gestern Nacht nicht dabei waren.

»Das ist nicht so einfach.«

Wütend stehe ich auf, weil mir das alles zu blöd wird, und bringe dabei das kleine Segelboot etwas ins Wanken. Ich greife nach dem Mast und starre Tim an.

»Ist es wohl: Hey, Kumpels! War 'ne schöne Zeit mit euch, aber ich bin nicht mehr so glücklich. Mit euch und all dem Kram. Nehmt es mir nicht übel, aber es wird Zeit, an mich zu denken. Habt ein schönes Leben und bye bye!«

»Das soll ich sagen?«

»Ich würde es so sagen.«

»Würdest du nicht. Sonst hättest du deinen Eltern nämlich auch gesagt, was los ist.«

»Es geht hier nicht um mich, Tim, sondern um dich.«

Jetzt steht Tim ebenfalls auf, was das Boot wieder kurz – und diesmal heftiger – erschüttert.

»Du kannst doch auch nicht besonders glücklich mit deinem Leben sein, wenn du dich lieber umbringen willst.«

Wir spielen Fingerhakeln, nur eben mit Blicken. Entweder zieht irgendwo ein Gewitter auf oder es liegt an uns beiden, denn die elektrische Aufladung der Luft ist deutlich spürbar. Jetzt verstummen sogar die Möwen.

»Du hast Schiss, das ist alles!«

»Ach, komm schon, Basti. Erzähl mir nicht, dass du nicht weißt, wie mies meine Situation ist. Es geht nicht darum, was ich mit meinem Leben anstellen will, sondern darum, wie viel Tore ich schieße! Selbst meine Freunde glauben, ich wäre der neue *CR7*. Und Vicky …«

Bei dem Gedanken an seine Freundin schluckt er kurz und greift nach dem Mast, um das Gleichgewicht wiederherzustellen, das ihm kurz abhandengekommen ist. Doch wir erfahren nicht, wie der Satz zu Ende gehen sollte, weil Tim sich schnell wegdreht, über den Rand des Bootes beugt und loskotzt.

»Oh shit!«

Mit nur einem Schritt bin ich bei ihm und greife nach seinem Arm, aber Tim schubst mich so wütend von sich, dass ich fast ins Wasser falle.

»Seekrank, das passiert vielen beim ersten Trip.«

Sarah, Vollprofi und Teilzeitkapitän, greift nach dem Walkie-Talkie und funkt Ole an.

»Houston, wir haben ein Problem.«

FRITZI

Message in a Bottle

Wir laufen am Meer entlang über die Steine, die hier am Strand den feinen Sand abgelöst haben.

Nachdem wir den semi-erfolgreichen Segeltörn abbrechen mussten und Tim wieder etwas Farbe ins Gesicht bekommen hat, sind wir unter Oles Kommando zu einem anderen Strandabschnitt, der zwischen Sellin und Binz liegt, geradelt. Wieder hat Basti mich gefahren, wieder habe ich mich bei ihm sicher gefühlt – obwohl ich nun um seine Vergangenheit weiß und den Grund für seinen Aufenthalt im Sonnenhof kenne.

Tim und Basti gehen am Wasser entlang und suchen passende Steine, die Ole dann über die Wellen springen lässt. Sarah und ich suchen Muscheln und angespültes Strandgut, das sich als Souvenir für zu Hause eignet.

Hier wirkt alles etwas rauer, naturbelassener und echter. Auf den ersten Blick auch nicht besonders einladend. Selbst in Schuhen ist es unangenehm, über den Steinstrand zu laufen, einige Male drohe ich auszurutschen. Doch wenn ich ehrlich bin, gefällt es mir sogar besser als die überlaufenen Touristenstrände, an denen das Familienurlaubsglück wie perfekt choreografiert wirkt.

Dieser Strand entspricht schon viel mehr *meiner* Realität.

Zwischen all den Stolpersteinen, über die ich fast strauchle, entdecke ich immer wieder winzige Muscheln, die im Sonnenlicht wie kleine Schätze funkeln, oder versteinerte Seeigel in allen Größen.

Außer uns ist nur eine Familie mit zwei kleinen Kindern hier, die ebenfalls die Ruhe und Abwechslung zum Strandhochbetrieb genießt. Ich liebe die Stille, die nur durch das Jubeln der Jungs unterbrochen wird, wann immer Ole ein Wurf besonders gelingt.

»Ich habe einen gefunden!«

Sarah streckt mir ihre Hand entgegen, auf der ein uralter versteinerter Seeigel liegt, der nicht mehr wirklich viel Ähnlichkeit mit seinen lebenden Artgenossen hat.

»Ich glaube, den nehme ich mit.«

»Das ist ein hübsches Exemplar.«

Sie lächelt und fährt mit dem Finger über die raue Oberfläche.

»Vielleicht bringt er mir ja Glück.«

Nichts erinnert mehr an ihr Geständnis auf dem Boot. Vor mir steht ein lächelndes Mädchen, das im Urlaub Steine am Strand sucht. Ich wette, so sieht uns auch die Familie, die aus der Ferne niemals erraten würde, was für Probleme wir vier mit uns spazierentragen.

»Wo-hooooo!«

Tim reckt beide Arme in die Luft und wir sehen gerade noch, wie sein Stein über eine kleine Welle hüpft und dann untergeht, bis er eines Tages, nach unendlichen Zeiten, wieder an diesen oder einen anderen Strand gespült werden wird.

»Das waren sieben Sprünge!«

Er klatscht sich mit Ole ab, dann dreht er sich zu Basti, der offensichtlich nicht damit gerechnet hat, auch einen High Five zu bekommen, und sich irritiert von Tim abklatschen lässt.

»Ich glaube übrigens, Tim mag dich auch.«

Eine feine Röte huscht über Sarahs Wangen, als sie von mir zu Tim blickt, der bereits den nächsten Stein sucht.

»Meinst du?«

Mir ist aufgefallen, dass Tim mit ihr viel netter umgeht als mit uns restlichen Astronauten. Was auch immer zwischen ihm und Basti vorgefallen ist, die Beziehung der beiden ist nicht zu durchschauen. Mich hat er wohl inzwischen akzeptiert, aber Sarah scheint unter seinem persönlichen Schutz zu stehen.

»Hey, Fritzi, ich weiß, dass du deine Isa vermisst und so ...«

Bisher habe ich die Gedanken an Isa so gut wie möglich wieder verdrängt, konzentriere mich auf alles, was an diesem kleinen Strandabschnitt passiert, und nehme auf einem Baumstumpf Platz, den vermutlich die See angespült hat. Sarah tut es mir gleich, wechselt aber nicht das Thema.

»... aber wenn du willst, kann *ich* hier deine Freundin sein. Auch wenn es natürlich nicht das Gleiche ist.«

»Das bist du doch schon längst, Sarah.«

Überrascht sieht sie mich an.

»Wirklich?«

»Na klar.«

»Danke.«

Sie bedankt sich bei mir? Wäre andersrum nicht angebrachter?

»Und egal, was du von zu Hause vergessen willst, ich vergesse es mit dir.«

Statt zu mir sieht sie auf das Fossil in ihrer Hand. Zu gerne würde ich wissen, was in ihrem Kopf vor sich geht und welche Steine ihre Gedankenwellen hin- und herwälzen. Wer weiß, vielleicht wird es ja eines Tages an den Strand gespült und Sarah kommt darüber hinweg.

»Ich nenne ihn *Buzz.*«

»Den Seeigel?«

Sie nickt und lächelt mich an, auch wenn in ihren Augen noch deutlich eine heftige Brandung herrscht.

»Buzz, der Seeigel.«

Schritte auf dem Kies kündigen Tim an.

»Schaut mal, was ich gefunden habe!«

In seiner Hand hält er einen kleinen Stein mit einem Loch in der Mitte.

»Ole sagt, das ist ein Hühnergott oder so was. Schräges Teil, oder?«

»Was ist denn bitte ein *Hühnergott*?«

Ich nehme ihm den Stein ab und betrachte ihn genauer. Das Loch ist nicht besonders groß, aber nahezu kreisrund, die Oberfläche fühlt sich glatt, fast sanft an.

»Bringt man euch im Süden denn gar nichts bei?«

Ole schüttelt enttäuscht den Kopf.

»Solche Dinger sind oft Feuersteinknollen bei denen die Kreideeinlagerungen verwittert sind. Sie bringen Glück.«

Vorsichtig reiche ich Tim den Hühnergott zurück.

»Also verlier ihn nicht.«

Sofort steckt er ihn in seine Hosentasche und sieht zu Sarah und Buzz.

»Was hast du da?«

Er nimmt neben ihr Platz und hört sich die Geschichte des kleinen Fundstücks an. Ich sehe wieder zu Basti, der den Blick auf den Horizont gerichtet hat. Der inzwischen aufgezogene Wind verstruwelt ihm die Locken und zerrt an seinem T-Shirt, während er nur still dasteht, so nahe am Wasser, dass seine Schuhe nass werden. Er beobachtet die Wolken am Himmel.

Ich hoffe so sehr, dass er eines Tages auch einen Hühnergott finden wird.

BASTIAN

Die unglaubliche Reise in einem verrückten Raumschiff

Die Rückfahrt mit den Rädern verläuft zur Abwechslung mal unspektakulär und ruhig. Mein Highlight bleibt Fritzi, die auf dem hinteren Gepäckträger Platz genommen und die Arme um meine Hüften geschlungen hat. Von mir aus könnten wir jetzt auch die ganze Insel umrunden, bevor wir zurück in den Sonnenhof fahren. Ich nehme dankend jede Sekunde mit ihr, wenn sie sich so an mir festhält, ihren Kopf an meinen Rücken lehnt und meinem Herzschlag lauscht. Es ist fast so, als würde sich mein Überlebensorgan dazu aufgefordert fühlen, das Konzert seines Lebens zu spielen, denn es schlägt so wild wie Phil Collins an seinen besten Tagen an den Drums. So schnell, laut und kräftig habe ich meinen Herzschlag schon lange nicht mehr wahrgenommen.

Ganz vorne radelt Tim, der sich aber nicht zu weit von Ole und der Truppe entfernen darf. Nachdem wir am Strand ein bisschen die unberührte Seite der Insel kennengelernt haben, herrscht auch zwischen Tim und mir etwas bessere Stimmung. Sobald sich die Gelegenheit ergibt, werde ich ihm sagen, dass mir an einem Ende des ewigen Streits gelegen wäre – auch weil er Herr einer wichtigen Information über mich ist. Irgendwie muss ich ihn davon überzeugen, diese auch weiterhin vertraulich zu behandeln.

»Du grübelst schon wieder.«

Fritzi stützt ihr Kinn auf meiner Schulter ab, was mich kurz ablenkt und fast in einer Vollbremsung endet.

»Wusstest du nicht, dass ich eine Goldmedaille im Grübeln habe?«

»Daher also die Denkerfalte auf der Stirn?«

»Jap, jahrelang antrainiert.«

Sie lacht leise, ich spüre ihren warmen Atem an meinem Hals und überlege mir, wie ich diesen Augenblick einfrieren kann. Ein gedankliches Polaroid vielleicht?

»Was ist gestern zwischen dir und Tim passiert?«

Muss Fritzi denn unbedingt ein so gutes Gespür für meine Gedanken haben?

»Nichts Besonderes.«

»Gab es gestern Nacht bei euch noch Stress?«

Ich muss an Tims wütendes Gesicht denken, den harten Faustschlag und all seine Drohungen.

»Du kennst doch Tim.«

»Deswegen frage ich ja.«

Ich kann es ihr nicht erzählen. Nicht nur, weil er es mir dann ebenso heimzahlen kann, sondern weil ich es nicht will. Weil es niemanden etwas angeht.

Ich sehe nach vorne, wo er selbstsicher und ohne die Hände am Lenker zu haben vor sich hinradelt, als könne ihm nichts und niemand auf der Welt was anhaben.

»Sagen wir es mal so, es hat nichts mit uns zu tun.«

»What's new, Pussycat?«

Sie lehnt ihr Gesicht an meine Schulter, während ich mich frage, wieso Fritzi noch immer hier ist, obwohl sie weiß, dass ich kein Typ für ein Happy End bin.

»Fritzi ...«

Sie verdient die volle Wahrheit.

»Hm?«

So wie ihre Stimme jetzt klingt, hat sie vermutlich die Augen geschlossen und genießt die Fahrt inklusive der Ruhe.

»Was genau ist das mit uns?«

Es fällt mir leichter, die Frage zu stellen, wenn ich ihr nicht in die Schokoaugen schauen muss. Sie antwortet nicht sofort, sondern schlingt ihre Arme nur etwas fester um mich, was sich wie eine Umarmung anfühlt.

»Ich habe absolut keine Ahnung.«

»Ich bin ziemlich ...«

Das Wort »kaputt« liegt mir auf der Zunge, bleibt aber ausgerechnet an meinem angeschlagenen Zahn hängen.

»... kompliziert.«

»Wirklich? Nun, Bastian, ich habe dich in einem Therapiezentrum für psychisch kranke Jugendliche kennengelernt. Irgendwas hat mir verraten, dass du wohl nicht der einfachste Charakter bist.«

Das Lächeln in ihrer Stimme ist unüberhörbar.

»Ich meine es ernst.«

Ein Blick zu Ole, der mit Sarah in eine Unterhaltung vertieft ist, und ich trete in die Bremsen, bringe das Fahrrad zum Stillstand. Langsam drehe ich mich zu Fritzi um, weil das keine Nicht-Blickkontaktunterhaltung sein darf. Nicht, wenn ich einmal ehrlich sein möchte.

»Ich hab eine bipolare Störung, Fritzi. Das ist nichts, was irgendwann weggeht. Das ist weder sexy noch romantisch. Es bleibt für immer.«

Da. Ich habe es gesagt, und es hat nur kurz wehgetan. Sie hält Blickkontakt, sieht nicht weg. Ich suche einen Kaugummi in meiner Hosentasche, er rutscht mir aber durch die zitternden Finger.

»Nimmst du Tabletten?«

Ich nicke ein bisschen benommen.

»Lithium gegen die Manie und *Mirtazapin* gegen die Depression.«

Zumindest funktioniert es so in der Theorie.

»Damit ich irgendwo in der Mitte wie ein normaler Mensch wirke.«

Noch nie habe ich es vor jemandem ausgesprochen, der nicht mein behandelnder Arzt oder blutsverwandt ist. Es war *mein* Problem, *mein* Schicksal, *mein* Ding. Fritzis Augen zeigen keine Spur von Mitleid oder Unverständnis, sie sind warm wie der Sonnenschein, der durch die Blätter über unseren Köpfen fällt.

»Panikattacken sind auch nicht heilbar.«

Ich nicke, weil ich das schon weiß.

»Aber vielleicht sind sie, wenn man sich ihnen nicht immer alleine stellen muss, nicht mehr ganz so schrecklich Angst einflößend.«

Wieder nicke ich, spüre, wie sie ihre bandagierte Hand in meine schiebt.

»Vielleicht verlieren deine Depressionen auch etwas an Macht, wenn jemand zuhört.«

Obwohl meine Eltern wissen, was die Arztberichte und Diagnosen sagen, verstehen sie nicht, wie es ist, mit Depressionen zu leben. Mit dem Wissen, dass man nie ein ganz normales Leben führen wird und manchmal alleine das Aufstehen so viel Kraft kostet wie das Beenden eines Marathons. Das mache ich ihnen nicht zum Vorwurf. Sie können es nicht wissen, weil sie nie auch nur einen Tag in meinem Kopf leben mussten.

Obwohl Fritzis Probleme anders sind, weiß sie vom täglichen Kampf um einen möglichst normalen Alltag. Sie kämpft mit mir in diesem Krieg, so wie alle hier im Sonnenhof, auch wenn jeder einen anderen Dämon bekämpft.

»Hey! Was ist da hinten los?!«

Oles Stimme klingt besorgt, doch ich werfe ihm einen beruhigenden Blick über die Schulter zu.

»Nur kurz.«

»Nichts da! Kommt jetzt, wir haben keine Zeit für Pausen!«

»Ole, warte bitte einen Moment!«

Damit drehe ich mich wieder zu Fritzi, die auf dem Gepäckträger sitzt, mit ihren kurzen, unmöglichen Haaren, den schönsten und einzigsten Schokoriegelaugen der Welt. Sie hält meine Hand, obwohl sie weiß, was mit mir los ist.

»Worauf denn?«

»Ich muss ein Mädchen küssen!«

Und genau das tue ich. Weil ich mir nichts mehr wünsche, als für einen Tag ein normaler Junge mit normalen Sorgen, Hoffnungen und Wünschen sein zu dürfen. Ich nehme Fritzis Gesicht zärtlich in meine Hände, berühre ganz kurz ihre Lippen mit meinen und küsse sie dann richtig.

Zuerst schüchtern, weil ich mir nicht sicher bin, ob ich eigentlich ein guter Küsser bin und ob ich alles richtig mache. Aber sie schlingt ihre Arme um meinen Hals, hält mich fest und küsst mich zurück. Ebenso schüchtern, ebenso unsicher. Als wäre es auch ihr erster echter Kuss.

Wie alles in meinem Leben, ist auch das nicht perfekt und fehlerfrei, aber dafür umso schöner. Weil es echt ist.

FRITZI

Deep Impact

»Er hat dich geküsst!«

Sarahs Augen sind riesig, ihr Grinsen breit und der Blick erwartungsvoll. Leider muss ich sie enttäuschen, denn ich habe irgendwo unterwegs meine Sprache verloren. Ziemlich genau dort, wo Basti mich geküsst hat. Einfach so hat er mir eine Erinnerung geschenkt, die ich behalten darf. Peinlich genug, dass ich erst mit sechzehn meine Kussjungfräulichkeit verliere, aber was soll ich sagen? Das Warten hat sich gelohnt.

»Wie war es?«

Sarah ignoriert mein Schweigen, packt mich am Arm und zieht mich durch die Tür in den Sonnenhof, der angenehm kühl ist und hoffentlich auch den Flächenbrand auf meinen Wangen löscht.

»Es war …«

Großartig. Fantastisch. Phänomenal. Einzigartig. Nein, das ist alles zu aufgeblasen und zu unecht. Ich suche ein anderes Wort.

»… schön.«

Das trifft es. Es war schön. Schöner als alles, was vorher passiert ist. Sarah drückt ihre Hände gegen die Brust, während ich sie mir plötzlich doch mit großen Gesten und diesem Gesichtsausdruck auf der Bühne vorstellen kann. Sie lächelt so verliebt, wie ich mich fühle.

»Das ist *sooo* romantisch. Ein spontaner Kuss, weil er von seinen Gefühlen übermannt wurde. Das ist wie …«

»… wer hat wen geküsst?«

Dr. Bellinger taucht unerwartet neben uns auf, lächelt neugierig und sieht selbst dabei so autoritär aus, dass ich sofort meine Körperhaltung korrigiere.

»Bastian hat Fritzi geküsst!«

Sarah plaudert mein kleines Geheimnis einfach so aus.

»Ach. Bastian Schumacher?«

Ich nicke, obwohl mir weder Bellingers Blick noch seine Betonung gefällt. Einen kurzen Moment überlege ich, ob er das wissen sollte, doch er ist schneller.

»Franziska, kann ich dich mal kurz sprechen?«

»Klar.«

»Gehen wir doch in mein Büro.«

Sarah sieht entschuldigend zu mir, weil ihr auffällt, wie dämlich es war, das ausgerechnet unserem Doc zu erzählen. Sie bleibt am Empfang stehen, während ich neben ihm über den Flur gehe. Mit jedem Schritt fühle ich mich unsicherer.

Bellinger öffnet mit einer einladenden Geste die Tür zu seinem Büro, das ganz hinten im Flur liegt.

»Nur zu, trau dich.«

»Habe ich was angestellt?«

»Weißt ich nicht. Hast du?«

Und das Psychiatergespräch startet in drei, zwei, eins …

Ich trete über die Schwelle und nehme auf dem Stuhl Platz, seinem schicken Schreibtisch gegenüber. Bellinger lächelt mich freundlich an.

»Wie geht es deiner Hand? Ole sagt, es war ein Radunfall.«

Mein neonroter Verband ist alles, nur nicht unauffällig.

»Das war wirklich nur … dumm von mir.«

»Allerdings. Gab es einen Grund, warum du so unachtsam warst?«

Das Radrennen gegen Tim, die Panik und meine Enttäuschung.

Es wird Zeit für ein bisschen Ehrlichkeit.

»Manchmal kommt eben alles zusammen, dann wird es zu viel und ich will nur weg.«

»Vom Sonnenhof?«

»Von allem. Von meinen Eltern, die ihre Scheidung so ätzend ausleben, als wären sie die Stars einer Reality Show, und total vergessen, dass nicht nur eine Beziehung auseinandergeht, sondern auch eine Familie. Meine!«

Das habe ich bisher noch niemandem gesagt.

»Oder Basti, der zuerst so ein Idiot ist, weil er glaubt, es wäre besser für mich, wenn er … wenn wir … also auch die Astronauten, nichts mit ihm zu tun haben. Dumm nur, dass meine Gefühle dieses Memo wohl verpasst haben.«

Die Worte sprudeln einfach nur so aus mir raus, dabei lasse ich sie wahrscheinlich nur so ungebremst meinen Mund verlassen, weil ich sie zu lange eingedämmt habe.

»Bastian also, hm?«

»Ja.«

Er zieht eine Augenbraue nach oben. Gott, das ist so

awkward. So ein Gespräch habe ich bisher nicht mal mit meinen Eltern führen müssen.

»Ich habe dich beobachtet, Franziska. Würdest du sagen, dass du dich besser fühlst als bei deinem Einzug?«

»Ein bisschen.«

»Übst du deine Skills, wenn eine Panik kommt?«

»Klar. Jedes Mal.«

»Bastian ist ein sehr interessanter junger Mann.«

»Mhm.«

»Du solltest dir aber im Klaren darüber sein, dass er kein Skill für dich sein sollte. Lass dich von der Panik nicht dazu verleiten, dich zu sehr auf einen Mitpatienten zu verlassen.«

Ich nicke knapp, spüre, wie ich wütend werde.

»Wieso nicht?«

»Ohne weiter ins Detail gehen zu wollen, aber Bastian ist sehr instabil und seine Gefühle wechseln schnell. Das kann für einen Außenstehenden verwirrend sein. Und dir vielleicht wehtun.«

»Er hat mir schon gesagt, dass er eine bipolare Störung hat.«

Bellinger nickt und fügt eine weitere Information in sein Notizbuch.

»Weißt du auch, was das *bedeutet*, Franziska?«

Natürlich nicht. Bis zu meiner Diagnose wusste ich ja nicht mal, was »Panikattacken« wirklich sind. Er deutet mein Schweigen richtig.

»Wenn sich Patienten in manischen Phasen befinden, glauben, sie die Welt gehört ihnen, alles läuft nach Plan, sie können alle retten. Das Hochgefühl wirkt dann wie ein

Rausch. Oft kippen diese Phasen in eine depressive – ohne äußeren Einfluss. Plötzlich fühlen sie sich antriebslos, haben keine Motivation, zweifeln vieles an –, und dann kann es, in manchen Fällen, natürlich auch zu *sehr* düsteren Gedanken kommen. Bei manchen finden die Stimmunsgsumschwünge extrem schnell statt. In der Fachsprache nennen wir das *Ultra Rapid Cycling*. Da kann gerade bei Jugendlichen die Stimmung binnen weniger Stunden wechseln, ohne erkennbaren äußeren Einfluss.«

Ich nicke langsam, will mir die Verunsicherung aber nicht anmerken lassen. Seine Gefühle für mich, der Kuss, all das ist doch kein Symptom seiner Krankheit. All das ist echt!

»Was hat das denn mit mir zu tun?«

Bellinger mustert mich weiter, so wie nur Psychiater es tun: mit diesem besonderen Blick, der wohl ihre Superpower ist und mich sofort verunsichert. Schließlich lösen sich seine Lippen zu einem Lächeln.

»Gar nichts. Es ist nur ein bisschen Fachwissen, das dir helfen soll, manche Patienten hier besser zu verstehen.«

»Danke, aber das ändert nichts an der Sache mit Basti.«

Sein Blick lasert mich noch mal, er atmet tief durch und versucht es ein weiteres Mal.

»Ich will verhindern, dass du dich eventuell in etwas reinsteigerst und dann enttäuscht wirst.«

Trotzig verschränke ich die Arme, errichte einen Schutzwall und lasse seine Worte nicht bis zu mir durchdringen.

»Sie wissen doch gar nicht, ob er mich enttäuscht.«

Bellingers Ausdruck wird versöhnlicher, er klappt das Buch zu und lehnt sich in seinen Bürostuhl zurück.

»Natürlich nicht. Es geht hier aber nun mal um dich, Franziska. Deine Therapie sollte für dich unbedingt an oberster Stelle stehen.«

»Dr. Kosska hat gesagt, dass ich mich an den schönen Dingen erfreuen soll. Mir das Gefühl merken und daran denken, wenn eine Panik anfängt.«

»Ganz richtig.«

»Nun, vielleicht tue ich das ja gerade. Vielleicht halte ich das Gefühl in einer Zeitkapsel fest, damit ich es nach der Therapie nicht vergesse!«

Er nickt nachdenklich.

»Bipolare Störungen sind eine ernste Krankheit, Fritzi.«

Oh, oh. Er nennt mich Fritzi.

»Bastian ist ein toller Junge, aber er ist auch schwer krank.«

Die Ernsthaftigkeit in seiner Stimme lässt das Gesagte so klingen, als wäre Basti dem Tode geweiht.

»Ich kann Sie beruhigen, Dr. Bellinger. Es ist nicht so, als ob ich gedacht hätte: *Wow, Therapie! Wie wäre es, wenn ich mein Herz hier verschenke?* Aber sie haben mich mit den Astronauten zusammengebracht! Und die stellen gerade mein ganzes Leben auf den Kopf, während ich keine Ahnung habe, was das alles bedeutet. Ich weiß nur, dass ich sie sehr gerne mag. Weil sie anders sind. Für mich sind sie total normal! Weil ihre Realität genauso schräg ist wie meine! Bei ihnen komme ich mir zum ersten Mal seit dem Panikattackenmist nicht wie ein kompletter Freak vor. Hier bin ich weniger kaputt. Und wenn das gegen die Hausregeln verstößt, sorry, aber *Sie* haben mir das eingebrockt!«

Bellinger lässt mich ausreden, wobei am Ende der kleinen Rede meine Stimme nicht mehr ganz so gefasst klingt wie zu Beginn. Ich spüre, wie mein Herz rast und mein Gesicht glüht, aber das ist mir egal, weil es rausmusste.

»Wenn das so ist, bist du auf einem ganz guten Weg. Behalte einfach im Hinterkopf, dass ein bisschen Vorsicht nicht schadet, wenn man sich zum ersten Mal verliebt.«

Kurz zucke ich die Schultern.

»Wissen Sie, ich habe die letzten Monate vorsichtig gelebt und bin trotzdem hier gelandet. Vielleicht wird es Zeit, mal aufs Herz, statt auf den Kopf zu hören.«

BASTIAN

Voll daneben, voll im Leben

Tim wirft seinen Rucksack wie gewohnt wütend aufs Bett und verschwindet dann erst mal in dem winzigen Badezimmer, wo das Desaster gestern Nacht angefangen hat. Ich nehme auf meinem Bett Platz, horche in mich hinein und warte auf die vertraut gehässige Stimme, auf ein Zeichen für einen Wechsel meiner Emotionen. Nichts passiert, ich fühle mich erstaunlich normal. Abgesehen von diesem nagenden Gefühl im Magen. Weil Bellinger Fritzi eben abgeführt hat, als müsste sie dringend eine wichtige Aussage zu Protokoll geben, wobei ich das Gefühl habe, zu wissen, um wessen Anklageerhebung es geht.

Vorsicht vor diesem Jungen.

Ich strecke mich langsam auf meinem Bett aus und schließe die Augen. Was, wenn alles heute gar nicht wirklich passiert ist, ich gleich die Augen öffne und zum ersten Mal an diesem Tag aufwache. Zur Sicherheit bleibe ich in der selbstgewählten Dunkelheit und genieße das eben Erlebte für mich ganz alleine.

Ich höre, wie die Badezimmertür geöffnet und wieder geschlossen wird.

»Danke, dass du heute nichts gesagt hast.«

Tim nimmt auf seinem Bett Platz, während ich es wage, die Augen zu öffnen. Nichts passiert. Kein Traum, nur die Realität.

Und Tim.

»Hast du wirklich geglaubt, ich hätte das jemandem erzählt?«

»Na ja, ich meine …«

Er deutet auf die Schwellung unter meinem linken Auge. Genau das Veilchen, das er verursacht hat. Besonders lange kann er mich nicht ansehen, starrt lieber irgendwo an die Zimmerwand vor sich, wo Cristiano Ronaldo in einer seiner typischen Oben-ohne-Jubelszenen zu sehen ist, und spielt mit den Fingern nervös an seinem T-Shirt-Bund.

»Zu deiner Info, ich hätte auch ohne die ganze Scheiß-Erpressung nichts gesagt.«

Er nickt, schweigt. Aber ich weiß, dass er mir nicht glaubt.

»In letzter Zeit habe ich dich beobachtet, Basti. Mal bist du nur im Bett, willst nichts von der Welt wissen. Und dann, ein paar Stunden später, springst du rum wie ein Flummi, immer auf der Jagd nach der nächsten Geschichte. Jetzt spielst du Pillenroulette und mit Fritzis Gefühlen!«

Jetzt dreht er sich doch zu mir um.

»Ich spiele nicht mit ihren Gefühlen!«

Er lässt sich von meinem Einwand nicht ablenken, spricht einfach weiter.

»Wie soll ich dir da vertrauen?«

Autsch.

»Das ist nicht fair.«

»Du bist nicht besonders stabil, Basti.«

»Ich bestehe nicht nur aus meiner Krankheit. Ich bin mehr.«

»Mag sein. Trotzdem fände ich es scheiße, wenn du das rumquatschst.«

Ich stehe so unvermittelt auf, dass ich selber überrascht bin, aber es macht mich wütend, wie er über mich redet.

»Ich sag dir mal was. Ich werde es nicht *rumquatschen*. Weil es deine private Sache ist und die geht niemanden was an. Solange du nicht darüber reden willst. Und wenn doch, dann bin ich hier.«

»Das sagst du heute. Morgen tickst du wieder ganz anders, erzählst es Fritzi, die plappert es weiter. Und dann? Werde ich zur Witzfigur des ganzen Ladens!«

»Ich bin vielleicht ein Idiot, aber ich würde niemals deine Geschichte vor den anderen breittreten, okay?«

»Wieso nicht?«

Ich kann nicht glauben, dass er das wirklich fragt, und muss fast lachen.

»Glaubst du wirklich, dass du der einzige Junge hier bist, der während seines Aufenthalts mit einem Magazin auf die Toilette verschwindet und sich einen schrubbt?«

Tims Gesicht wird knallrot, er sieht weg und wieder zu mir, dann wieder weg, als würde er einem Laserpointer folgen, der über mein Gesicht fährt.

»Das nicht. Aber …«

Er schluckt schwer, betrachtet die Poster um uns herum, die ich jetzt in einem anderen Kontext sehen könnte. Seine Schultern hängen so tief, als würde er die Last des ganzen Gebäudes auf ihnen tragen.

»Du kannst doch eins und eins zusammenzählen, Basti.«

Natürlich kann ich das. Meine mathematischen Fähigkeiten haben mich schon gestern Nacht zu einem Ergebnis gebracht, als ich ihn mit dem Sportmagazin voller Männermodels überrascht habe.

»Tim. Erstens ist es deine Sache – und nur deine. Und zweitens, wenn du auf Jungs und Mädchen stehst, oder nur auf Jungs oder wie auch immer, wieso sollte das jemanden was angehen?«

»Weil … ich habe eine Freundin, verdammt noch mal!«

»Die du anlügst.«

»Fuck!«

Er dreht sich abrupt um, stürmt zur gegenüberliegenden Zimmerwand und fängt an, Poster um Poster von der Wand zu reißen, zu zerfetzen, zu zerknüllen und steht wohl kurz vor einem totalen Ausraster, schlimmer noch als gestern. Erst als er alles zu Wutkonfetti verarbeitet hat, rutscht er völlig ausgelaugt an der Wand entlang zu Boden, lässt den Kopf in die verschränkten Arme sinken und atmet schwer.

Zögernd gehe ich neben ihm in die Hocke und berühre seine Schulter, doch er schlägt meine Hand weg.

»Fass mich nicht an!«

Das habe ich schon mal gehört, aber diesmal verstehe ich es etwas besser und versuche es erneut. Jetzt packt Tim mein Handgelenk, hebt den Kopf und funkelt mich aus tränenverhangenen Augen an.

»Finger weg, hab ich gesagt!«

Doch er lässt meine Hand nicht los und ich weiche nicht zurück.

»Tim, wenn *das* dein *Problem* ist, muss ich dich enttäuschen. Dann bist du hier so ziemlich der Normalste von allen.«

Er lacht auf, doch es klingt wie dieses falsche Lachen, das bei amerikanischen Sitcoms eingespielt wird.

»Meine Freunde sehen das sicher anders.«

Erst jetzt lässt er meine Hand los, während ich in eine Position neben ihn rücke und mich ebenfalls an die Wand lehne.

»Wissen sie es denn?«

Er schüttelt matt den Kopf, müde wie ein gehetztes Tier.

»Niemand weiß es.«

»Niemand?«

»Ich habe auch nicht vor, daran etwas zu ändern. Hättest du mich gestern nicht erwischt, wäre ich hier einfach rausmarschiert und alles wäre gut.«

»Deswegen haben deine Eltern dich doch nicht hierhergeschickt.«

Seine Unterlippe zittert, der Blick ist leer und auch sonst hat dieser Junge in meinem Zimmer momentan so gar nichts mit dem Tim zu tun, den ich zunächst kennengelernt habe.

»Nein. Ich bin in letzter Zeit nur mehrmals auf Gegenspieler losgegangen, Nasenbruch inklusive. Habe mir zu oft die rote Karte eingefangen. Zuerst haben sie gedacht, es wäre mein Ehrgeiz.«

Ich fasse mir an die Wange, berühre leicht die Schramme. Er bemerkt es und sieht mich entschuldigend an.

»Sorry.«

»Ach was, das macht mich nur noch interessanter.«

Er nickt, sieht weg und spricht weiter.

»Meinetwegen ist ein Junge im Krankenhaus.«

Ich spüre, wie angespannt er ist, sage aber nichts, höre nur zu. Versuche, nicht an Felix zu denken.

»Ich habe einfach auf ihn eingeprügelt, immer weiter. Auch als er schon längst am Boden lag und mich andere wegziehen wollten.«

»Aber wieso?«

»Ein Wort hat das andere ergeben. Unsinn, nichts Wildes, aber ich wusste nicht, wohin mit der ganzen Wut. Ich habe nichts mehr gesehen. Nur noch Rot.«

»Tim, die Wut geht erst weg, wenn du es akzeptierst.«

Er schüttelt den Kopf, nicht bereit, es auszusprechen. Das Häufchen Elend neben mir war mal der Typ, den ich als arroganten Kraftprotz kennengelernt habe, der sich über mich und meine sportliche Unzulänglichkeit lustig gemacht hat. Das war nur eben nicht der echte Tim.

»Meine Freunde würden durchdrehen, wenn sie es wüssten. Und Vicky … ich meine. Sie werden sowas nie verstehen. Nie.«

»Aber stehst du denn überhaupt auf Vicky?«

»Am Anfang dachte ich schon, weil alle auf sie scharf waren. Sie sieht gut aus, ist top gestylt, und alle Jungs wollten bei ihr landen. Als sie sich für mich interessiert hat, dachte ich, okay, so fühlt sich das an. Aber …«

Er sieht weg.

»… wieso fühlt es sich dann besser an, wenn ich an Jungs denke?«

Es muss schrecklich sein, sich Tag für Tag selbst verleugnen zu müssen. Wir sehen uns um: die Papierfetzen der Poster, das Chaos in unserem Zimmer, ein Pendant zu dem Durcheinander in Tims Kopf.

»Irgendwann musst du es jemandem sagen, Tim.«

»Das habe ich doch gerade.«

Er zuckt die Schultern und auf seinen Lippen wächst ein schüchternes Grinsen, er findet zu sich zurück.

»Ich habe *dir* gesagt, dass ich …«

Er kriegt das Wort nicht über die Lippen.

»… anders bin.«

Wir sehen uns eine kleine Weile stumm an. Wenn das gerade sein Outing war, kommt jetzt meines.

»*Anders* bin ich auch. Ich bin manisch-depressiv. In der Krankenakte steht *Bipolar-I-Störung*.«

»Was genau heißt das?«

»Abwechselnd auftretende depressive und manische Phasen.«

Tim nickt langsam.

»So kommst du mit deinen blöden Sprüchen gar nicht rüber. Manchmal wirkst du … bloß müde.«

»Müde. Ja. Aber depressive Phasen fühlen sich anders an.«

»Schlimmer?«

»Als würde ich in einem Raum sitzen, in dem es brennt. Nur eine Frage der Zeit, bis auch ich verschwinde.«

Ein langsames Feuer, das Stück für Stück die Poster an der Wand frisst, die Bücher im Regal, die Fotos auf dem Schrank, meinen Schreibtisch und irgendwann auch mich.

»Mein Gehirn funktioniert nicht normal. In meinem Kopf herrscht ein Ungleichgewicht verschiedener Botenstoffe.«

Nie scheint das Mischverhältnis im Cocktail von Serotonin, Noradrenalin oder Dopamin zu stimmen. Ich zucke die Schultern und sehe wieder zu Tim.

»Meine Tante ist auch depressiv, aber darüber spricht niemand. Und mein Großvater war es wohl auch, aber damals hat man es nicht so genannt.«

»Liegt also in der Familie.«

Ich nicke.

»Geht es dir denn inzwischen besser?«

»Manchmal ja, manchmal nein.«

»Vielleicht solltest du dann machen, was die Ärzte sagen.«

Ich weiß, was er meint, gehe aber nicht darauf ein.

»Vielleicht solltest *du* dann erzählen, was los ist. Zum Beispiel morgen deinen Eltern beim Besuchertag. Willst du etwa immer weiterlügen?«

»Nur, bis ich zum Mond segle und ganz von vorne anfange.«

Ich schlage ihm sanft gegen die Schulter, diesmal schubst er mich nicht weg.

»Du kannst doch gar nicht segeln.«

»Dann muss ich es wohl lernen.«

»Tim, du bist du. Das ist noch lange kein Grund, gleich auszuwandern.«

»Du sagst niemandem was, oder?«

»Niemandem.«

Dafür muss er mir nicht mal eine verpassen.

»Auch nicht Fritzi?«

»Nein.«

»Ihr seid ein süßes Paar.«

»Ach, ich weiß nicht, ob wir ein Paar sind.«

»Du hast sie geküsst.«

Ein Satz und meine Mundwinkel reagieren wie ein gut dressierter Hund, sie ziehen sich nach oben, während ich das Lächeln nicht aufhalten kann.

»Habe ich.«

Habe ich wirklich.

SAMSTAG

FRITZI

Auf der Flucht

Die Kopfhörer dämpfen alle Geräusche und ich konzentriere mich voll und ganz auf die Stimme von Troye Sivan. Er singt mir etwas von Narren und Swimmingpools vor und lässt mich so für die Dauer der Songs all die gemischten Gefühle vergessen, inklusive der Tatsache, dass meine Eltern nicht zum Besuchertag gekommen sind. Unten herrscht Hochbetrieb. Irgendwo stellt sich Sarah ihren Eltern – etwas, das sie die halbe Nacht wach gehalten hat. Denn mit ihren Eltern kommen auch alle Probleme zurück in den Sonnenhof. Mein Versuch, ihr Mut zu machen, war nicht ganz so erfolgreich wie erhofft, aber ich glaube fest an Sarah und wünsche mir so sehr, sie könnte sich nur einmal so sehen, wie ich es tue.

Ich starre auf das Therapietagebuch und die letzten fünf Seiten, die ich wie im Wahn vollgeschrieben habe. Bellinger hatte mir empfohlen, ich solle es versuchen. Also habe ich das getan, und obwohl ich es nicht unbedingt gerne zugebe: es fiel mir überraschend leicht.

Mama und Papa, die Scheidung, ihre ständigen Streitereien, die Wutreden und Treffen mit den Anwälten. Warum sie nicht sehen können oder wollen, dass sie auch mein Leben verändern. Klar, es ist ihre Entscheidung und man kann niemanden dazu zwingen, sich auf ewig zu lieben – auch wenn ich es mir für meine Eltern gewünscht habe. Wenn ich nach dieser Therapie wieder heimkomme, wird alles anders sein. Papa hat dann seine neue Wohnung schon komplett eingerichtet, sein Arbeitszimmer bekommt eine Schlafcouch, damit ich jederzeit bei ihm übernachten kann.

Mama wird die letzten Erinnerungen an eine Familie zu dritt vernichtet haben und ein neues Kapitel ihres Lebens öffnen: Reset und Neustart. Ich hätte vielleicht gerne ein Foto von uns behalten, nur damit unsere Familie keine verblassende Erinnerung ist. Sozusagen ein Beweisstück, eingesperrt in einen Bilderrahmen. Doch Mama lässt sich nicht erweichen, alles muss weg. Weil sie dann die Scheidung leichter verkraftet. Alle sagen, sie ist stark und macht alles richtig. Es ist ihre, nicht meine Scheidung, und ich muss das akzeptieren. Sagen die Erwachsenen.

Dann ist da noch Isa, mit Philipp auf einem Roadtrip. Es gäbe so viel dazu zu schreiben. Zuerst habe ich gedacht, dass Isa einen ganzen Eintrag in mein Tagebuch bekommen würde, doch tatsächlich war es nur dieser eine Satz. So sehr ich mir wünsche, wir wären noch immer so gut befreundet wie letztes Jahr, so sehr versuche ich zu verstehen, dass auch ihr Leben sich verändert.

Meines tut es schließlich auch.

Die Astronauten.

Basti, der mein Herz auf den Kopf stellt, weil ich es zulasse und tatsächlich auch genieße. Weil er nicht wegsieht oder mir ausweicht.

Tim, der unter dieser rauen Schale ein ziemlich guter Kerl zu sein scheint.

Sarah, die …

… gerade durch die Tür geschossen kommt und ohne Erklärung im Badezimmer verschwindet.

Langsam lasse ich den Kugelschreiber sinken, sehe zur Tür vom Badezimmer und warte darauf, dass diese Szene sich von selbst erklärt. Doch nichts passiert. Mit einer schnellen Handbewegung ziehe ich die Kopfhörer aus den Ohren und würge Troyes' leidenschaftlichen Vortrag über die Liebe einfach ab.

»Sarah?«

Keine Antwort.

»Ist alles okay?«

Noch immer keine Reaktion. Ich klappe das Tagebuch zu und rutsche vom Bett. Es gibt verschiedene Erklärungen für diesen Auftritt.

A. Sie wird von Daleks verfolgt;

B. sie hat das Frühstück nicht vertragen;

C. sie möchte vor ihren Eltern flüchten.

Nun bin ich kein Experte für solche Fälle, tippe aber auf Antwort C.

»Läuft wohl nicht so super, dein Besuchertag?«

»Ich verstecke mich hier nur.«

Ihre Stimme dringt gedämpft durch die Badezimmertür.

»Okay. Aber du weißt schon, dass dein Versteck nicht besonders clever gewählt ist, oder?«

»Ich weiß.«

»Man kann nicht mal die Tür abschließen.«

»Ich weiß.«

Ich setze mich auf ihr Bett und starre auf die hellblaue Holztür.

»Willst du vielleicht darüber reden?«

Ole und Bellinger wären so stolz auf mich, weil ich schon ihren Jargon übernommen habe.

»Meine Eltern verstehen es nicht.«

Soweit waren wir gestern Abend schon.

»Hast du es ihnen denn erklärt?«

»Ich soll auf eine Hochzeit!«

Dabei klingt sie so entrüstet, dass ich kurz unsicher bin, ob sie vielleicht zwangsverheiratet werden soll.

»Von wem denn?«

»Meine Cousine! Die heiratet in Berlin. Meine Eltern wollen, dass ich mitkomme.«

»Okay.«

»Ich will da nicht hin. Es wird die ganze Familie und Freunde da sein und …«

Sie bricht ab, während ich mich erwartunsgvoll etwas weiter in Richtung Tür lehne, wie bei einem Cliffhanger einer TV-Serie. Tatsächlich öffnet sich ganz langsam die Tür. Eine verzweifelte Sarah taucht im Türrahmen auf.

»… ein Junge, den ich sehr mag.«

»Sollte das nicht ein Grund dafür sein, dass du wahnsinnig gerne hinwillst?«

Nicht, wenn ich ihren Gesichtsausdruck richtig deute.

»Ich bin noch nicht so weit, Fritzi.«

Mutig klopfe ich neben mich auf das Bett, aber sie folgt meiner Einladung nur sehr widerwillig, nimmt schließlich Platz und zieht die Beine an den Körper.

»Wie heißt der Junge denn?«

»Achim.«

»Und Achim ist …?«

»Aus meiner Schule.«

»Und ist das ein Problem?«

»Nein. Das Problem ist, dass er mich kennt. Er weiß, wer ich bin. Er weiß alles.«

»Sarah, ich komme echt nur schwer mit, wenn ich nicht die ganze Story kenne.«

»Alles, was du wissen musst, ist: Ich will da nicht hin.«

Das klingt nicht wie eine Aussage, über die man diskutieren kann – und so bleibt mir nichts anderes übrig, als aufzugeben. Zumindest so lange, bis sie mich wieder ansieht.

»Er sieht ein bisschen aus wie Tim. Die Augen und die Nase.«

»Also ist er attraktiv.«

»Und witzig. Und ein toller Schauspieler. Und schon sechzehn.«

»Mag er dich denn auch?«

Sarah wirkt wie erstarrt, ihr Blick wandert an mir vorbei zu einem Punkt an der Wand hinter dem Bett, dahin, wo ich ihr nicht folgen kann.

»Nicht so, wie ich ihn mag.«

Wer kennt das nicht? Der Schwarm, der doch nur den guten Kumpel in einem selbst sieht. *Been there, done that.*

»Wenn du nicht auf diese Hochzeit willst, ist das total okay. Aber ein Typ, den du gut findest, sollte nicht der Grund sein, weswegen du kneifst.«

»Ich wäre so viel lieber auf der *McFly*.«

Sie lässt die Schultern hängen. Ich kann verstehen, dass ihr heute alles ein bisschen zu viel wird. Mir geht es ganz ähnlich.

»Ich auch. Ein Segelausflug wäre heute sogar für mich die Rettung. Überall Eltern und Familien. Draußen auf dem Meer, da wäre es wenigstens menschenleer.«

Sie nickt verständnisvoll.

»Können wir nicht einfach abhauen?«

Wir grinsen einander verschwörerisch an.

»Ach, hier bist du ja!«

Eine Frau, der Sarah ziemlich ähnlich sieht, taucht mit besorgtem Gesichtsausdruck in der Tür auf.

»Sarah, Schatz …«

Bevor sie mehr sagen kann, steht Sarah auf, und mein Versuch, sie an der Flucht zu hindern, scheitert, sie rennt ohne ein weiteres Wort aus dem Zimmer. Ihre Mutter sieht ihr erschöpft und hilflos nach. Statt ihr zu folgen, nimmt sie neben mir Platz. Ich versuche mich an einem aufbauenden Lächeln, das sie dankbar erwidert.

»Du musst Fritzi sein, die mit dem außergewöhnlichen Namen.«

Ich nicke.

»Das ist die Kurzform von Franziska.«

»Sehr einfallsreich. Ich bin die Bea, Sarahs Mutter.«

Sie reicht mir ihre Hand, die ich annehme.

»Sarah hat erzählt, dass sie hier Freunde gefunden hat.«

Sie klingt so erleichtert über diese Tatsache, dass ich übertriebener als nötig nicke.

»Es ist schön zu sehen, dass Sarah hier Anschluss findet. Ihr seid zusammen im Segelkurs, nicht wahr?«

»Das sind wir.«

»Nun, Sarah hat ja schon einige Erfahrung auf dem Boot.«

»Wir sind auch froh, dass sie unser Kapitän ist.«

»Sie ist Kapitän? Das hat sie natürlich nicht erzählt.«

Beas Augen funkeln entweder vor Stolz oder wegen der Tränen, die sich schon die ganze Zeit darin tummeln.

»Sind deine Eltern auch da, Fritzi?«

»Nein. Komplizierte Kiste.«

»Oh.«

Ja, hier im Sonnenhof ist jedes neue Gesprächsthema ein potenzielles Minenfeld, aber Bea wahrt die Fassung, lächelt die Peinlichkeit einfach weg.

»Wir sind auch nur hier, weil wir Sarah zu einer Hochzeit übermorgen abholen wollen. Vielleicht kann sie dann etwas durchatmen.«

Sarah würde lieber hier durchatmen.

»Es ist so schön zu sehen, dass sie sich wieder öffnet. Nach dem Video wollte sie nicht mal mehr in die Schule.«

Video?

»Sarah ist so ein gutes Mädchen, sie hat das alles nicht verdient. Manchmal fühle ich mich so hilflos und will am liebsten all diese Kommentare für immer aus dem Internet löschen. Aber kaum ist es auf einer Seite verschwunden, lädt es jemand anderes hoch.«

Eine Träne kullert über ihre Wange. Ich greife nach ihrer Hand und drücke sie sachte. Keine Ahnung, wovon sie spricht, aber es tut mir leid, sie so zu sehen.

»Sie hat das nicht verdient.«

»Nein. Sicher nicht.«

Auch wenn ich gänzlich im Dunkeln tappe: Die Vorstellung, dass jemand Sarah im Internet runtermacht, gefällt mir nicht. Ganz und gar nicht.

»Du weißt ja, wie das ist, wenn sich ein Video einmal verbreitet. Wir kommen aus einem kleinen Dorf, da kennt man sich. Irgendwann wurden selbst wir im Supermarkt darauf angesprochen.«

Zu gerne würde ich fragen, um welches Video es sich handelt, aber das verkneife ich mir.

»Die Schule sah sich nicht wirklich in der Pflicht, obwohl es auf ihrem Gelände aufgenommen wurde. Die Schülerinnen, die es ins Netz stellten, haben sich halbherzig entschuldigt und damit war die Sache gegessen.«

»Aber nicht für Sarah.«

»Nein. Nicht für sie. Die Schule hat sie geschwänzt, weil alle über sie gelacht haben. Die Theatergruppe geschmissen.«

Kurz wischt sie sich die Tränen von der Wange.

»Irgendwann wollte sie gar nicht mehr vor die Tür. Da haben Johannes und ich die Notbremse gezogen und sie im Sonnenhof angemeldet.«

Ich kenne das Gefühl. Wenn die Komfortzone immer kleiner und kleiner wird, bis wir schließlich anfangen, uns aufzulösen …

»Mein Mann durchsucht jeden Abend das Internet nach dem Video, nur um es dann zu melden. Eine Sisyphusaufgabe. Jetzt war ein Ausschnitt davon in einer Compilation mit peinlichen Videos zu sehen.«

Wie oft habe auch ich mir diese sogenannten Pannenvideos angeschaut, mit Isa gelacht, wenn Kinder mit dem Skateboard hingefallen oder Erwachsene auf dem Eis ausgerutscht sind. Nie habe ich an die Personen selbst gedacht, welche Konsequenzen es für ihren Alltag hatte. Mein Gefühl sagt mir, dass es sich bei Sarah um ein weniger harmloses Video handelt.

»Umso schöner, dass sie hier drinnen ihr Lachen wiederfindet.«

Erneut drückt sie meine Hand, und ich schalte rasch mein Lächeln ein.

»Darf ich denn fragen, weswegen du hier bist?«

Vor einer Woche hätte ich verneint, wäre aufgestanden und geflüchtet. Jetzt sitze ich hier, nicke und beantworte einfach die Frage.

»Panikattacken.«

Da. Ich habe es wieder gesagt.

Einfach so, und nichts in ihrem Blick verändert sich.

»Ich hoffe, du findest hier Hilfe.«

»Das habe ich schon. Wir Astronauten mögen eine *kleine* Armee sein, aber vereint sind wir schwerer zu besiegen.«

BASTIAN

Eine schrecklich nette Familie

»Mama, Papa, das ist Basti.«

Tims Eltern habe ich mir ganz anders vorgestellt, auch wenn ich erkennen kann, woher er die Augen hat. In meiner Vorstellung waren sie Drilltrainer, die den unglücklichen Sohn zu Tätigkeiten gezwungen haben, die er nicht ausüben wollte: Fußball und Ausdauersport. Doch jetzt lächeln mich zwei freundliche Menschen an, die nicht mal ein Kleidungsstück tragen, das auf ihre Sportverrücktheit hindeuten könnte.

»Hallo, Basti. Schön, dich kennenzulernen.«

Ich schüttle Hände und spüre meine Eltern im Rücken, die nur darauf warten, dass ich sie ebenfalls vorstelle.

»Danke, gleichfalls. Das hier sind meine Eltern …«

Ausgesprochen klingt es ebenso schräg wie in meinem Kopf. Wieder werden Hände geschüttelt und Blicke getauscht, während man sich mustert und einsortiert. Dabei habe ich tatsächlich keinen Grund, mich zu beschweren. Das Gespräch verlief besser als erwartet. Papa war bemüht und richtig nett, Mama der festen Überzeugung, die Sache mit Felix würde sich wieder einrenken. Wäre da nicht der Joker, der im frisch gebügelten Hemd ständig seine Kommentare zu meinen Eltern hatte abgeben müssen.

»Unsere Jungs teilen sich ein Zimmer.«

»Hoffentlich benehmen sie sich auch …«

Smalltalk, der für mich nur schwer zu ertragen ist. Mein Vater mag keinen Fußball. Doch das Gespräch dreht sich tatsächlich nur um uns, die Söhne, die bloß eine Gemeinsamkeit haben: die Zimmernummer im Sonnenhof. Möglichst unbemerkt schiebe ich mich neben Tim.

»Sie machen einen netten Eindruck.«

»Das kann ich zurückgeben.«

Wie Besucher im Zoo beobachten wir unsere Eltern, die sich in der normalen Welt niemals treffen, geschweige denn miteinander reden würden. Doch jetzt tauschen sie sogar Visitenkarten aus. Es fühlt sich an wie das erste Treffen der Schwiegereltern.

»Ach du Scheiße …«

»Kann ich auch zurückgeben.«

»Hast du Sarah gesehen?«

Sie ist mitten im Gespräch mit ihren Eltern einfach aufgestanden und aus dem Besucherraum gestürmt. Selbst Tims Versuch, sie aufzuhalten, scheiterte.

»Nein. Aber der Abgang war äußerst eindrucksvoll.«

Wir nicken und sehen uns kurz an.

»Wer hätte das gedacht, hm? Unsere Eltern quatschen, Sarah legt eine solche Show hin und wir …«

Er deutet zwischen uns hin und her und ich bin gespannt, wie der Satz weitergeht, werde es aber nicht erfahren, da mein Vater ihn unterbricht.

»Basti, hast du einen Stift? Dann kann ich Jürgen meine private Nummer aufschreiben.«

Jürgen, das reime ich mir zusammen, ist Tims Vater. Ich kann gar nicht ausdrücken, wie schräg ich das alles finde.

»Nicht hier, aber am Empfang gibt es bestimmt welche.«

»Stimmt. Ich besorge mal einen Kuli.«

Damit geht Papa in Richtung Tür und lässt Mama bei den Jägers.

»Sind Sie denn zufrieden mit der Einrichtung?«

Natürlich ist sie bemüht, das Gespräch in Gang zu halten.

»Soweit scheint Tim sich hier wohlzufühlen. Er hatte ja einige Startschwierigkeiten. Aber Ihr Sohn hat es ihm leicht gemacht, sich hier einzuleben.«

»Ja, Bastian ist ja schon das zweite Mal hier und ...«

»Mama!«

Ertappt sieht sie zu mir, hat wohl vergessen, dass ich noch anwesend bin und sie hören kann. Meine Krankengeschichte ist doch kein Smalltalk-Material.

»Das muss dir doch nicht peinlich sein.«

Ausgerechnet Tims Vater springt mir zur Seite.

»Tim war vorher in einer Einrichtung im Schwarzwald, aber da hat es ihm nicht gefallen.«

»Papa!«

Jetzt ist es Tim, der im Erdboden versinken will.

»Junge, keiner von euch sollte sich schämen. Wenn man sich Hilfe holt, zeugt das von großer Stärke, okay?«

Wir nicken beide, wenngleich ich nicht weiß, ob Herr Jäger auch mich meint.

Meine Mutter greift nach meiner Hand, was ich zuerst verhindern will, dann aber zulasse.

»Bastian macht große Fortschritte.«

Oh, wie süß. Möchtest du sie über ihren Trugschluss aufklären?

Der Joker drängelt sich plötzlich zurück in unsere Gesprächsgruppe.

»Wir hoffen, ihn schon bald nach Hause holen zu können.«

Nach Hause, wo alle Probleme artig auf mich gewartet haben. Felix, die Schule, meine Zukunft …

»Tim soll sich Zeit lassen. Wir wollen keinen erneuten Rückfall.«

»Ich werde vor der Saison wieder fit, Papa. Versprochen.«

»Mach dir doch wegen dem Fußball keine Gedanken. Es geht um dich und deine Gesundheit!«

Natürlich bemerkt Tim meinen überraschten Blick, weil ich davon ausgegangen bin, seine Eltern würden ihn antreiben, so schnell wie möglich auf den Sportplatz zurückzukehren. Doch davon scheint hier nicht die Rede zu sein.

»Ich habe einen Stift gefunden!«

Papa wedelt mit dem Kugelschreiber in seiner Hand, so stolz, als wäre es das Schwert von König Artus, das nur er aus dem Stein hat ziehen können.

»Wenn es Sie mal in die Nähe von Ulm verschlägt, sollten wir uns auf einen Kaffee treffen.«

»Das Gleiche gilt, falls Sie es mal in den Pott schaffen.«

Warum tun unsere Eltern eigentlich so, als wäre es ganz toll, wenn wir uns auch außerhalb vom Sonnenhof alle mal zum Kaffeetrinken treffen und über unsere gemeinsamen Erlebnisse plaudern könnten? Wir sind ja nun nicht gerade das, was man eine Urlaubsbekanntschaft nennen würde.

»Mama, Papa, ihr habt noch das Gespräch mit Bellinger.«

Ich versuche lieber, sie zu verscheuchen, bevor sie noch Brüderschaft trinken und damit drohen, Tim im Notfall zu adoptieren.

»Stimmt. Wir sehen uns danach zum Kaffee?«

»Klar.«

»Wenn es Basti nichts ausmacht.«

Papa sieht zu mir und wartet ab, was ich sage. Ich kann gar nicht glauben, dass er meine Meinung hören will. Kurz bin ich versucht, sie um eine zeitige Abreise zu bitten, nur um zu sehen, wie er reagieren würde, doch jetzt nicke ich nur.

»Klingt super.«

Jeder durchschaut die geheuchelte Begeisterung in meiner Stimme, doch es ist schon zu spät. So ähnlich fühlt es sich also an, wenn man die Familie der Freundin kennenlernt, oder?

Ob Fritzi mich ihren Eltern vorgestellt hätte? Wie Tim es getan hat?

Ich sehe den vier Erwachsenen nach, wie sie plaudernd den Raum verlassen.

Das alles erwartet dich zu Hause.

Bitte nicht jetzt.

Freust du dich schon?

Joker, ich habe echt andere Sorgen!

»Alles okay?«

Tim beäugt mich misstrauisch. Ich befürchte, er lässt diesmal nicht so schnell locker.

»Alles bestens. Nur müde.«

»Die Ausrede haust du seit Tagen raus.«

»Ist eine tagelange Müdigkeit.«

»Basti, wenn du reden willst ...«

Dann sicher nicht mit 'nem schwulen Fußballfreak.

Sag gefälligst so etwas nicht!

Wieso? Das denkt er doch sogar selber.

Tim wedelt mit seiner Hand vor meinem Gesicht.

»Bodenpersonal an Astronaut Basti!«

»Ja? Danke ... Ich gehe dann mal an die frische Luft.«

Tims Hand greift nach meinem Arm und hält mich fest.

»Ich mache mir echt Sorgen.«

»Unsinn, es geht mir gut!«

»Vielleicht solltest du wieder anfangen ...«

Es wird Zeit, mich zusammenzureißen, wenn ich nicht will, dass er mich verpfeift.

»Tim, danke für die Fürsorge, aber mir geht es gut. Sehr gut sogar. Die Sonne scheint, meine Eltern sind da, ich habe alles im Griff.«

»Alles im Griff also, ja? Zitterst du deswegen immer und schaust dich ständig um, als wärst du auf der Abschussliste eines internationalen Geheimdiensts?«

»Ich bin vielleicht ein bisschen nervös.«

»Du isst nicht mehr richtig, du trinkst viel zu wenig, futterst deine Kaugummis wie ein Junkie – und du redest im Schlaf.«

Verdammt. Verdammt. Verdammt.

Tim kommt einen Schritt auf mich zu und senkt die Stimme.

»Entweder du redest mit Bellinger oder ich tu's.«

»Was?«

»Es geht nicht mehr nur um dich, Basti. Fritzi hängt da jetzt mit drin.«

Er hat recht.

Quatsch, die Schwuchtel erpresst dich eiskalt!

Das ist keine Erpressung, sondern echte Sorge.

Der Typ hat doch keinen Schimmer! Hör nicht auf so einen.

»Sag es bitte nicht meinen Eltern, okay?«

»Redest du mit Bellinger?«

Lüg. Ihn. An!

»Ja.«

FRITZI

Visitors – Besucher aus einer anderen Welt

Sarah, ihre Mutter, ihr Vater und ich gehen die Treppe nach unten, wo sie noch einmal mit Bellinger über die Hochzeitsidee sprechen wollen. So wie ich ihre Eltern kennenlernen durfte, gehe ich davon aus, dass sie eine Lösung finden werden, mit der alle leben können.

»Franziska?«

Pfleger Hendrik taucht vor uns auf, lächelnd und charmant wie immer.

»Du hast Besuch.«

»Besuch? Für mich?«

»Franziska Reutberger, so weit komme ich schon noch mit. Los, ab in den Besucherraum mit dir!«

Bevor ich ihm folge, schaue ich noch mal zu Sarah, die nicht besonders begeistert, aber auch nicht mehr panisch aussieht.

»Du packst das.«

»Okay.«

»Ich glaube an dich.«

Das tue ich mehr, als an mich selbst und ich hoffe, das weiß sie. Hier trennen sich unsere Wege. Sie hat ein ernstes

Gespräch vor sich und ich einen Besucher. Obwohl ich niemanden erwarte. Überall stehen Familien zusammen, manche glücklich, andere geknickt, je nach Diagnose oder Prognose des Therapieverlaufs. Es herrscht eine ganz andere Energie heute, eine Invasion an Fremden, die das Gleichgewicht der Stimmungen durcheinanderbringen.

Durch die große weiße Schwingtür betrete ich den Besucherraum, in dem noch immer einzelne Familien an den Tischen sitzen, und bleibe abrupt stehen.

»Mama?«

Tatsächlich! Da steht sie. Ihre Haare sind zu einem Pferdeschwanz gebunden, sie trägt eine jeansähnliche Hose und eine weiße Sommerbluse dazu. Wenn man uns jetzt zusammen sehen würde – mich in meinem Schlabbershirt und den kurzen Jeans –, könnte man die Ähnlichkeit nur erahnen. Kurz fahre ich mir durch meine Haare, nachdem ich mir nicht die Mühe gemacht habe, sie irgendwie zu stylen. Mama scheint das egal zu sein, denn sie stürmt fast auf mich zu und zieht mich in eine feste, lange Umarmung. Schnell atme ich ihren vertrauten Duft ein, auch wenn sie heute etwas zu viel Parfüm aufgetragen hat. Sie riecht noch immer nach Zuhause.

»Was machst du hier?«

Ich murmle es in ihre Schulter, so fest hält sie mich.

»Ich war in der Nähe und musste dich einfach sehen.«

Jetzt lässt sie mich los, betrachtet mein Gesicht ganz genau und lächelt mit Tränen in den Augen. Ich sortiere noch immer die Informationen. Dann fällt ihr Blick auf meinen Verband und Entsetzen huscht über ihr Gesicht.

»Oh mein Gott, was ist passiert?«

Vorsichtig nimmt sie meine Hand in ihre und fast bin ich stolz, ihr von meinem kleinen Abenteuer erzählen zu können.

»Ich hatte einen Mini-Radunfall.«

»Was?«

»Es ist nur leicht verstaucht, bald bin ich das Ding wieder los.«

Und außerdem hat ein Junge mich geküsst. Ein besonderer Junge!

»Mama, ich muss dir so viel erzählen!«

Ja, ich wollte nicht, dass meine Eltern kommen, weil sie immer streiten und es nie entspannt ist. Aber jetzt meine Mutter hier zu sehen, löst eine ganze Ladung von Glücksgefühlen aus, die ich einzeln genieße. Sie führt mich an einen der Tische, dort wo ihre Tasche liegt, und wir nehmen einander gegenüber Platz.

»Es ist so schön, dich zu sehen, Fritzi. Geht es dir denn gut?«

»Es geht mir ziemlich gut.«

Das ist nicht mal gelogen. Am Ziel bin ich zwar noch lange nicht, aber ich glaube zumindest wieder an das Licht am Ende des Tunnels.

»Ich lerne segeln!«

»Ist das nicht gefährlich?«

»Mama, bitte.«

»Okay, entschuldige. Segeln also.«

»Ja, und wir waren sogar schon mit dem Boot draußen! Zuerst war es schlimm, aber dann wurde es immer besser. Ich war einfach so … segeln.«

Sie muss verstehen, was für ein Triumph das ist. Plötzlich fallen mir so viele Kleinigkeiten ein, die ich bereits gemeistert und denen ich nie genug Aufmerksamkeit geschenkt habe.

»... und im Kletterpark, da bin ich über das Hochseil fast bis auf die andere Seite gekommen! Ich meine, ich stand da oben. Trotz Panik. Einfach so.«

Mama nickt anerkennend.

»Und in Sellin an der Seebrücke, da war richtig viel los, und ich konnte trotzdem ein bisschen die Aussicht und alles genießen. Und meine Skills werden besser. Außerdem mache ich jetzt Yoga!«

Oder eben meine lesende Version von Yoga. Aber eigentlich will ich ihr viel lieber von dem anderen Highlight erzählen.

Den Astronauten: Sarah, Tim und Basti. Meine Freunde, meine Verbündeten und die größten Chaoten, die ich kenne. Ich spüre, wie meine Lippen sich zu einem breiten Lächeln verziehen.

Und klar, dann gibt es da noch mehr. Bastian Schumacher, den ich heute noch nicht gesehen, an den ich aber die ganze Zeit gedacht habe.

Der Junge, der mich geküsst hat.

Sie wird sich bestimmt an ihn erinnern, immerhin hat sie ihn auch schon getroffen.

»Meine Gruppe, also die Astronauten, die sind super!«

»Wie viele Jugendliche seid ihr denn da?«

»Nur vier. Sarah, mit der ich mir ja das Zimmer teile, Tim und Bastian.«

»Der Junge mit dem kaputten Zahn?«

Komisch. Von allen Dingen, die ich inzwischen an Basti wahrnehme, ist sein Zahn das letzte Merkmal, was mir einfallen würde. Für mich ist er wohl eher der Junge mit den wilden Locken, die immer so aussehen, als hätten sie ein Eigenleben.

Basti.

Sein Lächeln, wenn er mich ansieht und ich weiß, es gilt nur mir.

Seine Lippen, die so weich sind, vor allem, wenn sie mich küssen.

Sein Humor, der schräg und manchmal sehr speziell ist, mit dem er mich aber immer wieder überrascht.

Seine Hände, die mich auffangen oder festhalten, wenn ich unsicher bin.

Seine Augen, die mal leer scheinen, mal voller Leben stecken und die mich lesen wie ein Buch, das nur er entziffern kann.

Und ja, auch der Zahn, der sein Lächeln besonders macht und zeigt, dass er ein Kämpfer ist.

»Ja, genau der Junge.«

Sie nickt, sieht dabei aber nicht begeistert aus. Ihre Reaktion bremst ein bisschen meine Euphorie und den Wunsch, ihr von ihm zu erzählen.

»Wie geht es Papa?«

Sie sieht mich verletzt an, weil ich ihn zur Sprache bringe, aber ich zucke nur entschuldigend die Schultern.

»Gut. Er wäre bestimmt auch gekommen …«

Eine beabsichtigte Pause, die linke Augenbraue schießt in die Höhe.

»… wenn er es hätte einrichten wollen.«

Genau das meine ich. Wenn sie in diesem Ton über einander reden. Versteckte Vorwürfe, kleine Seitenhiebe und Spitzen – sie gelten irgendwie auch mir. Mag ja sein, dass sie sich nicht mehr lieben oder auseinandergelebt haben, aber ich liebe sie nun mal noch beide.

»Aber es gibt etwas anderes, das ich dir erzählen möchte …«

Ihre Wangen werden rot. Nervös spielt sie mit ihren Fingern und das Lächeln lässt sie viel jünger erscheinen. Sie sieht aus wie ein verliebter Teeanger. *So wie ich.*

»Ich weiß, das kommt jetzt alles sehr überraschend …«

Auch ihre Stimme klingt so … so voller Schmetterlinge. Mir fallen die Worte zur Begründung ihres Besuchs wieder ein.

»Wieso warst du hier in der Nähe, Mama?«

»Nun, nicht wirklich in der Nähe. Ich war in Hamburg.«

»Was machst du denn in Hamburg?«

»Wir haben uns ein Musical angeschaut.«

Das sagt sie so, als wäre es die einzige vernünftige Erklärung. Doch ich stolpere nicht über die Info, warum sie im hohen Norden war. Unsicher sieht sie zu mir, das Lächeln ist noch immer strahlend. Ja, meine Mutter ist eine schöne Frau, auch jetzt noch. Trotz der hässlichen Scheidung von dem Mann, den sie mal so sehr geliebt hat, dass sie mit ihm ein Kind gezeugt hat.

Das Lächeln heute gilt aber nicht ihm. So langsam verstehe ich.

»Wir?«

Es rauscht in meinen Ohren, der Empfang in meinem Kopf ist momentan grauenhaft schlecht.

»Deswegen bin ich eigentlich hier.«

Sie greift über den Tisch nach meinen Händen und hält sie fest umschlossen. Dabei müsste *ich* mich irgendwo festhalten.

»Nun, Fritzi ... Ich weiß, es ist ein komischer Ort, um dir das mitzuteilen ...«

Wenn sie das sagen will, was ich befürchte, wäre jeder Ort unpassend. Jetzt sieht Mama so aus wie ich, wenn ich eine Panikattacke bekämpfe und Atemübungen mache.

»Vor einer kleinen Weile habe ich einen Mann kennengelernt.«

»Was?«

Meine Stimme ist so schrill wie ein Feueralarm.

»Sein Name ist Martin. Er ist wirklich sehr nett.«

»Du hast einen Freund?«

Noch immer klingt meine Stimme nicht wie gewohnt, was meiner Mutter nicht auffällt, denn sie nickt nur langsam.

»Ich verstehe, dass für dich all das sehr verwirrend ist. Aber du bist meine Tochter, Franziska, und ich möchte so gerne mein Glück mit dir teilen.«

»Du erzählst mir von deinem neuen Freund, während ich in der Therapie bin.«

Unsicher wiegt sie den Kopf, weil ihr wohl erst jetzt einfällt, wie dämlich ihre Idee war. Trotzdem lächelt sie weiter und nickt schließlich.

»Er ist hier, wenn du ihn kennenlernen möchtest.«

»Du hast ihn *hierher*gebracht?«

Was auch immer mein Herz gerade in meinem Brustkorb

macht – es soll bitte damit aufhören, weil es nämlich verdammt wehtut. Mein Kopf hat blitzartig eine Runde im Kettenkarussell gebucht, natürlich ohne mich zu fragen. Offensichtlich werde ich nicht mehr gefragt. Egal, um was es geht.

»Ich dachte, es wäre an der Zeit. Wir waren sowieso in der Nähe …«

»Wie kannst du einen Typen hierherbringen? Das ist *meine* Therapie, Mama!«

Ich will sie nicht anschreien, aber es fällt mir gerade unendlich schwer, nicht alles, was nicht niet- und nagelfest ist, in diesem Raum gegen die Wand zu schleudern.

Mama starrt mich an, während ich meine Hände ihrem Klammergriff entreiße.

Für sie ergibt das keinen Sinn, schon klar, aber hier geht es um mich. Es ist meine Insel, mein kleines kaputtes Leben und mein Problem.

»Er wollte dich kennenlernen.«

»Er weiß also, dass ich Probleme habe, ja?«

»Natürlich. Er findet das auch gar nicht schlimm und will helfen!«

»Na, das ist ja toll!«

Das klingt wie eine Ohrfeige, die ich meiner Mutter so heftig ins Gesicht brülle, dass ihr glückliches Lächeln verrutscht.

Och, gönnen wir deiner Mutter nicht mal etwas Glück, nur weil wir selber keines haben?

Mein Panikzwilling grinst frech.

Wer hätte gedacht, dass wir so schnell wieder vereint sind.

Muss die Panik zurückkommen? Ausgerechnet jetzt, da ich mich nicht wehren kann und meine ganze Energie darauf verwende, um nicht loszuheulen.

»Franziska …«

Mama will etwas sagen, doch gerade ist alles zu viel. Ohne mich auch nur noch einmal umzudrehen, renne ich einfach davon.

BASTIAN

Der Joker

»Ich finde, du solltest mit deinen Eltern reden, Tim. Die machen einen netten Eindruck.«

Tim, der tief eingesunken in einem Sitzsack auf der Terrasse lümmelt, atmet genervt aus.

»Was soll ich ihnen sagen? Hey, übrigens, ich bin schwul.«

»Ganz genau.«

»Basti, meine Eltern sind okay. Vielleicht etwas extrem, wenn ihr Team verliert, aber ja, sie sind okay. Trotzdem stehe ich neben ihnen in der Fankurve und höre meinen Vater Beleidigungen gegen das andere Team brüllen, wenn die einen Freistoß provozieren oder so.«

»Das gehört doch irgendwie dazu, oder nicht?«

»Wenn dein Vater einen Spieler, der bei einem Foul zu Boden geht, als *Schwuchtel* beschimpft?«

Autsch. Tim starrt auf seine Turnschuhe. Ich versuche mich an einer Erklärung.

»Das ist nur, na ja, ein blöder Kommentar. Mehr nicht.«

»Mehr nicht?«

Seine Stimme zittert wütend.

»*Du* siehst es nur als blöden Kommentar. Für mich ist das ein Tritt in die Eier.«

Auch ich habe das Wort *schwul* schon mal als Beleidigung benutzt. Oder weil ich etwas schmälern wollte. So wie man sagt: »Du wirfst wie ein Mädchen!« Das meint man doch auch nicht so. Erst jetzt, da Tim mich aus traurig-wütenden Augen ansieht, schäme ich mich dafür.

»Jungs!«

Sarah kommt aufgeregt über den Rasen auf uns zu, ihre Schritte sind eilig, ihr Gesicht ist besorgt.

»Fritzi ist weg!«

Kurz gefriert alles. Die Zeit und mein Herz. Wurde sie spontan von ihren Eltern abgeholt?

»Wie *weg*?«

Die Vorstellung, mich nicht von ihr verabschiedet zu haben, trifft mich wie ein Messerstich.

»Einfach weg! Verschwunden! Alle suchen sie. Ihre Mutter ist hier, und da gab es wohl voll den Streit oder so. Keine Ahnung, jeder erzählt was anderes. Ich habe Ole reden hören.«

»Du meinst, sie ist einfach so abgehauen?«

Sarah nickt und senkt ihre Stimme.

»Ein Fahrrad fehlt.«

Ich stehe auf, obwohl ich nicht weiß, was ich jetzt tun soll. Losrennen? Fritzi auf eigene Faust suchen? Die Polizei informieren?

Entspann dich, Alter, irgendjemand wird ihre Leiche schon finden.

Das ist nicht witzig.

Aber vielleicht wahr.

Ich balle meine Hände zu Fäusten: eine Drohung an eine

Person, die nicht wirklich existiert, mich aber nichtsdestotrotz auslacht.

»Wie kann hier denn jemand unbemerkt abhauen?«

»Na ja, das hier ist heute nicht gerade Fort Knox. Die Tür ist ständig offen, überall sind Eltern, die meisten Therapeuten sind im Gespräch.«

Beide haben recht, doch in meinem Kopf sehe ich nur Horrorszenarien von Fritzi, wie sie irgendwo liegt, verletzt oder Schlimmeres. Bilder, die ich nicht sehen will.

»Wir müssen sie suchen!«

»Tolle Idee, Sherlock. Weil die uns als Suchtrupp engagieren werden.«

Tim sieht das Ganze etwas zu locker für meinen Geschmack, und so verpasse ich ihm einen Schwinger gegen die Schulter, der mehr Wucht hat als geplant.

»Autsch!«

»Wie kannst du hier so ruhig sitzen, wenn sie irgendwo da draußen ist?«

»Fritzi ist ja nicht du!«

»Was?«

»Sie wird sich schon nichts antun.«

»Musst du ausgerechnet jetzt wieder zum Arsch mutieren?«

»Nein, ich versuche nur einen kühlen Kopf zu bewahren. Sarah dreht durch, du tickst aus. Keine Sorge, sie werden Fritzi schon finden.«

Mag sein. Das ist mir nur nicht gut genug. Mein Körper steht unter Strom und will überschüssige Energie loswerden.

»Bleibt von mir aus hier, ich gehe sie suchen!«

»Ach ja. Und wie?«

So weit habe ich noch gar nicht gedacht. Ehrlich gesagt, hab ich gar keinen Plan, außer Fritzi zu beschützen.

Ah, der strahlende Ritter, ist ja 'ne ganz neue Rolle.

Ich will es zumindest versuchen.

Lass stecken, Basti. Als Held bist du echt fehlbesetzt.

»Ich glaube, ich weiß, wo sie sein könnte.«

Sarahs Stimme kommt leise aus dem Off, wie bei diesen Agententhrillern. Sie kommt näher zu uns.

»Wenn wir schnell sind, sie finden und wieder herbringen, dann kriegt sie vielleicht keinen Ärger.«

Der Plan hat so viele Löcher wie die Netzstrumpfhose von Harley Quinn aus dem Film *Suicide Squad*, aber ich wäre trotzdem sofort dabei.

»Wie sollen wir sie finden?«

»Wir fahren hin.«

»Fahren?«

Sarah zieht einen Schlüsselbund aus der Hosentasche.

»Ich soll ein Kleid aus dem Auto meiner Eltern holen ...«

»Vergiss es, damit kommen wir nie durch.«

Ausgerechnet Tim ist klarer Kopf und Spielverderber in einem, während Sarah und ich bereit für einen sehr waghalsigen Roadtrip inklusive Rettungsaktion sind.

»Tim, du musst fahren, du bist siebzehn.«

Sarahs Stimme klingt flehend, doch Tim schiebt nur die Hände in die Hosentaschen und zuckt die Schultern.

»Ich hab keinen Führerschein.«

»*Was?*«

»Meine Eltern sagten, ich sollte erst ... na ja, gesund werden.«

Dabei sieht er mich an. Obwohl ich verstehe, was seine Eltern damit meinen, weiß ich genau, dass Tim nicht »gesund werden« muss. Er muss nur lernen, sich selbst zu akzeptieren und dafür einzustehen.

Wieder sehe ich zum Autoschlüssel. Ein Audi. Vermutlich ein SUV oder eine riesige Familienkutsche.

Ja, los! Du bist der designierte Fahrer! Du hast doch Erfahrung, du weißt, wie das geht!

Ich kann nicht. Schon gar nicht jetzt, da ich …

»Kannst du fahren?«

Tim stellt die Frage flüsternd und deutet damit an, dass er wohl dabei wäre, wenn wir es wagen würden. Das wirkt beruhigend und Angst einflößend zugleich: zwei Menschenleben – und ich am Steuer.

»Wie kommen wir an allen vorbei?«

Sarah hat dafür eine Lösung.

»Das übernehme ich. Mit der Wahrheit und einer Notlüge.«

Los, Basti! Schnapp dir den Schlüssel und die Chance!

»Wir müssen schnell sein.«

Basti, trau dich! Das wird ein Spaß!

Wütend auf mich selbst, meinen Bösewicht, Fritzi und alle, die den heutigen Tag so voller Tretminen zugepflastert haben, nicke ich entschlossen.

»Okay, los!«

Ohne Zweifel sehen wir nicht annähernd so unauffällig aus, wie wir gerne wollen. Sarah lächelt zwar cool, aber ihr Körper ist angespannt. Tim geht zu betont lässig, und ich spüre den Druck im Kopf, der meinen Schädel implodieren lassen will.

Sarah geht vor, wir warten etwas ab, ob die Luft rein ist. Es ist wie in einem James-Bond-Film, nur nicht ganz so stylisch durchchoreografiert.

»Sarah!?«

Tim und ich ducken uns hinter einen der Strandkörbe, die im Empfangsbereich stehen, als Hendrik ums Eck biegt und Sarah aufhält, bevor sie die Tür erreichen kann.

»Sie wird es vermasseln.«

Es ist nicht so, dass ich nicht an sie glaube, doch Sarah sieht nicht so aus wie jemand, der ein Pokerface im Repertoire hat. Doch Tim schüttelt nur den Kopf, lächelt ein bisschen stolz.

»Keine Sorge, die hat es im Griff. Sie ist Schauspielerin, schon vergessen?«

Tim glaubt an Sarah. Wäre diese Situation nicht aus einem schlechten Agententhriller entsprungen, würde ich lächeln. Stattdessen ist mein Gesicht vor Anspannung fast gelähmt und mein Blick fest auf die Szene mit Sarah und Hendrik getackert.

»Wo soll es denn hingehen?«

Sarah lächelt, ihre Körpersprache verrät nichts, während sie sich eine Haarsträhne aus dem Gesicht streicht und wie die Unschuld vom Lande aussieht. Niemand würde vermuten, dass sie gerade einen Rettungsplan für unseren verlorenen Astronauten ausgeheckt hat.

»Ich soll das Kleid für die Hochzeit aus dem Kofferraum von Papas Auto holen.«

Dabei hält sie den Autoschlüssel in die Luft und wirft ganz nebenbei so viele Infos in den Raum, dass Hendrik entweder total überfordert oder total überzeugt ist. Hendrik zögert. Unser Plan ist zum Scheitern verurteilt.

»Okay. Aber komm dann sofort wieder rein, ja?«

»Klar.«

Und dann geht Sarah weiter, ohne darauf zu warten, ob wir folgen oder erwischt werden.

Tim schiebt mich um den Strandkorb, bereit zur Flucht.

»Los, los, lauf!«

Ich gehe mit Schritten wie auf Wolken neben ihm her und drehe mich nicht mehr um, weil ich darauf warte, dass jeden Moment die Alarmglocken schrillen. Dann werden sich Ole und der Rest wie ein *SEK*-Team auf mich stürzen und sofort in den fünften Stock verfrachten.

Die Schildkröten richten schon mal ein Bett für dich her. Wohooo!

Sarah deutet auf einen schwarzen *Audi A3* und meine Beine sind mit einem Schlag wackelig. Das ist doch mal eine andere Kategorie als der *Fiesta* von Felix' Eltern!

Felix.

»Basti, komm schon …«

Sarah zieht mich am Ärmel meines Shirts einfach weiter, doch mit jedem Meter, den wir dem Wagen näher kommen, fühle ich mich schlechter. Das ist gar keine gute Idee.

Du kannst es. Das hast du schon mal gemacht.

Und dabei die Zukunft von Felix verpfuscht.

Mag sein. Aber wer würde die Schwuchtel und die kleine Irre vermissen?

In genau diesem Moment wünsche ich mir, der Joker wäre real, dann könnte ich ihn verprügeln. Weil er so über meine Freunde spricht.

»Du kannst Auto fahren, ja?«

Klar kann er.

Ich nicke nur und Sarah drückt mir den Schlüssel in die Hand.

»Vielleicht sollten wir nicht ewig hier rumstehen.«

Sarah gleitet auf den Beifahrersitz, Tim rutscht nach hinten und die Fahrerseite wartet herausfordernd auf mich.

Dann wollen wir mal!

Ohne weiter nachzudenken, steige ich ein, starte den Motor und lege den Rückwärtsgang ein.

FRITZI

Tschick

Das Fahrrad habe ich irgendwo auf dem Weg zurückgelassen. Ein bisschen tut es mir leid, immerhin war es meine Version eines Fluchtwagens. Als ich losgelaufen bin, hatte ich keinen Plan, aber dann standen da die Fahrräder, die am Wochenende offensichtlich gewartet werden. Mein Gehirn hat einfach einen Kurzschluss erlitten. Die Vorstellung, Mama und »Martin« zu sehen, löste eine Eins-A-Panikattacke aus, die nur Fight-or-Flight zugelassen hat. In meinem Zimmer hätten sie mich gefunden, mir ein Gespräch aufgezwungen. Und wenn es etwas gibt, das ich gerade nicht will, dann reden!

Martin.

Ein gesichtsloser Mann, der in unser Leben einziehen will. Er ist mit Mama nach Hamburg gefahren. Bestimmt haben sie sich *Der König der Löwen* angesehen und hatten einen schönen Tag. Bestimmt hat Mama geweint, als Mufasa gestorben ist, und Martin hat ihr ein Taschentuch gereicht oder sogar den Arm um sie gelegt.

Mama hat einen Freund.

Die Panik, die in den letzten Tagen irgendwo unter der Oberfläche geschlummert hat, erwischte mich mit voller

Wucht. Ich war so unvorbereitet und hilflos, wie bei der ersten Attacke. Vergessen alle Skills. Das Atmen schien unmöglich, das Rauschen in meinen Ohren ebenso unerträglich wie das Kribbeln auf meiner Haut, und zwar überall.

Es hört selbst jetzt nicht auf, obwohl ich so ruhig wie möglich liege und den Himmel über mir betrachte. Das Boot unter mir schaukelt ganz leicht und stößt immer wieder gegen den Steg, dadurch wiegt es mich sanft hin und her. Alles, was ich jemals gelernt habe, jedes Werkzeug, mit dem ich die Panik aus den Angeln heben sollte, liegt verloren im Keller meines Bewusstseins.

Ich brauche eine Liste. Slytherin.

Draco Malfoy.

Pansy Parkinson.

Severus Snape.

Tom Riddle.

Martin.

Der gehört auch nach Slytherin. Ganz sicher.

Jede einzelne Wolke am Himmel sieht aus wie ein lachendes Gesicht. Selbst die Wolken amüsieren sich über das Chaos meines Lebens. Großartig.

Klar wusste ich, dass unser Leben daheim nicht im Pausenzustand verharrt und darauf wartet, bis ich wieder da bin, um weiter mitzumachen. Dafür bin ich nicht wichtig genug. Niemand hält den Atem an und fragt sich, ob Fritzi Reutberger es wohl schafft und die Therapie mit Bravour meistert. Ich bin kein Cliffhanger einer angesagten Netflix-Serie.

Aber wer hätte damit gerechnet, dass Mama sich einen neuen Freund sucht, mit ihm Trips in die Hansestadt unternimmt, sich dort Musicals ansieht und gut gelaunt auch noch die dreihundert Kilometer bis an die Ostsee auf sich nimmt, um mir *Martin* vorzustellen.

Und selbst wenn, die Wahrheit lautet: Ich hasse Veränderungen.

Es gibt manche Menschen, die finden Veränderungen so großartig, dass sie sich jeden Sommer eine neue Frisur verpassen lassen, einen ständig wechselnden Freundeskreis haben und die neuen Lebenspartner der sich gerade scheidenden Eltern mit offenen Armen empfangen.

Tja, und dann gibt es noch mich. Manchmal finde ich es schon anstrengend, wenn Mama ein anderes Geschirr zum Abendessen rausholt. Nein, Veränderungen sind nicht meine Freunde. Hauptsächlich, weil sie selten gute Neuerungen mit sich bringen.

Als eine weitere lachende Wolke am Himmel vorbeizieht, schließe ich meine Lider und hoffe, die heißen Tränen, die aus den Augenwinkeln über meine Wange rollen, werden in der Sonne verdunsten und als Wölkchen davonsegeln.

BASTIAN

The Fast & the Furious

Jemand fährt, so viel steht fest. Der Wagen bewegt sich vorwärts, denn die Natur zieht an uns vorbei.

Nur weiß ich nicht so genau, wer das Auto eigentlich lenkt. Denn ich kaue wie verrückt das vierte Kaugummi, das meine Geschmacksnerven bis durch die Schädeldecke feuert.

»Kannst du nicht bisschen schneller fahren?«

Einen Moment bin ich mir nicht sicher, ob die Stimme Sarah oder dem Joker gehört, der mir bei jedem Blick in den Rückspiegel ein zufriedenes Grinsen zuwirft.

»Hier ist fünfzig.«

Tim atmet auf dem Rücksitz – neben dem Joker – genervt aus.

»Wir sind drei Jugendliche aus einem Psychozentrum, die illegal und ohne Führerschein mit einem geklauten Wagen unterwegs sind. Und du hältst dich ans Tempolimit?«

Hör auf deinen Kumpel! Gib Gas, du Loser!

Mein Fuß tritt das Gaspedal nur zögernd weiter durch. Die Tachonadel nähert sich der Zahl siebzig.

»An der nächsten Gabelung hältst du dich rechts.«

Sarah ist nicht nur auf dem Boot, sondern auch hier im Auto unser Kapitän und erteilt mir mit fester Stimme Anweisungen, als wäre sie ein menschgewordenes Navigationsgerät. Tim sitzt auf der Rückbank, weit vorgelehnt, zwischen unseren Sitzen. Unangeschnallt. Das macht mich nervös.

Warum? So kann er weiter fliegen.

»Tim, schnall dich bitte an!«

Spielverderber.

»Bei deinem Schneckentempo wird schon nichts passieren.«

Trotz des Schneckentempos rast mein Puls aber mindestens so schnell wie bei einem Formel-1-Rennen und ich fühle mich von den vielen kleinen Lämpchen am Armaturenbrett total überfordert.

»Woher weißt du, dass Fritzi überhaupt dort ist?«

Tim tut mir zumindest den Gefallen und schnallt sich an, während er Sarah die Frage stellt.

»Sie hat es mir quasi gesagt.«

»Sie hat dir gesagt, dass sie abhauen will?«

Ich löse meinen Blick von der Straße vor uns und sehe zu meiner Beifahrerin, die den Kopf schüttelt.

»Nein. Wir haben uns nur vom Sonnenhof weggewünscht.«

»Warum bist du eigentlich beim Gespräch mit deinen Eltern so ausgerastet?«

»Können wir uns nicht auf die Suche nach Fritzi konzentrieren?«

Tim zuckt die Schultern.

»Wir hören kein Radio, also können wir ja wohl wenigstens während der Fahrt reden.«

Sarah verschränkt die Arme vor der Brust und nickt in Richtung Fahrbahn.

»Da vorne rechts.«

Meine Lenkbewegungen sind übervorsichtig, dazu bremse ich fast komplett ab, obwohl weit und breit kein anderer Wagen zu sehen ist. Ich bin nervös. Unendlich nervös. Nicht nur, weil ich illegal Auto fahre, sondern wegen der vielen Bilder in meinem Kopf.

Felix.

Fritzi.

Tim, der durch die Frontscheibe segelt.

»Meine Eltern wollen mich für zwei Tage hier rausholen.«

»Oh, du Glückliche!«

Tim kann den neidvollen Unterton nur schwer verbergen, während auch ich einen kurzen Blick zu Sarah wage, die unsere Begeisterung nicht verstehen kann.

»Ich würde lieber sterben, als auf diese bescheuerte Hochzeit zu gehen.«

Da! Sie hat gesagt, dass sie lieber sterben will. Tu ihr den Gefallen. Nimm den Baum da vorne.

Bäume gibt es hier genug. Doch der Baum, von dem er spricht, steht sehr prominent, geradezu einladend, in der Gegend. Die Äste bewegen sich im Wind, als würden sie mir zuwinken.

Die Tachonadel nähert sich der Zahl achtzig.

»Frag Bastis Mama doch nach dem Bademantelgürtel.«

Fünfundachtzig.

Tim starrt Sarah wütend an, die seinen Spruch zuerst belächeln will, bis sie seinen ernsten Blick bemerkt.

»Sehr witzig.«

Neunzig.

»Wieso? Du scherzt hier doch so munter über Selbstmord, während der suizidale Depressive am Steuer sitzt. Findest du das lustig?«

Hundert.

Mein Fuß scheint mir nicht mehr zu gehorchen und tritt das Pedal gnadenlos durch. Das Surren des Motors echot laut in meinem Schädel, übertönt fast alles andere.

»Nein.«

»Gut. Darüber macht man nämlich verdammt noch mal keine Witze.«

»Ich habe doch nur …«

Tim schlägt gegen meinen Sitz. Ich erschrecke so sehr, dass ich fast das Lenkrad verreiße, was zumindest dem Joker an Bord gut gefallen hätte. Schnell beugt er sich näher zu Sarah und kurz befürchte ich, er wird sie am Kragen packen.

»Du gehst auf diese Scheiß-Hochzeit, tanzt mit einem süßen Typen, isst für uns alle Kuchen mit, machst alberne Fotos, hast Spaß und kommst dann zu uns zurück, verstanden?«

Der Baum kommt schneller näher, als ich angenommen habe. Das könnte an den fast hundertzehn Stundenkilometern liegen, mit denen wir jetzt über die Landstraße brettern.

Niemand sagt etwas. Nicht der Joker. Nicht Sarah. Als Tim schließlich weiterspricht, klingt er nicht mehr wütend, sondern sanft und besorgt.

»Du bist fünfzehn, verdammt noch mal! Es wird Zeit, dass du anfängst zu leben. Ich will nicht noch einmal hören, dass du dich lieber umbringen willst! Nicht du, Sarah. Das kannst du uns nicht antun.«

Sarahs Augen füllen sich mit Tränen, sie lässt Tims Worte sacken, bis sie schließlich nickt.

»Gut.«

Dann klopft er mir auf die Schulter.

»Das Gleiche gilt übrigens für dich. Hab keinen Bock, meine einzigen Freunde zu verlieren, verstanden?«

Gut möglich, dass der Joker in meinem Hinterkopf widerspricht, aber seine Stimme ist leise. Viel leiser als die von Tim.

Seine einzigen Freunde.

Einfach so nehme ich den Fuß vom Gas und bremse ab. Nicht zu heftig, nicht zu schnell. So, dass es niemand wirklich bemerkt. Wir nehmen die Kurve elegant und sachte. Schau an, der Baum winkt uns hinterher, während er im Rückspiegel kleiner und kleiner wird. Ich lasse das Fenster runter und atme so tief ein, dass die Meeresluft in meiner Kehle brennt, wie Salz auf einer offenen Wunde.

Atmen tut weh.

Leben tut weh.

Aber sterben würde so viel mehr wehtun.

Fritzi

Verschollen

Der schwarze Audi biegt auf den Parkplatz, den ich nur durch die Bäume sehen kann. Sofort ist sie wieder da: die Panik. Sie breitet sich schneller aus als eine arbeitstüchtige Ameisenarmee.

Sie werden uns zurückholen und mit allen Problemen konfrontieren, denen wir uns noch nicht stellen wollen, und dann …

… binde ich die Seile los, mit denen die *McFly* die ganze Zeit am Steg festgemacht ist. Mein Gehirn setzt aus. Es ist nicht viel Wind da, aber genug, um mich aufs offene Meer zu treiben, wenn ich nicht aufpasse. Alleine kann man so ein kleines Boot bestimmt irgendwie steuern, aber nicht, wenn man Fritzi Reutberger heißt und von der Angst vor der Angst getrieben wird.

»Hey!«

Nicht umdrehen, nicht zurücksehen, einfach nur weg. Ich stoße das Boot vom Steg ab, denn mein ganzer Körper ist im Autopilotmodus.

»Fritzi!«

Meine Flucht wäre effizienter, wenn ich wüsste, was ich tun muss. Aber mit den beiden Segeln, die nur wild im Wind flattern, der Pinne, die ich hektisch und vor allem ahnungslos hin und her bewege, bin ich vielleicht gerade mal einen halben Meter vom Steg entfernt. Da höre ich einen lauten Aufprall, der das Boot ordentlich durchschüttelt und mich aus dem Gleichgewicht bringt. Mein Versuch, mich irgendwo festzuhalten, scheitert, als ich ins Leere greife und rückwärtsfalle. Ich werde über Bord gehen.

Zwei Hände schnappen nach meinen und halten mich fest. Einfach so aus dem Nichts, zwischen dem weißen Segel, das mir ins Gesicht flattert, und der See, auf der ich in Zeitlupe treibe.

»Hab dich!«

Nur langsam traue ich meiner Wahrnehmung wieder, dann stellen sich meine Sinne scharf und Bastis Gesicht taucht vor meinem auf. Er wirkt erleichtert, zugleich wütend und gehetzt. Keine gute Kombi.

»Sag mal, bist du komplett durchgeknallt?«

Basti. Basti ist da.

»Was machst du denn hier?«

Seine Hände halten meine noch immer fest umklammert, obwohl ich wieder relativ sicher stehe.

»Das fragst du mich? Du bist abgehauen! Wir haben uns die krassesten Szenarien ausgemalt!«

»Wir?«

Er schiebt das Segel zur Seite, weswegen ich ausweichen und einen Schritt auf ihn zugehen muss, was er nutzt und seinen Arm um mich legt. Besser als jede Rettungsweste.

Dann deutet Basti in Richtung Steg.

»Ja, wir.«

Sarah und Tim stehen dort, ihre Gesichter sprechen Bände. Ich werde jäh aus meiner glorreichen Traumvorstellung einer genialen Flucht gerissen. Es dämmert mir, wie verdammt egoistisch meine Aktion gewesen ist. So ist das, wenn man der Panik die Zügel in die Hand drückt: man selbst ist abgemeldet.

»Du hast mich erschreckt.«

Bastis Stimme ist belegt. Wenn er wüsste, wie sehr ich mich selber erschreckt habe.

»Entschuldige.«

Er legt seine Hand an meine Wange und sein glasiger Blick lässt mein Herz sich zusammenziehen, bis es nur noch ein Klumpen voller Schuldgefühle ist. Er hat sich Sorgen gemacht. Um mich. Weil ich einen Tobsuchtsanfall mit einer Extraprise Panik hatte.

»Tu das nie wieder.«

Ich nicke, weil ich nicht weiß, was ich sagen soll. Kurz berühren seine Lippen meine.

»Bevor ihr rummacht, müsst ihr das Segel in den Wind stellen und dann wenden, damit wir euch wieder einfangen können.«

Sarah, ganz Kapitän, deutet auf die Segel, die ich niemals unter Kontrolle gebracht hätte.

»Luv oder Lee?«

»Oh Mann … Habt ihr gar nichts gelernt?«

Doch. Ich habe gelernt, dass ich Freunde habe, die mich suchen, wenn ich den Kopf verliere. Ohne nachzudenken, nimmt Sarah ein paar Schritte Anlauf und tut es Basti mit einem äußerst gelungenen Sprung nach. Das Boot wackelt, als sie landet und Basti aus dem Weg schubst – um ans Segel zu kommen, wie ich annehme.

Irrtum.

Sarah schlingt ihre Arme um mich, drückt mich so fest sie nur kann an sich und flüstert mir leise ins Ohr: »Du kannst mich doch nicht mit den Jungs alleine lassen.«

»Tut mir leid. Kurzschluss.«

Noch immer kann ich nicht glauben, dass sie alle hier sind.

»Ich verzeihe dir noch mal.«

»Danke.«

Erst jetzt lässt sie mich wieder los und unterzieht mich einem Lügendetektorblick. Aber ich lüge nicht.

»Wo geht euer Segeltörn denn hin?«

Tims Stimme führt zu synchronem Kopfdrehen. Da steht er: alleine auf dem Steg, die Hände in den Hosentaschen, ein erleichtertes Lächeln auf den Lippen. Er wirkt verloren, obwohl uns nur knapp zwei Meter trennen. Basti deutet auf das offene Meer, das grenzenlos und wunderschön scheint.

»Zum Mond.«

»Das ist genau meine Richtung.«

Tim nimmt eine straffe Körperhaltung an, salutiert und grinst.

»Erbitte Erlaubnis, an Bord kommen zu dürfen.«

»Erlaubnis erteilt, Astronaut.«

Was bei den anderen wie eine sportliche Herausforderung gewirkt hat, ist bei Tim nur ein sehr großer Schritt – und er ist bei uns. Mit ausgestrecktem Zeigefinger deutet er auf mich.

»Du hast deinem Freund einen ganz schönen Schrecken eingejagt.«

Basti nickt zustimmend, und es gefällt mir plötzlich, dass Tim ihn *meinen Freund* nennt. Obwohl wir den Beziehungsstatus weder für *Facebook* noch für uns definiert haben.

»Und uns beiden übrigens auch.«

Tim legt freundschaftlich den Arm um Sarah. Obwohl er es nicht offen zeigen will, sehe ich die Bitte in seinem Blick, von solchen Kamikazeaktionen in Zukunft besser abzusehen.

»Ich entschuldige mich hiermit offiziell bei der Crew der *McFly*.«

Und hoffe, sie wissen, wie viel es mir bedeutet, dass sie jetzt hier sind.

»Dann macht es dir sicher nichts aus, wenn du Bellinger und Co. erklärst, wieso wir das Auto von Sarahs Papa geklaut haben und jetzt hier sind.«

»Ihr habt … *was*?«

Sarah nimmt Platz, wenig daran interessiert, so schnell wie möglich in den Sonnenhof zurückzukehren. Sie greift nach der Pinne, ganz so, als sei das hier nur ein entspannter Segelausflug.

»Das erzählen wir dir, wenn du uns sagst, wieso du abgehauen bist.«

Tim nimmt ebenfalls Platz und kümmert sich wie selbstverständlich um das Segel vorne am Bug, auch wenn es nicht ganz so professionell aussieht wie bei Sarah. Ich nehme an, es ist beschlossene Sache, dass wir nicht zurückfahren. Zumindest noch nicht gleich. Ausgerechnet Basti erhebt die Stimme der Vernunft.

»Sollten wir nicht besser zurück, bevor sie merken, dass wir weg sind?«

Statt zu antworten, deutet Sarah auf das Segel, das Bastis Job ist, und schüttelt den Kopf.

»Die erste echte Jungfernfahrt der *McFly*.«

Bastian gibt schließlich auf, nimmt ebenfalls Platz und greift nach den Tauen, die sein Segel lenken. Tim übernimmt Bellingers Rolle, denn er sieht mich gespielt ernst an.

»Also, Franziska, warum bist du Hals über Kopf getürmt?«

Gibt es einen besseren Ort, um die Wahrheit zu erzählen, als auf dem Meer?

»Meine Mutter wollte mir ihren neuen Freund vorstellen.«

Ein Satz, der noch immer wehtut, wenn ich ihn ausspreche, der aber auch eine Wortlawine lostritt – und so erzähle ich ihnen alles, was passiert ist.

Dank Sarah schippern wir immer in Ufernähe vor uns hin, der Wind ist diesmal etwas kräftiger als beim letzten Versuch, aber trotzdem harmlos. Es fällt mir leicht, sogar total verrückte Gedanken zu formulieren, weil mich hier niemand beurteilt. Als ich fertig bin, sehe ich in ratlose Gesichter, bis Sarah spricht.

»Das ist eine krasse Nummer. Ich meine … Hey cool, dass sie wieder jemanden gefunden hat, aber das Timing ist bescheiden.«

Sie ist auf meiner Seite. Basti schweigt noch und auch Tim hat die Stirn in Falten gelegt.

Ich weiß selber, dass mein Abgang nicht gerade die Sternstunde meines Teenagerlebens war, kann es aber nicht mehr rückgängig machen.

»Vielleicht war meine Reaktion etwas … übertrieben, aber es tut echt weh. Ich habe gedacht, ich platze, wenn ich im Sonnenhof bleibe.«

»Wirfst du deiner Mutter vor, dass sie es dir hier gesagt hat? Oder dass sie einen neuen Typen hat?«

Tim sieht mich interessiert an und stellt die richtigen Fragen.

»Beides irgendwie.«

»Was, wenn es den perfekten Moment für solche Geständnisse gar nicht gibt?«

»Wie meinst du das?«

»Egal, wann wir uns entscheiden, so was zu erzählen, irgendjemand wird doch immer verletzt. Je länger wir warten, desto schlimmer wird es.«

Basti wirft ihm einen kurzen, intensiven Blick zu, der verrät, dass er wohl den Subtext von Tims Ausführungen versteht, während Sarah und ich uns etwas verwirrt ansehen.

»Ich finde eben, sie hätte vielleicht warten sollen. Bis ich wieder zu Hause bin oder so.«

»Hast du denn immer die perfekte Ausfahrt für Geständnisse erwischt?«

Wie gerne würde ich ihm jetzt ein *Logo*! ins Gesicht schleudern. Stattdessen denke ich an Isa und all die Ausreden, wieso ich nie ehrlich zu ihr war.

»Nein.«

»Siehst du.«

»Warum nimmst du meine Mutter so in Schutz?«

Basti räuspert sich. Der folgende Seitenblick soll wohl ausdrücken, dass ich nicht zu hart mit Tim sein soll.

Doch der braucht gar keinen verbalen Bodyguard, lehnt sich etwas zurück, lässt sich die Sonne ins Gesicht scheinen und schließt die Augen.

»Ich meine ja nur, wir alle haben schon mal was sagen wollen und nicht gewusst, wann oder wie wir es anstellen sollen. Und am Ende kam es total bescheuert rüber.«

»Ich hätte euch sagen müssen, dass ich einen Autounfall gebaut habe, bei dem mein bester Kumpel fast draufgegangen ist.«

Bastis Stimme wird vom Wind hin- und hergetragen, bis seine Worte uns alle erreichen und sich unsere ungläubigen Blicke auf ihn richten.

»Ich habe seine Zukunft kaputt gemacht.«

BASTIAN

Weißes Rauschen

»Du fährst zu schnell, Alter.«

Felix' Stimme hat einen unsicheren Unterton angenommen, das Lachen ist verschwunden und sein Körper spannt sich an.

»Im Ernst, Basti, fahr langsamer.«

»Sei kein Schisser, ich hab alles im Griff!«

Noch während ich das sage, merke ich, wie der Wagen leicht schlittert und lege wieder beide Hände um das Lenkrad.

Die Landstraße ist leer, nur die Lichtkegel unserer Scheinwerfer tanzen auf dem Boden vor uns. Der Fiesta rast über den Asphalt, als würden wir auf Schienen fahren. Auf wackeligen Schienen.

»Bastian, ich mein's ernst! Fahr langsamer!«

Felix greift nach dem Griff über der Tür und die Stimmung im Wagen kippt von überdreht zu panisch. Zumindest auf der Beifahrerseite. Ich spüre noch immer den Höhenflug.

So eine Memme! Wieso hat der die Hosen voll? Du bist besser unterwegs als Sebastian Vettel!

Loki Laufeyson, Thors gemeingefährlicher Bruder und mein persönlicher Freund, sitzt unangeschnallt auf dem Rücksitz und lacht mir ins Ohr. Er weiß, wozu ich fähig bin, zweifelt nicht an meinen Fahrkünsten. Selbst ohne Führerschein. Intuitiv mache ich alles richtig, weil ich oft genug GTA auf der Playstation gespielt habe.

»Heul nicht rum, Felix! So schnell sind wir gar nicht!«

Auch wenn der Tacho etwas anderes behauptet. Mein Herz pocht so aufgeregt, mein Grinsen ist selbstsicher, die Rüstung sitzt fest und ist unkaputtbar. Ich bin unkaputtbar!

»Halt an, Mann! Es reicht!«

Es macht mich wütend, dass er mir nicht vertraut. Ausgerechnet Felix, mein bester Kumpel, der doch wohl wissen sollte, wie großartig ich bin! Immerhin hat er die Autoschlüssel von seinem Vater geklaut und zugestimmt, eine nächtliche Spritztour über die Dörfer zu starten. Wieso will er ausgerechnet jetzt kneifen, wenn es gerade so richtig lustig wird? Ich drehe mich zu ihm, verliere die Straße aus dem Blick – aber ich kann das auch so.

»Ich weiß, was ich tue! Ich habe alles unter Kontrolle …«

Die Szene von dem Unfall läuft als innerer Film zum tausendsten Mal vor mir ab, während ich Fritzi, Sarah und Tim davon erzähle.

Vom Ruckeln des Lenkrads, dem Quietschen der Reifen und dem Schlag ins Gesicht. Wie es überall nach Gummi roch, in meinem Mund dieser metallische Geschmack war, mein Brustkorb bei jedem Atemzug schmerzte. Wie ich trotzdem nach rechts schaute, neben mich, und Felix sah.

Ein Bild, das selbst jetzt noch da ist, wenn ich die Augen schließe.

Von Loki fehlte jede Spur. Der hatte sich vom Acker gemacht, ohne erste Hilfe zu leisten. So ist das nun mal mit imaginären Comic-Bösewichten. Danach wurde alles sehr schummerig und schließlich dunkel.

Das nächste Mal aufgewacht war ich im Krankenhaus, wo

man mir erklärte, dass ich mehr Glück als Verstand, ein paar gebrochene Rippen und ein Schleudertrauma hätte. Anders als mein Beifahrer, der gerade operiert werde, aber nicht in Lebensgefahr schwebe.

Danach folgten unendliche Fragen und Standpauken meiner Eltern, der Ärzte, der Polizei, die natürlich wissen wollte, was zwei minderjährige Jungs ohne Führerschein nachts auf der Landstraße zu suchen gehabt hatten. Und danach hieß es: Ab zurück in den Sonnenhof!

Das alles noch mal zu erzählen, so ehrlich wie gerade eben, tut fast so weh wie der Unfall selbst.

Ich blinzle kurz, wie so oft, wenn ich von damals zurück ins Jetzt möchte.

»Das war eine manische Phase, die schon lange angedauert hat. Schlaf habe ich nicht mehr gebraucht, tausend geniale Ideen hatte ich auch und sowieso war alles, was ich gemacht habe, megageil.«

Die Astronauten sehen mich stumm an. Sie entscheiden wohl gerade, ob sie mich einfach über Bord den Haien zum Fraß vorwerfen oder der Zentrumsleitung aushändigen sollen. Tim könnte mich leicht überwältigen, in den Kofferraum des Audis sperren und …

»Was ist dann passiert?«

Tims Stimme ist überraschend kühl.

»Totalabsturz. Depression. Ziemlich heftig und ohne doppelten Boden.«

»Wolltest du dich denn umbringen? Mit dem Auto, meine ich.«

»Nein, ich wollte nur ein bisschen rumfahren. Bellinger hat mir geglaubt, deswegen bin ich nicht wieder in den fünften Stock gekommen.«

»Der fünfte Stock ist die Geschlossene.«

Ich nicke, fühle mich so leer wie das ausgeraubte Casino in dem Film *Oceans 11*.

»Du warst beim ersten Mal gar kein Astronaut?«

»Nein. Ich war eine Schildkröte. So heißen die da oben. Wenn du dich selbst verletzt und eine Gefahr für dich darstellst, geht es direkt dahin. Für mindestens zweiundsiebzig Stunden. Ich war volle vier Wochen da.«

Die schlimmste Zeit überhaupt.

»Da hatten wir ja Glück, dass du uns vorhin nicht in den Graben gefahren hast.«

Es klingt nicht wie ein Witz und Tims Blick ist auch zu ernst dafür.

»Das hätte ich nie getan.«

»Hast du das Felix auch gesagt?«

Habe ich. Aber damals war es eine völlig andere Situation.

»Ich hatte alles unter Kontrolle!«

Hat er nicht bemerkt, dass der Wagen in der Kurve wie auf Schienen lag?

»Das ist nicht cool, Basti. Wenn du dich umbringen willst, ist das schon beschissen genug. Aber du kannst doch nicht noch andere einfach so mitreißen.«

»Basti wollte sich ja nicht umbringen! Es war ein Unfall.«

»Er ist manisch-depressiv und passt nicht gut genug auf sich auf!«

»Das stimmt nicht!«

Sarah und Tim fechten meinen Kampf aus, weil ich zu müde bin, um mich weiter an der Unterhaltung zu beteiligen. Zum ersten Mal seit dem Unfall, habe ich so ausführlich darüber gesprochen. Jetzt fühle ich mich matt, denn die Erinnerungen haben Lebensenergie gezogen. Doch es ist nicht nur das. Fritzi, die neben mir sitzt, hat noch nichts dazu gesagt, nur wie vom Blitz getroffen zugehört, mit panischen Augen und zu Fäusten geballten Händen – sogar die verstauchte.

»Gibt es keine Tabletten, die du nehmen kannst, damit so was nicht mehr passiert?«

»Doch, die gibt es. Aber es ist nicht so einfach.«

Die habe ich nur abgesetzt.

Tim schlägt mit der flachen Hand auf das Bootsdeck und funkelt mich wütend an.

»Du bist so ein Idiot, Basti!«

Weil er nicht versteht, wie es ist. Sonst würde er das niemals sagen. Ich zucke nur die Schultern und sehe weg. Aber Tim denkt nicht daran, von mir abzulassen.

»*Willst* du nicht gesund werden?«

»Gesund ist so – *relativ*. Viel Arbeit, wenig Erfolgserlebnis.«

Er schüttelt den Kopf, schmettert meine Ausrede einfach ab.

»Du bist sechzehn!«

»Ja und?«

»Du hast noch dein ganzes Leben vor dir!«

»Ein ganzes Leben ist manchmal verdammt lang, wenn es von Tabletten weggedimmt wird!«

Fritzis Stimme reißt mich aus dem Blickduell mit Tim. Bisher hat sie geschwiegen.

»Du darfst so was nie wieder tun, hörst du? Nie. Wieder.«

Nicht nur Fritzis Worte, auch Tims Blick lastet tonnenschwer auf mir, was ein Nicken zur Schwerstarbeit werden lässt.

»Versprich es. Versprich es uns allen.«

Drei Augenpaare richten sich auf mich. Sie gehören drei Menschen, die mir ans Herz gewachsen sind. Gleich werde ich sie anlügen.

»Versprochen.«

Fritzi

Gravity

Das Wasser spritzt am Bug entlang, unser Boot fliegt übers Meer, das Segel ist aufgebläht und der Wind lässt Sarahs Haare tanzen. Sie strahlt eine Selbstsicherheit aus, die mich lächeln lässt. Hier draußen ist sie ein anderer Mensch.

Da es für mich wegen meiner Hand noch immer keine andere Aufgabe gibt, als eine Flüchtige aus dem Sonnenhof an Bord zu sein, genieße ich den Moment, der die drohende Konsequenz verdrängt, und den Anblick von Basti, ohne T-Shirt, mit nassen Locken. Es tut weh zu wissen, dass der Lärm in seinem Kopf und der Schmerz in seiner Seele ihm solch unbeschwerte Momente wie hier viel zu selten gönnen. Nur langsam entspannt er sich, während ich nur hoffen kann, dass er sein Versprechen nicht vergisst. Je länger wir fehlen, desto mehr Ärger wird es geben. Doch so glücklich wie hier draußen auf der *McFly* habe ich meine Astronauten schon lange nicht mehr erlebt. Da stört es auch niemanden, dass wir nun die Küste entlangsegeln, weit weg vom Steg, von dem wir losgeschippert sind. Ich könnte nicht mal sagen, wo wir gerade sind, denn die Uferlinie hier ist mir völlig fremd.

Vereinzelte kleine Häuschen, deren Dächer man über den wilden Bäumen erahnen kann, die uns den Blick auf das

Landesinnere verdecken. Hierhin verirren sich keine Touristen. Der naturbelassene Strand gehört sicherlich zu einem der vielen Naturschutzgebiete, die es hier gibt. Außer den kreischenden Möwen über unseren Köpfen und dem Wind ist nichts zu hören. Eines ist sicher: Binz und all die schicken, ausgebuchten Strandkörbe haben wir längst hinter uns gelassen. Ebenso wie unsere Sorgen.

»Klar zum Anlegen!«

Sarah deutet auf eine orangefarbene Boje, die unweit des Ufers im Wasser treibt. Tim entdeckt sie ebenfalls und antwortet ganz fachmännisch: »Ist klar.«

»Klar bei Vorleine!«

»Vorleine ist klar.«

Ich verfolge das Hin und Her mit wachsendem Respekt. Tim, der nie den Eindruck erweckt hat, dieses ganze Segelzeug ernst zu nehmen, hat sich offenbar mehr gemerkt, als wir alle angenommen haben.

»Klar zum Aufschießen?«

»Ist klar.«

»Schoten los!«

Tim beugt sich über das Boot und weiß genau, was zu tun ist. Der Triumph in seiner Stimme ist unüberhörbar.

»Boje gefasst!«

Sarahs breites Grinsen ist Beweis genug, wie stolz sie auf ihn ist. Selbst Basti nickt anerkennend. Nur ich bin wohl eine unverbesserliche Landratte.

»Ihr seid solche Streber.«

Tim vertäut uns gut und dreht sich über die Schulter kurz zu mir.

»Wenn ich nicht schlafen kann, lese ich im Segelbuch für Dummies.«

»Sag ich doch. *Streber.*«

»Kann mir jetzt auch noch jemand sagen, wo wir sind?«

Sarah sieht sich um, aber auch wenn sie eine erfahrene Seglerin ist, kennt sie sich in den Gewässern vor Rügen ebenso schlecht aus wie der Rest von uns.

»Ich würde sagen … also … das da ist …«

»Spielt doch auch keine Rolle.«

Tim ist aufgestanden, breitet die Arme aus und atmet tief ein.

»Ich finde es schön hier.«

Das ist es allerdings. Der steinige Strand, der Leuchtturm, der von unserer Position gut zu sehen ist, der kleine Hafen, entfernt zu unserer Linken und die Ruhe, all das ist gerade mehr als perfekt.

»Hört ihr das?«

Tim schließt die Augen, lauscht in den Wind und lächelt gelöst. Basti tut es Tim gleich und atmet tief ein.

»Ich höre gar nichts.«

»Genau. Kein Lärm, kein Stress, kein gar nichts.«

»Können wir hier bleiben?«

Sarah lässt die Beine unter der Reling ins Wasser hängen, lehnt den Kopf zurück und lächelt entspannt. Bastis Blick ist fast schon liebevoll, als er zu mir sieht. Ich weiß, was er meint. Langsam lehne ich meinen Kopf an seine Schulter, spüre seine warme Haut und atme seinen Duft ein. Von mir aus könnte mein Leben jetzt gerne die Pausentaste finden. Wir sind so weit weg von unserem Alltag, dass nicht mal die

Panik mich aufspüren kann. Wenn mir jemand vor zehn Tagen gesagt hätte, dass ich mit drei fremden Jugendlichen mehr oder weniger panikfrei in einem Boot auf der Ostsee schippern und die Sonne genießen würde, dann hätte ich nur laut gelacht.

Fast so, als könne er meine Gedanken lesen, drückt Basti mir einen sanften Kuss auf die Stirn, und ich schließe schnell die Augen, halte den Moment und ihn fest.

»Ich muss euch übrigens was sagen.«

Tims ernst klingende Worte bringen mich dazu, meine Augen wieder zu öffnen. Da steht er, schluckt schwer, festigt seinen Griff am Mast und sieht uns an.

»Keine Ahnung, wie man so was macht, also entschuldigt, wenn es nicht besonders professionell ist, okay?«

Wir nicken ahnungslos.

»Ich bin schwul.«

Drei kleine Worte, die mich überraschen und dann doch wieder nicht. Und dann doch wieder. Und dann ... sprachlos zurücklassen. Nicht, weil Tim homsexuell ist, sondern weil es so klingt, als wäre das hier sein erstes Outing. Die Last, die hinter ihm über Bord ins Wasser kracht, die Leichtigkeit, die seine Schultern annehmen. Basti ist nicht halb so überrascht, wie ich erwartet habe, denn nur Sarah und ich sehen uns an, bis sie die Worte findet, die noch in meinem Kopf rumsausen.

»Wow!«

Noch nie habe ich Tim so unsicher erlebt.

»Ich hoffe, das ändert nichts zwischen uns.«

Sarah lächelt ihn aufmunternd an.

»Wieso sollte es was ändern?«

Durch Tims helle Augen zuckt ein Flackern, das uns erahnen lässt, welche Worst-case-Szenarien er sich ausgemalt hat.

»Keine Ahnung.«

»Du bist für uns noch immer die Nervensäge Tim, die mit uns in der Raumkapsel zum Mond abhaut.«

Seine Mundwinkel zucken in einem erleichterten Lächeln, als er schließlich nickt.

»Damit kann ich leben.«

»Deal.«

Auch wenn wir ahnen, dass es bei seinen Kumpels zu Hause wohl nicht so reibungslos ablaufen wird. Er dreht sich um, sieht über das Wasser und breitet die Arme aus. Er sieht aus wie Leonardo di Caprio in *Titanic*.

»Ich finde, wir sollten uns was versprechen.«

Obwohl seine Worte vom Wind zum Meer getragen werden, redet er mit uns.

»Wenn einer von uns Hilfe braucht, egal, bei welchem Problem …«

Mit neuem Schwung wendet er sich wieder zu uns, den Blick ernst.

»… sind wir füreinander da.«

Ausgerechnet Tim, der zuerst so schnell wie möglich aus dem Sonnenhof flüchten, uns alle hinter sich lassen und nach Hause zurückwollte, hält uns auch für die Zukunft zusammen.

»Ich bin dabei.«

»Zusammen packen wir das nämlich leichter. Die Therapie und alles, was uns sonst noch so im Weg rumsteht.«

Auch wenn es niemals so leicht werden wird, wie Tim es gerade klingen lässt, fühlt es sich doch verdammt gut an, ab jetzt zusammen mit meinen Astronautenfreunden auf der Reise zu sein.

BASTIAN

Raumschiff Enterprise

Fritzis weißes T-Shirt klebt an ihrem Körper, ist fast durchsichtig geworden und gibt den ebenfalls weißen BH darunter preis. Sie zieht sich an dem morschen, verlassenen Steg aus dem Wasser und wagt ein paar vorsichtige Schritte. Das Holz knarzt unter ihren Schritten. Keine Ahnung, wann zum letzten Mal ein Mensch hier das Ufer betreten hat, denn alles ist mit Moos überwachsen. Fritzi wartet, bis ich ihr auf den Steg folge, und geht dann in Richtung Ufer, wo der verlassene, steinige Strand uns empfängt.

»Es ist so schön hier.«

Das ist es allerdings. Auch wenn die See heute unruhiger ist und die Wolken aufdringlich nah an der Sonne vorbeiziehen, gewinnt Rügen mein Herz mit seiner rauen Schönheit immer mehr. Die *McFly* wird von den Wellen hin- und hergeschaukelt, Tim und Sarah halten die Stellung an Bord und sind in eine Unterhaltung vertieft.

Hier, wo es keinen Sand, sondern Steine am Strand gibt, wirkt das Wasser viel klarer. Es schimmert in allen Blau- und Türkistönen der Weltmeere und wirkt um einiges geheimnisvoller als an den Sandstränden. Wenn alles so ruhig ist, warum tobt dann in mir die beste Party, auf die sogar Ibiza zur Hauptsaison neidisch wäre? Der Rausch der überstandenen und sehr gelungenen Autofahrt wirkt noch immer nach.

Fritzi wagt wackelige Schritte über die glitschigen Steine, sucht nach meiner Hand und etwas Halt.

Beides biete ich ihr.

Sie kann sich auf mich verlassen. Ich bin da, ganz ohne Tabletten. Weil ich stark genug bin, der Krankheit die Stirn zu bieten. Stolz mischt sich zur Party in meinem Kopf, während ich mich lächelnd umsehe.

»So könnte es doch immer bleiben.«

Obwohl der Sonnenhof nur einige Kilometer entfernt liegt, komme ich mir gerade vor, als hätten wir den Planeten Erde verlassen.

»Vielleicht sind wir hier ja doch auf dem Mond gelandet.«

Ich spreche es lachend aus, während Fritzi sich kurz umsieht.

»Zu viel Wasser für den Mond.«

»Spielverderberin.«

»Basti…«

Unsicher stehe ich vor ihr und spüre, wie sich die spitzen Steine in meine Fußsohlen bohren. Komme mir plötzlich gar nicht mehr so cool vor.

»Wir müssen reden.«

Oh-oh.

Ich hasse Gespräche, die so anfangen, weil sie selten gute News bringen. Fritzi geht zu einem der großen Steine, nimmt darauf Platz und wartet, bis ich ihr folge.

»Worüber zerbrichst du dir deinen niedlichen Kopf?«

Die Frage stelle ich, obwohl ich weiß, worum es geht. Sie sieht zu mir, ihr Blick ist verhangen.

»Geht es dir wirklich gut?«

»Du machst dir Sorgen um mich?«

»Natürlich.«

Alle machen sich *immer* Sorgen um mich.

»Musst du nicht. Es ist wirklich alles bestens.«

Doch so leicht ist eine besorgte Fritzi nicht zu überzeugen. Okay, vielleicht ist die Einsamkeit des Strandes genau der richtige Ort für etwas Wahrheit. Langsam greife ich nach ihrer Hand und halte sie ganz vorsichtig in meiner.

»Fritzi, ich habe alles im Griff. Es geht mir gut. Mache ich denn nicht diesen Eindruck?«

»Doch. Schon.«

»Na, siehst du.«

»Aber …«

Sie bricht ab, sieht weg und ich berühre sanft ihr Kinn.

»Aber was?«

»Bellinger hat gesagt, dass deine Stimmung schnell wechseln kann. Wegen deiner Krankheit. Und ich will nicht …«

»Du glaubst, meine Gefühle für dich würden sich verändern?«

Sie nickt nicht, widerspricht aber auch nicht.

»Hör mal, Fritzi, du musst mir versprechen, dass du das niemandem sagst, okay?«

Sie muss es wissen. Wie echt das zwischen uns ist.

»Ich nehme ja verschiedene Tabletten. *Mirtazapin* gegen die Depression und Lithiumtabletten gegen die Manie. Aber irgendwie bremsen die mich auch.«

Keine Ahnung, wie ich es besser erklären soll.

»Ich möchte aber, dass sich auch die schönen Dinge schön anfühlen und nicht wie durch einen merkwürdigen Filter, der bestimmt, was ich fühlen darf.«

Ihr Schokoriegelblick trifft eine Stelle in mir, die es leichter macht, die Wahrheit zu sagen. Im Flüsterton spreche ich weiter.

»Die Lithiumdinger habe ich abgesetzt.«

»Basti!«

»Nein, ehrlich, das ist nicht schlimm.«

»Natürlich ist es das!«

Ich halte ihre Hand ein bisschen fester und hoffe, dass sie spüren kann, wie ernst ich es meine.

»Fritzi, ich will nur das hier …«

Ich deute zwischen uns hin und her.

»… echt erleben. Ich will, dass mein Herz vor Freude tanzt, weil du mich anlächelst. Ich will mit einem Lächeln im Gesicht durch den Tag wandern, und ich will euch alle ohne Filter erleben. Zumindest für eine gewisse Zeit.«

»Du wirst die Tabletten also wieder nehmen?«

Entschlossen nicke ich. *Noch nicht, aber irgendwann.*

»Basti, ich weiß nicht …«

Fritzi kämpft. Mit sich und mit mir.

»Seit ich die Tabletten nehme, ist mein Leben wie eine dieser TV-Sendungen, die schlecht geschnitten und gefilmt sind. Einfach nur öde und vorhersehbar. Tagein, tagaus.«

Ich lege meine Hand an ihre Wange, streichle die weiche Haut mit meinem Daumen und lehne meine Stirn an ihre.

»Bitte, Fritzi. Vertrau mir noch ein bisschen.«

Sie atmet schwer gegen meine Lippen und küsst sie schließlich kurz.

»Sprich bitte mit Bellinger.«

»Das werde ich.«

Nur nicht so bald. Viel lieber halte ich sie noch ein bisschen fest.

»Versprochen?«

»Versprochen.«

Sie lächelt, und ich mag es, wie ihr Lächeln sich mit den Geräuschen der See, des Windes und der Möwen vermischt.

Nichts für ungut, James Horner, aber das hier wird gerade mein liebster Soundtrack.

Gestört wird der allerdings gerade von dem lauten Geräusch eines Motorbootes, das sich der McFly nähert.

»Oh-oh.«

»Schönen guten Abend, die Herrschaften!«

Uniformierte Beamte und der Schriftzug WASSERSCHUTZPOLIZEI erinnern uns jäh daran, dass wir eigentlich ganz woanders sein sollten.

FRITZI

Modern Family

»Bist du ins Wasser gefallen?«

Mama zieht mich sofort in eine nasse Umarmung, als ich tropfend den Besucherraum betrete.

»Gesprungen.«

Sie nimmt mein Gesicht wieder in ihre Hände, wie schon vorhin.

»... ich weiß, dass du sauer auf mich bist, aber deswegen springt man doch nicht über Bord!«

»Deswegen hab ich es auch gar nicht getan.«

Wir sind gerade – das war vielleicht ein bisschen peinlich – von der Polizei hier abgegeben worden. Wie Schwerverbrecher, die ausgebrochen sind. Alle haben es mitgekriegt, wie Tim, Sarah, Basti und ich ausgestiegen und mit klatschnassen Klamotten durch die Tür marschiert sind.

Okay, vielleicht war es auch ein kleines bisschen cool.

»Weswegen denn dann, mein Schatz?«

»Nur so, zum Spaß.«

»Das ist ...«

Meiner Mutter fehlen in letzter Zeit oft die Worte. Jetzt starrt sie mich mit offenem Mund an, wie ich auf dem harten Plastikstuhl sitze und den Boden volltropfe.

»Mama, das Abhauen war doof von mir, aber … na ja, wenn ich 'ne Attacke bekomme, dann … Aber eigentlich will ich dir was ganz anderes erzählen, wenn das okay ist.«

Sie nickt und schweigt weiterhin. Ich kann diesen Gesichtsausdruck nicht deuten, weil ich ihn noch nie bei meiner Mutter gesehen habe.

»Ich habe auch jemanden kennengelernt.«

Sie kann die Überraschung nicht verbergen, ich hatte nämlich noch nie einen Freund. Und von den Jungs, die ich mochte, haben die meisten nicht mal gewusst, dass ich ein atmendes Wesen bin.

»Du kennst ihn sogar schon. Es ist Bastian.«

Der mit dem kaputten Zahn, den ich jedes Mal spüre, wenn ich ihn küsse. Und ja, ich küsse ihn gerne.

Bevor sie das kommentieren kann, spreche ich schnell weiter.

»Ich weiß, was du jetzt denkst. Klar, geplant war es nicht. Er ist schon länger hier und versteht mich. Bei ihm kann ich ganz normal sein. Er ist witzig und aufmerksam. Er bringt mich zum Lachen – selbst wenn ihm nicht danach ist – und passt auf mich auf. Sogar dann, wenn ich es nicht mal merke. Er wird richtig Ärger kriegen, weil sie das Auto von Sarahs Papa geklaut haben, um mich zu finden. Er wusste das und ist trotzdem losgefahren.«

Es gibt noch so viel mehr, aber ich muss Luft holen. Mama sieht weg, sie verarbeitet die neuen Infos.

»Bastian.«

Sie sagt nur seinen Namen.

»Ich nenne ihn Basti.«

»Basti.«

Ihr Blick wandert durch den ganzen Raum, bis er mich findet und ich nicke.

»Basti also!«

Ich weiß nicht, was ich sagen soll, also spricht Mama weiter.

»Du hast mir einen riesigen Schreck eingejagt, weißt du das?«

»Es tut mir leid. Wir wollten nur mal kurz alles hier vergessen.«

Sie nickt und blickt im Raum umher.

»Es ist sicher manchmal ziemlich erdrückend hier, oder?«

»Es ist ganz okay. Manchmal bricht aber der pubertierende Teenager in mir durch.«

Den es unter den Panikschichten und dem Angstgestein auch noch gibt. Ich will nicht enden wie Sarahs Seeigel Buzz. Ein Fossil, das man in vielen Jahren mal entdeckt. Fritzi Reutberger, der versteinerte Teenager, der nie wirklich gelebt hat.

»Ich habe deinen Vater angerufen.«

Mama ruft Papa nie an. Die beiden reden nicht mehr miteinander.

»Wieso?«

»Weil du verschwunden bist. Wir machen uns Sorgen um dich, Fritzi.«

»Getrennt voneinander.«

»Nein. Gemeinsam. Du bist unsere Tochter, Fritzi. Alles, was diese Therapie angeht – alles was dich angeht –, besprechen wir gemeinsam.«

»Obwohl doch die letzten sechzehn Jahre so beschissen für euch waren.«

»Wieso sagst du das?«

»Das sage nicht ich, das sagt ihr! Eure Ehe war die Hölle, alles nur der totale Horror. Jetzt müssen Anwälte eure Gespräche führen. Ich habe Ohren, Mama. Ich höre, wie ihr mit- und übereinander sprecht.«

»Unsere Ehe haben wir vermasselt, das ist wahr. Aber das hat rein gar nichts mit dir zu tun.«

»Doch, Mama. Eure Ehe hat mein ganzes bisheriges Leben gedauert. Ihr sprecht genau über die Dauer meiner Existenz, wenn ihr sagt, es war die Hölle und wie ein Gefängnis und ...«

Nanu, woher kommen denn die Tränen, die ich auf meinen Wangen spüren kann und schon seit einer kleinen Weile rinnen?

»*Mein* Leben mit euch war kein Gefängnis und nicht die Hölle. Ich mochte unsere Familie genau so, wie sie war. Wenn ihr so abfällig darüber sprecht, tut mir das nun mal weh. Und ja, es tut mir auch weh, dass Martin jetzt der Ersatz für Papa ist.«

Mama greift nach meiner Hand.

»Also erst mal, was Martin angeht, das ist alles noch sehr frisch. Ob er Holger ersetzen kann oder nicht, wird nur die Zeit zeigen. Und selbst wenn, dann nur für mich. Papa bleibt Papa.«

Das klingt irgendwie zu einfach, wenn man sich die Schlammschlacht der letzten Monate vor Augen führt.

Sie wischt mir die Tränen aus dem Gesicht.

»Wir werden daran arbeiten, okay?«

Ich nicke und traue dem ganzen Frieden nicht, aber ihr Blick ist ernst und überzeugend.

»Du hättest uns das viel früher sagen müssen.«

»Es gibt kein perfektes Timing für ungesagte Dinge.«

»Gibt es denn noch was, das du mir gerne sagen möchtest?«

Ich gehe die Akte mit der Überschrift »Geheimnisse« durch und entscheide mich dafür, dass heute bereits genug gelüftet wurden. Nur eines möchte ich noch loswerden.

»Es tut mir leid, dass ich einfach so abgehauen bin und du dir so viele Sorgen gemacht hast.«

»Das sollte es auch. Du bekommst nämlich noch Ärger dafür.«

»Von dir?«

»Nein. Aber der Sonnenhof hat einiges für euch geplant.«

Natürlich. Weil die anderen eine Dummheit gemacht haben, um mir zu helfen.

Hoffentlich endet unser Mondflug nicht in einer Challenger-Katastrophe.

BASTIAN

Die Verurteilten

Ein bisschen komme ich mir vor wie in einer Neuverfilmung von *Die Verurteilten,* nur ohne Morgan Freeman oder Tim Robbins.

Das Gesicht meines Vaters zeigt so viel Regung wie das Porträt eines der Präsidenten in der Felsenwand von Mount Rushmore. Mama schüttelt dagegen ununterbrochen den Kopf. Ich verstehe nicht, warum alle so sauer sind. Uns geht es doch gut. Wir hatten alles im Griff.

Tim, der neben mir sitzt und auf den Boden starrt, spricht nicht und kaut auf der Innenseite seiner Wange. Es ist fast spürbar, wie angespannt er ist.

Sarah ist nur körperlich anwesend. Vermutlich ist der lebendige Rest von ihr noch immer auf der *McFly*.

Fritzi sitzt auf der anderen Seite neben mir, ihr Knie berührt meines. Das mag nicht viel sein, aber es ist genau der Kontakt, den ich brauche, um nicht auf die Stimme in meinem Kopf zu hören.

Bellinger ist gerade ziemlich wütend. So habe ich ihn noch nicht erlebt. Sein Kopf wird gleich Lava und Asche spucken, wie der Eyjafjallajökull vor ein paar Jahren.

Gemeinsam sind wir nun im Gruppentherapieraum, der

mir noch nie so klein wie jetzt vorkam, und hören uns die Standpauke an, wie falsch es war, wie gefährlich, wie unverantwortlich und noch dazu gegen das Gesetz, bla bla. Für meine drei Mitangeklagten handelt es sich um eine Premiere. Ich dagegen kenne den Text schon auswendig und nicke als erfahrener Komparse an den richtigen Stellen.

»Bastian, du hast die anderen in große Gefahr gebracht. Bewusst und willentlich.«

Sarahs Mutter, die eigentlich sehr nett aussieht, funkelt mich böse an. Wieso ausgerechnet mich?

Vielleicht weil auf deiner Stirn das Wort LOSER steht?

Ach klar, die Rollen in diesem Theaterspiel sind schon verteilt, ganz ohne Vorsprechen.

»Basti kann nichts dafür, es war meine Idee.«

Tim setzt sich aufrecht hin und sieht zuerst Bellinger, dann seine Eltern und schließlich Sarahs Papa an. Vollkommen ruhig, nur die Anspannung seines Körpers ist unverändert.

»Das glaubt doch kein Mensch.«

»Ist aber so. Ich kann nur nicht mit dem Auto fahren, also habe ich Basti überredet. Der wollte nämlich gar nicht selber fahren.«

»Es spricht für dich, dass du deinen Kumpel decken willst, aber ...«

»Basti ist nicht *einfach nur ein Kumpel*, okay? Er ist *ein Freund* und ich sage die Wahrheit.«

Weil sie Tim nicht glauben, sehen alle zu Sarah, deren flacher Atem nur erahnen lässt, dass sie noch am Leben ist.

»Stimmt das, Sarah? Und denk daran, du musst nicht lügen, um dazuzugehören.«

»Es war meine Idee! Ich hatte deinen Autoschlüssel, ich wusste, wo Fritzi ist, ich wollte helfen. Basti und Tim wollten gar nicht mitfahren, aber ich habe sie überredet. Weil ich mir Sorgen um sie gemacht habe. Sie sollte keinen Ärger kriegen oder ...«

Sie sieht zu Fritzi, die bisher noch kein Wort gesagt hat, aber noch immer mein Knie mit ihrem berührt.

»Ich wollte einfach nicht, dass du weggehst. Weil ich sonst keine Freundin mehr hier habe.«

Mag sein, dass wir alle hier zum letzten Mal so zusammensitzen. Mich schicken sie in die Geschlossene, weil man mich erfolgreich als Bösewicht gecastet hat, Sarah wird von ihren Eltern mitgenommen und Fritzis Mutter wird eine gerichtliche Verfügung erzwingen, laut der ich mich ihrer Tochter nicht weiter als bis auf fünfzig Meter nähern darf. So etwas macht eine Umarmung verdammt schwer.

Bellinger schaut Sarah lange an und trifft dann eine Entscheidung.

»Was halten Sie davon, wenn wir uns jetzt alle erst mal beruhigen. Ich werde mir, zusammen mit dem betreuenden Therapeuten, angemessene Konsequenzen innerhalb der Therapie übergelegen und Sie darüber informieren.«

Er ist auf unserer Seite, auch wenn mir die »Konsequenzen« Angst machen – vor allem die für mich.

»Können wir unsere Tochter denn mitnehmen?«

Sarahs Vater hat entweder nicht verstanden, was hier gerade passiert, oder er ist blind.

»Papa!«

»Ich würde Ihnen im Augenblick davon abraten, die Therapie Ihrer Tochter abzubrechen, kann Sie aber natürlich nicht daran hindern …«

»Dann wäre das ja geklärt.«

Die Kühle seiner Stimme lässt die Temperatur im Raum um mindestens fünf Grad sinken. Als ihre Mutter Sarahs Hand nimmt und sie in Richtung Tür führt, bleibt unser Kapitän noch einmal stehen und sieht zu uns. Ihr Lächeln ist echt, aber traurig, ihre Augen senden ein klares SOS. Ich möchte so gerne etwas sagen und sie aufhalten, denn ich will nicht, dass Sarah geht und vielleicht nicht wiederkommt.

»Wir sehen uns, ja?«

Tim nickt und zwinkert ihr zu.

»Wir sehen uns, Captain!«

Wieso klingt es dann wie ein Abschied? Und wieso fühlt sich das an, als hätte jemand unserer Gruppe eine Gliedmaße amputiert?

Erst als die Tür hinter ihnen ins Schloss fällt, bewege ich mich wieder und spüre, wie ich nach Fritzis Hand greife, die noch immer eine Faust bildet. Langsam löst sie ihre Finger, verhakt sie mit meinen und holt tief Luft. Ich atme in tiefen Zügen vor, sie tut es mir nach, lehnt sich schließlich an mich und schließt die Augen. Wenn sie uns Astronauten auseinanderreißen wollen, machen sie alles kaputt. Ist ihnen das nicht klar?

»Wessen Idee war es denn nun wirklich?«

Mein Vater will hören, dass ich es war, der meine Freunde überredet hat. Doch bevor ich irgendwas sagen kann, spricht Tim.

»Das mit dem Auto war Sarahs Idee, aber niemand wurde überredet. Wir alle wollten Fritzi finden. Sie ist unsere Freundin, auch wenn es bescheuert war, ja, das wissen wir selber. War ’ne dumme Idee. Aber es ändert nichts daran, dass wir uns Sorgen gemacht haben. Außerdem ist Basti ein guter Autofahrer.«

Den letzten Teil sagt er mit fester, überzeugender Stimme.

»Und Sarah ist eine erfahrene Seglerin. Ich meine, sie ist quasi auf dem Boot zu Hause. Wir waren nie zu weit vom Ufer entfernt, waren vorsichtig und haben sogar was gelernt. Ich meine, wozu machen wir den ganzen Quatsch, wenn wir dann bestraft werden, weil wir es anwenden können!«

»Aber ohne Rettungswesten.«

»Dr. Bellinger, manche Rettungswesten trägt man nicht am Körper.«

Tim deutet auf mich, wie ich mit Fritzi an meiner Schulter und ihrer Hand in meiner dasitze.

»Ohne Basti würde ich jetzt vielleicht nicht mal mehr hier sein.«

Seine Stimme klingt so angespannt, wie sein Körper aussieht, den Blick richtet er direkt auf seine Eltern.

»Ihr habt keine Ahnung, wie es sich anfühlt, ständig wütend zu sein. Manchmal möchte ich einfach alles kaputt hauen und jemandem wehtun. Am liebsten mir selbst.«

Er macht eine lange Pause, in der die anderen die Chance haben, etwas zu sagen, doch sie sind zu beschäftigt damit, seine Worte zu sortieren.

»Wenn Basti nicht zugehört hätte, weiß ich nicht, was ich gemacht hätte.«

Tim sieht zu Bellinger. Ich sehe zu Tim. Meint er das ernst?

»Dr. Bellinger, Sie können uns zur Maltherapie und zum Küchendienst und zu was immer Sie für richtig halten verdonnern. Aber wir würden es trotzdem wieder tun. Nicht, weil Basti depressiv ist oder ich ein Aggressionsproblem habe. Oder Fritzi …«

Er sieht zu mir und Fritzi, muss dabei lächeln.

»… eben Fritzi ist. Ich würde es jederzeit wieder tun, wenn einer aus meinem Team in Schwierigkeiten steckt.«

Sein Vater schüttelt den Kopf.

»Junge, das sieht dir nicht ähnlich. Du bist ein verantwortungsvoller junger Mann, der seine Ziele fest im Blick hat und weiß, was er will.«

»Papa, ich bin wegen einem Aggressionsproblem in Therapie. Wo bin ich denn bitte verantwortungsvoll?«

»So kenne ich dich einfach nicht, Tim.«

»Stimmt, Papa. Du. Kennst. Mich. Nicht. Du kennst mich nur so, wie ich für euch sein sollte und wollte. Wie ich geglaubt habe, sein zu müssen. Weil …«

Kurz verlässt ihn der Mut und die Stimme, ich befürchte, er macht einen Rückzieher. Dann straffen sich seine Schultern und er spricht weiter.

»Weil ich lange nicht wusste, was mir mit los war. Ich wusste es schon, aber ich wollte nicht, dass es wahr ist. Weil ich keine Ahnung hatte, wie ihr reagieren würdet. Also wurde ich wütend. So unendlich wütend, weil ich so bin. Aber jetzt weiß ich, dass es total okay ist. Papa, vielleicht siehst du mich gleich nicht mehr so an, aber ich kann nicht mehr länger wütend sein. Nicht deswegen. Das macht mich nämlich kaputt.«

Er atmet tief ein, als würde er sich gleich ohne Sauerstoff ins All stürzen – und dann befreit sich Tim mit drei Worten von seiner Wut.

FRITZI

Gossip Girl

Wir räumen Teller, Gläser und Besteck zusammen, kratzen Reste vom Abendessen in den Müll und weichen die Teller in warmem Wasser ein, bevor Tim behandschuht die Bürste schwingt und Basti, bewaffnet mit Küchentüchern, zum Trocknen ansetzt.

Unsere Eltern haben sich vor einer halben Stunde verabschiedet, sie überlassen uns Bellinger und seinem Strafmaß.

Nur Sarah haben wir nicht mehr gesehen. Selbst jetzt, da wir einen Teil der Strafarbeit verrichten, ist sie nicht bei uns. Ina, die gute Seele des Küchenteams, sitzt auf einem Stuhl in der Ecke, liest einen Liebesroman über reiche Grafen in England und schielt immer mal wieder über ihre Halbmondbrille zu uns dreien hin. Wir stehen also unter Aufsicht bei unserer Abwascharbeit und auch allgemein. Zumindest fürs Erste. Jetzt unterhalten wir uns flüsternd und bringen uns auf den neuesten Stand.

»Wie haben deine Eltern denn nach der Sitzung reagiert?«

»Mama hat es ganz gefasst aufgenommen, denke ich. Papa hat keinen Freudentanz aufgeführt oder ’nen Sekt aufgemacht.«

Tim zuckt die Schultern und wirkt dabei müde – vom Tag und all den Worten, die er bereits gesagt hat.

»Aber ich denke, er kommt damit klar. Ich bin ja noch immer sein Sohn.«

Tim taucht den nächsten Teller ins Wasser, lässt ihn einen Moment lang untergehen und sieht dann aus dem Fenster in den Außenbereich, wo einige Jugendliche noch immer sitzen und den milden Sommerabend genießen. Diesen Tag wird er so schnell sicher nicht vergessen. Das werden wir alle nicht. Als er den Blick löst, wechselt er das Thema.

»Habt ihr Sarah gesehen?«

»Nein. Aber ihre Sachen sind noch im Zimmer. Sie haben sie also nicht sofort vor uns in Sicherheit gebracht.«

»Hoffentlich machen ihre Eltern keinen Fehler.«

Doch so richtig überzeugt sind wir davon alle nicht. Ich rücke etwas näher zu den Jungs und senke die Stimme noch ein bisschen mehr.

»Ihre Mutter hat etwas von einem Video erzählt.«

Obwohl es nicht meine Geschichte ist, die ich erzähle, glaube ich, die beiden sollten wissen, warum Sarah hier ist. So können wir ihr vielleicht helfen. Basti trocknet zwei Gläser ab und stellt sie auf die Ablage neben sich. Ina ist total in der Lovestory um Lord Grantham versunken.

»Was für ein Video?«

»Keine Ahnung. Aber es gab wohl Ärger in der Schule, viele miese Kommentare bei *YouTube* und … naja, Cyber-Mobbing …«

Ich reiche Tim den nächsten Teller, doch er nimmt ihn nicht, starrt wieder aus dem Fenster.

»Erde an Tim!«

Als er spricht, ist seine Stimme tonlos und rau.

»Ich kenne das Video.«

Keine Ahnung, wieso mein Herz kurz abstürzt und mein Mund aufklappt, aber dieses Geständnis überrascht mich wie ein Sommergewitter.

»Es ging vor einer kleinen Weile bei meinen Jungs rum. Sie haben es mir in der *WhatsApp*-Gruppe geschickt. *Das Mädchen unter der Dusche*. Kennt ihr das denn nicht?«

Das Mädchen unter der Dusche klingt irgendwie nicht nach einem Video, das ich mir anschauen würde. Auch Basti, der gerade eine ganze Gabel- und Löffelsammlung abtrocknet, schüttelt den Kopf.

Bevor er weiterspricht, wirft Tim einen Blick zu Ina, die uns entweder völlig vertraut oder wirklich ins Buch versunken ist,

»Zuerst habe ich sie nicht erkannt, weil man nicht immer ihr Gesicht sieht, aber … naja … Man erkennt sie auch an anderen Merkmalen.«

Er zuckt entschuldigend die Schultern.

»Es ist in der Schulumkleide aufgenommen. Sie singt unter der Dusche. Einen Disneysong. Aber darum geht es nur am Rande.«

Tim muss nicht weitersprechen, wir wissen auch so, worauf sich die Kamera wohl konzentriert hat.

»Sie ist nackt und hat Shampoo in den Augen, deswegen bemerkt sie es zu spät. Erst als das Gelächter einsetzt.«

Basti lässt das Besteck etwas zu geräuschvoll fallen, was Ina aufschreckt und uns einen strengen Blick einträgt.

»Welcher Idiot macht so was und stellt es dann noch online?«

»Ihre Mutter hat gesagt, es waren wohl Mädchen aus ihrem Jahrgang, wenn ich das richtig verstanden habe.«

Tim zieht einen Handschuh aus, greift tief in die Hosentasche und zieht sein Handy heraus. Bastis Augen werden größer.

Tims breiter Rücken verdeckt den Blick auf das *iPhone* in seiner Hand. Mit ein paar Tippern findet er das Video bei *YouTube*, schaltet den Ton aus und drückt auf »Play«. Ich drehe den Wasserhahn auf, Basti trocknet alibimäßig weiter einen knochentrockenen Teller ab. Wir alle starren auf das Display.

Nach nur wenigen Sekunden erkenne ich sie. Singend, nackt, auch wenn man »nur« ihren Oberkörper bis knapp über die Hüften sehen kann. Sie fühlt sich sicher und unbeobachtet. Mir steigen die Tränen in die Augen. Nicht nur, weil ich das nackte, schutzlose Mädchen in dem Video kenne, sondern weil mir die Anzahl der Klicks auffällt.

151 596 Klicks für dieses Video.

151 596 mal wurde Sarah in diesem Video bloßgestellt.

151 596 mal konnte sie sich nicht wehren.

151 596 Gründe, wieso sie hier ist.

Basti sieht weg, als Sarah die Kamera bemerkt, erst Überraschung in ihr shampooverschmiertes Gesicht steigt und dann blanke Angst. Schnell schlingt sie die Arme um ihre nackten Brüste, sinkt an der Wand der Duschkabine zu Boden, während das Bild wackelt, als würde der Filmende sich vor Lachen schütteln. Bei mir aber laufen nur stumm die Tränen. Dann wird auch noch rangezoomt, wie Sarah am Boden versucht, ihre Nacktheit und ihr Gesicht zu verdecken.

Tim, der sich das Video ebenfalls nicht ansieht, scrollt etwas weiter nach unten. Da schlägt mir die nächste Zahl ins Gesicht.

3296 Kommentare.

Ich überfliege nur einige davon, bevor noch mein Abendessen die Rückreise antritt.

TrashMaster07 Alter! Mega Brüste! Die kann gern mal unter meiner Dusche singen!

GamerBoi gesang scheisse gesicht sieht man zum glück nicht. titten goooil!!!!

BeautySusi Wieso stellt man so was bitte online?

Mr.Achim KRASS!!!!! Ich brech ab! Die kenn ich! Geht auf meine Schule! AHAHAHAHAHAH!!!!!

TRixxxxer Würde ich flachlegen! Geiler Body! Geile Möpse!

JustSam Eyyy!!! WIE PEINLICH IS DIE BITTE???

BienesBücherBude Wer filmt das? Schämt euch!

WinchesterSister Schlampe! Wieso merkt die nicht, dass sie gefilmt wird. Als ob! Fake!

SaskiaB. Ah, die ist ja in meiner Klasse. Ist ja voll die Streberin, aber dann hier so Videos machen, typisch.

Und so weiter und so weiter …

Viele dieser Kommentare wurden mit zahlreichen Daumen nach oben bewertet. Nur einige ernten für die Wortwahl Kritik. Je mehr ich davon lese, desto größer wird mein Bedürfnis, mich zu übergeben. Irgendwann nimmt Tim endlich das Handy runter. Ich starre auf die Wasseroberfläche im Waschbecken.

»Das Video gibt es auch bei Facebook. So ein Idiot hat es da hochgeladen.«

»Kann man da denn nichts machen? Rechtlich oder so?«

Basti stellt eine Frage, auf die ich bereits die Antwort kenne. Die Verzweiflung in der Stimme von Sarahs Mutter macht klar, dass dieses Video wie Unkraut im Internet wuchert. Mir wird schwindelig, deswegen halte ich mich am Waschbeckenrand fest.

»Warum zur Hölle machen Leute so was?«

Tim steckt das Handy unbemerkt wieder weg und ignoriert gekonnt die vier Nachrichten in Abwesenheit, die oben am Display angezeigt wurden. Alle von Vicky.

»Als meine Kumpels mir damals das Video geschickt und sich in Kommentaren über Sarahs Körper ausgelassen haben, da habe ich einfach mitgemacht.«

Es ist überdeutlich zu hören, dass er nicht gerade stolz darauf ist.

»Wieso hast du denen nicht gesagt, wie scheiße das ist?«

»Keine Ahnung.«

»Oder es gemeldet?«

»Weil ich ein Idiot bin. Weil ich erst gemerkt habe, wie beschissen ich mich verhalte, als ich Sarah im Sonnenhof gesehen habe und mir klar wurde, wieso sie hier ist. Aber es ging ihr ja immer besser. Da dachte ich, hey, so schlimm ist es vielleicht gar nicht.«

»Hast du dir die Kommentare durchgelesen? *Nicht so*

schlimm? Wie fändest du es, wenn dich jemand in einem privaten Moment überrascht?«

Die Jungs wechseln einen Blick.

»Und das Video dann online stellt? Wenn sich wildfremde Leute über dich lustig machen und an dir aufgeilen?«

»Ich habe das Video ja nicht gemacht!«

»Aber du hast es auch kommentiert!«

»Es ist nicht Tims Schuld, okay? Wir sollten uns eher überlegen, wie wir Sarah jetzt helfen können.«

Basti hat recht, aber die Wut kribbelt so intensiv durch meinen Körper, dass ich aufpassen muss, nicht gleich laut zu schreien.

Da öffnet sich die Tür hinter uns und Sarah betritt mit gesenktem Kopf den Raum.

»Ach, da ist sie ja, die letzte Astronautin.«

Ina lächelt sie freundlich an, deutet auf die Schürze neben dem Tisch und dann auf uns.

»Deine Kollegen haben schon ordentlich vorgelegt, aber es ist genug Arbeit für euch alle da. Die Tische wollen auch noch abgewischt werden.«

Sarah nickt nur, zieht sich die Schürze über und kommt auf leisen Sohlen zu uns. Es ist deutlich, dass sie geweint hat, trotzdem lächelt sie tapfer.

»Sorry für die Verspätung.«

Ich möchte sie umarmen, ihr 151596 mal sagen, wie gerne ich sie habe, wie froh ich bin, dass sie hier ist, und wie wunderschön und stark sie ist. Stattdessen sage ich etwas ganz anderes.

»Wir haben dich beim Abendessen vermisst.«

»Ich weiß. Ich hatte noch ein Gespräch.«

»Was haben deine Eltern gesagt?«

»Sie nehmen mich morgen mit nach Hause. Eigentlich wollten sie, dass ich gleich mitkomme, aber ich habe sie angebettelt, mir noch diesen einen letzten Abend mit euch zu lassen.«

Wir hatten es befürchtet, trotzdem tut der rechte Aufwärtshaken der Realität weh. Sarah zupft am Haargummi, als wäre es eine Notfallukulele.

Ich kann mir den Alltag hier ohne Sarah nicht mal im Entferntesten vorstellen. Nein, nicht mal im Ansatz. Sie ist meine Zimmergenossin, meine Freundin, unser Kapitän.

»Seid nicht traurig. Wir können ja Nummern austauschen und in Kontakt bleiben.«

Emotionslos spult sie einen Text ab, den sie wohl von ihren Eltern übernommen hat, und greift nach einem Teller, den sie einweicht.

»Aber was machen wir denn ohne unseren Kapitän?«

Tims Frage geht uns allen durch den Kopf. Sarah lächelt noch immer, obwohl ihr sicher eher nach Weinen zumute ist.

»Ich ernenne dich hiermit zu meinem Nachfolger, Tim Jäger.«

»Mich? Ich habe doch gar keine Ahnung vom Segeln.«

»Dann musst du es eben lernen.«

Dann sieht sie einen nach dem anderen genau an. Bei mir kann sie die Tränen nicht mehr so recht zurückhalten.

»Versprecht mir, dass ihr keinen Quatsch mit der *McFly* macht, ja?«

Ich schlucke den fetten Kloß in meinem Hals runter und nicke, obwohl ich nicht weiß, wie das alles ohne sie weitergehen soll.

»Versprochen.«

Wieso ausgerechnet ich für alle antworten muss, weiß ich nicht, denn meine Stimme ist wenig überzeugend.

»Ihr werdet mir fehlen. Ihr alle.«

Tim legt den Arm um sie und drückt sie an sich, wobei mir sein liebevoller Blick auffällt. So hat er Sarah eigentlich schon eine ganze Weile angesehen: wie ein heimlicher Beschützer.

BASTIAN

Ohne Limit

Tim schläft neben mir tief und fest, die Atmung ist ruhig und regelmäßig. Zuerst versuche ich mich darauf zu konzentrieren und von seinem Rhythmus in den Schlaf atmen zu lassen, aber je mehr ich es versuche, desto schlimmer werden die Gedanken, die wie Bumerangs in meinem Kopf unkontrolliert rumfliegen.

Egal, wie weit weg ich sie schleudern will, sie kommen doch immer wieder zurück.

Wieso haben alle an deinen Fahrkünsten gezweifelt? Du bist der Beste von den Astronauten. Das weißt du, oder?

Statt zu antworten, zähle ich Tims Atemzüge und denke an Fritzis Umarmungen, ihr Lächeln, das nasse, durchsichtige T-Shirt …

Warum bist du eigentlich nicht der Kapitän der McFly?

Mein Kissen fühlt sich nass und kühl an, vollgesogen mit meinem Schweiß, der mir aus unerfindlichen Gründen seit dem kollektiven »Licht aus!« auf der Stirn steht. Ich möchte so gerne schlafen und ein bisschen Ruhe finden, aber es will mir nicht gelingen, durch die Tür ins *La La Land* zu schlüpfen. Dabei fühlt sich mein Körper unendlich müde an. Sarah wird gehen. Das ist nicht gut.

Von wegen, du musst Tabletten nehmen, um alles im Griff zu haben. Die Autofahrt war nicht von schlechten Eltern.

Aber bald nehmen sie mir wieder Blut ab und werden es merken. Sie messen meinen Lithiumspiegel und wissen, dass ich gelogen habe.

Du hast bestimmt eine gute Ausrede am Start. Die können dir gar nichts.

Bis eben war mir nicht bewusst, zu welchem Filmbösewicht die Stimme in meinem Kopf heute gehört. Doch jetzt kommt sie mir verdammt vertraut vor.

Spürst du das Kribbeln in deinem Körper? Den Grund, weswegen du nicht schlafen kannst? Das nennt sich Leben, Basti! So solltest du dich immer fühlen!

Tatsächlich könnte ich statt in meinem Bett auch in einem Ameisenhaufen liegen, denn momentan fühlt sich jede Körperstelle merkwürdig lebendig an. Nur um sicherzugehen, dass ich nicht von einer Ameisen-Armada überlaufen werde, wische ich mir über die Stirn. Alles normal.

Na ja.

Fast normal.

Schnell greife ich in die Box mit Süßigkeiten neben dem Bett und fische irgendein Chili-Bonbon raus. Mein Kauen hallt laut im ganzen Sonnenhof wider. Ich schlucke das Bonbon am Stück und horche ins Zimmer. Tims leises Schnarchen ist unverändert regelmäßig. *Alles ist gut. Alles ist gut.* Mir ist warm, ich schwitze wie verrückt und die Gedanken wollen nicht aufhören. Nicht mal das Bonbon hilft. Ich setze mich auf, fahre mir übers Gesicht und durch die Locken, die sich wie ein undurchdringlicher Urwald anfühlen. Mein Herz klopft aufmüpfig und voller Energie. An Schlaf ist nicht zu denken.

Ich dachte, genau so wolltest du dich fühlen?

Nicht so. Nein. Nur normal. Irgendwie echt.

Das ist echt, Basti.

Ich stelle meinen Blick in der Dunkelheit so scharf wie möglich und betrachte das Gesicht des Jungen, der jetzt auf meinem Bett sitzt

Das ist deine Realität. Fühlt sich geil an, oder?

Felix!

Die Stimme gehört zu Felix. Es ist diesmal kein Hollywoodbösewicht, keine der Leinwand entsprungene Comicfigur. Nur mein ehemals bester Kumpel, der mich frech angrinst. So wie früher.

Lass uns was Geiles zusammen erleben.

Nee, so ist das nicht geplant.

Lass uns abhauen! Die Welt da draußen will erobert werden!

Das klingt verlockend.

Wie eine Einladung, die ich nicht ausschlagen kann. Immerhin hat es heute auf dem Boot doch auch gut geklappt. Da hätte niemand gedacht, dass ich anders bin. Wir waren alle vier *normal*. Fritzi weiß, dass ich es im Griff habe.

Korrekt. Also lass uns was anstellen. Abhauen. Losfahren. Wie früher!

Ich schließe fest die Augen und presse die Fäuste in die Augenhöhlen. So sehr, dass ich Sterne sehe.

So wird das nichts, Basti. Du musst hier raus.

Ich kann nicht einfach abhauen.

Klar kannst du!

Nein! Dann kriege ich Ärger.

Niemand wird es merken!

Shhh! Nicht so laut, du weckst noch Tim.

Unsinn, ich bin doch nur in deinem Kopf.

Doch als ich die Augen wieder öffne, sitzt da noch immer lächelnd mein bester Kumpel und trägt das gleiche *Doctor-Who*-T-Shirt, wie in der Nacht des Unfalls.

Du bist nicht echt, Felix.

Na ja, zumindest redest du gerade mit mir.

Alles schläft, nur ich nicht. Hellwach in meinem Bett, mit einem Anflug von Lebenshunger in mir. Leise schlage ich die Decke zur Seite und lasse die Beine über die Bettkante hängen. Der Boden fühlt sich kalt unter meinen Füßen an, während ich mit jedem Schritt eine schwitzige Spur hinterlasse.

Bis zum Badezimmer.

Tim schläft, seine Atmung ist so entspannt, wie ich mich fühlen will. Er bemerkt meinen Spaziergang nicht.

Leise schließe ich die Tür hinter mir und schalte das Licht an, das sofort grell in meinen Augen brennt wie eine ätzende Flüssigkeit. Ich drehe kaltes Wasser auf, lasse es über meine Hände und Unterarme laufen.

Es geht mir gut. Es ist nur eine unruhige Nacht, weil so viel passiert ist. Meine Hände kribbeln unter dem kühlen Strahl. Ich wasche mir schnell das Gesicht, spüre die Kälte an meinen Wangen, schließe die Augen und stelle mir vor, dass ich von der *McFly* in die frische Ostsee springe. Als ich mich wieder aufrichte und mein Spiegelbild betrachte, steht Felix hinter mir, lässig an der Wand lehnend, ein abenteuerlustiges Grinsen im Gesicht.

That's my boy! Lass uns einfach abhauen!

Leicht gesagt von einem lautlosen imaginären Freund, der nichts zu verlieren hat.

Du musst raus aus diesem Gefühlsknast!

Ich kann nicht. Es geht nicht. Ich würde richtig Ärger kriegen und … Ich muss diese Therapie durchziehen.

Wegen Fritzi etwa?

Auch wenn sie vielleicht ein Grund sein mag, wieso sich das alles lohnt, stimmt es nicht ganz. Ich werde bald entlassen, wenn meine acht Wochen rum sind. Ich will zu Hause nicht durchdrehen und bei null anfangen. Ich muss das hier schaffen.

Felix, der mich noch immer aus dem Spiegel ansieht, bricht in schallendes Gelächter aus. Hoch und laut, so wie früher, wenn wir einen blöden Insider-Witz zur richtigen Zeit hatten. Aber jetzt lacht er *mich* aus.

Wenn du es wirklich ernst meinen würdest, hättest du die Tabletten nicht abgesetzt! Du packst es doch wieder nicht.

Wut steigt in meinem Magen auf, köchelt sich seinen Weg nach oben.

Und wie ich das schaffen werde! Es geht mir doch gut! Ich habe alles im Griff!

Redest du deswegen mit einer imaginären Version deines Kumpels?

Halt die Kappe.

Du packst es nicht. Du wirst auf die Schnauze fallen. Wie wenn du einen Ollie auf dem Board versuchst!

Er lacht noch immer, jetzt etwas schriller als in der Realität, und es macht mich wütend. Weil sogar er an mir zweifelt.

Ich packe das!

Ich wette gegen dich.

Es ist wie ein Reflex: Ich hole aus und schlage mitten in den Spiegel, spüre den Schmerz in meiner Faust, und Felix ist verschwunden, als wäre er niemals da gewesen.

Was er genau genommen auch nie war.

»Was zum Henker …«

Tim steht, verschlafen und besorgt, in der Tür und sieht zu mir, wie ich meine Hand halte.

»Basti, was machst du da?«

»Ich …«

Keines der Wörter in meinem Kopf würde ausgesprochen Sinn ergeben. Eine weitere Notlüge muss her.

»… bin wütend auf Sarahs Eltern.«

FRITZI

Alice im Wunderland

»Du siehst wunderschön aus.«

Ich betrachte Sarah über die vier großen Spiegel, die uns gegenüber im Waschraum angebracht sind.

Ihr Kleid ist fliederfarben, hat dünne Träger, geht bis knapp übers Knie und lässt Sarah älter wirken, als sie ist. Ich wirke neben ihr in meinen Jeans, dem T-Shirt mit dem Brustmotiv »I can't adult today« und meinen kurzen Haaren, die gerade eine ätzende Übergangslänge erreicht haben, als sei ich gerade aus dem Bett gekrabbelt. Sarah dagegen mutet feengleich an.

Ihr Kleid verwandelt unseren schüchternen Kapitän in eine junge Frau, die sicherlich einige Köpfe verdrehen wird. Die Schuhe haben die gleiche Farbe wie das Kleid und einen kleinen Absatz. Dazu trägt sie schlichte silberne Ohrringe und eine feine Kette in der perfekten Länge.

Nur das unglückliche Lächeln passt nicht ganz zum Outfit.

»Es wird bestimmt nicht so schlimm, wie du jetzt denkst.«

All meine Aufmunterungsversuche klingen wie schlappe Glückwunschkartensprüche, bei denen sich der Verfasser keine Mühe gegeben hat. Mir gehen langsam die Ideen aus.

»Bestimmt.«

Sarahs Lügen sind für alle leicht zu durchschauen. Selbst Schwester Alessandra, die uns unsere Rasierer reicht, mustert sie jetzt prüfend.

»Franziska hat recht. Du siehst wirklich bezaubernd aus. Und natürlich schaffst du das. Denk daran, immer tief atmen.«

Wenn ich etwas gelernt habe, dann das: die Atmung ist wirklich eine Wunderwaffe in Stresssituationen. Trotzdem: Dass Atmen allein Sarah bei ihrem Problem hilft, glaube ich nicht.

»Ich bin gleich hier vorne. Ihr habt fünf Minuten.«

Alessandra zieht sich in den Vorraum zurück, der durch einen Duschvorhang getrennt ist, um uns zumindest eine minimale Privatsphäre beim Rasieren zu verschaffen. Über den Spiegel vor uns werfe ich Sarah einen Blick zu. Ich kann meinen Körper in jedem Winkel reflektiert sehen.

»Rasieren unter Zeitdruck. Da sind Schnittwunden ja vorprogrammiert.«

Sie deutet nur auf ihren Rasierer, der Schutzbügel vor den Klingen hat und ziemlich teuer aussieht.

»Kann dir mit dem Teil nicht passieren. Willst du ihn ausprobieren? Ich mache mir eh nur schnell die Achseln.«

»Cool, danke.«

Wir tauschen unsere Rasierer und teilen uns den Rasierschaum, dessen Duft uns binnen Sekunden auf eine Südseeinsel zaubert. Das Geräusch des laufenden Wasserhahns vor uns könnte der dazu passende Wasserfall sein. Ich schließe die Augen und stelle mir vor, dass wir in der Karibik wären, Sarah nicht weggehen müsste und wir Astronauten einfach eine Weltumseglung machen könnten.

»Was soll ich Achim sagen, wenn ich ihn sehe?«

Eine gute Frage, die mich dazu zwingt, die Augen wieder zu öffnen. Was Jungs angeht, bin ich als Ratgeber nicht gerade überqualifiziert. Da Sarah mich aber noch immer abwartend ansieht, versuche ich mich an einem Tipp, den Isa mir vor meiner letzten Party gegeben hat.

»Lächle einfach. Sei höflich, aber unnahbar. Lass dir nicht anmerken, ob du verunsichert bist.«

Sarah betrachtet meinen lilafarbenen Rasierer in ihrer Hand. Keine Ahnung, ob sie mir überhaupt zugehört hat.

»Wenn er mich ansieht, kriege ich eh kein Wort raus.«

»Kenne ich. *Fight-or-Flight-or-Freeze*.«

Sie runzelt fragend die Stirn. Noch immer treffen sich unsere Blicke nur über den Spiegel, in dem wir uns gerade bewegen, als wären wir in einer anderen Dimension. Wer weiß, vielleicht sind unsere Spiegelbilder ja gesund und wirklich in der Südsee?

»Das passiert, wenn man eine Panikattacke hat. Entweder dein Körper will kämpfen oder flüchten. Oder du erstarrst.«

»Ich erstarre.«

»Sollen wir es üben?«

»Das Treffen mit Achim?«

Ich nicke.

»Du bist du, ich bin Achim.«

Keine Ahnung, wieso ich eine gerade Haltung einnehme, als ob Achim beim Militär wäre.

»Hi, Sarah.«

Sogar meine Stimme klingt tief. Sarah muss fast lachen, reißt sich dann aber zusammen und atmet schnell durch.

»Hi, Achim.«

Sarah zupft an ihrem Haargummi, dass es deutlich hörbar gegen ihre Haut schnalzt.

»Hübsch siehst du aus.«

Sarah lächelt kurz, sieht an sich herab und macht eine wegwerfende Handbewegung.

»Das Kleid? Uralt.«

Sie wirft ihr Haar über die Schulter, wie ein Model auf dem Laufsteg, und lächelt dabei charmant.

»Du siehst übrigens auch gut aus.«

Achim wird bestimmt einen Anzug tragen, weil man das bei Hochzeiten so tut.

»Danke. Willst du tanzen?«

Ich halte Sarahs Spiegelbild die Hand hin, doch sie schüttelt den Kopf und ihr Blick wird ernst, das Lächeln verschwindet.

»Nein. Ich will wissen, warum du das gemacht hast.«

Da ich nicht so genau weiß, was Achim wirklich getan hat, zucke ich die Schultern und muss improvisieren.

»Ich habe es nicht so gemeint.«

»Du hast genau gewusst, dass alle mich auslachen werden. Musstest du das Video bei Facebook hochladen? Sogar der Chef von meinem Vater hat es gesehen. Du wusstest, dass alle es anschauen würden.«

Sie funkelt mich so wütend an, als würde sie nicht mich, sondern Achim im Spiegel vor sich sehen.

»Alle haben gelacht, du am lautesten. Dabei wusstest du genau,

dass ich dich mag. Und du hast sogar so getan, als ginge es dir genauso. Weißt du, wie weh es getan hat, was du gesagt hast?«

Langsam, fast benommen schüttle ich den Kopf, will mich entschuldigen, obwohl ich ja nun gar nichts getan habe.

»Ich hoffe, du bist stolz auf dich.«

»Es tut mir leid.«

Wie sehr hoffe ich, dass Achim das sagen würde, denn die Tränen in Sarahs Augen brechen mir das Herz.

»Ein bisschen zu spät, Achim.«

Damit wischt sie sich mit dem Handrücken über die Augen und zieht die Nase hoch. Sie ist wieder fünfzehn, trotz des Kleides und des Lippenstifts, den sie hauchfein aufgetragen hat. Ihr Mascara ist zu einer Kriegsbemalung aus schwarzen Streifen verschmiert. Zögernd lege ich ihr die Hand auf die Schulter und sie nickt tapfer.

»Danke.«

Dabei habe ich nichts getan. Sarah wäscht sich das Gesicht und wir rasieren uns schweigend weiter.

»Ich sollte meine Haare anders tragen.«

»Wir können dir eine Art Hochsteckfrisur machen, wenn du möchtest.«

Obwohl ich keine Ahnung von Hochsteckfrisuren habe, bin ich gewillt, für Sarah alles zu probieren, damit sie sich auf dieser bekloppten Hochzeit wohler fühlt.

»Das wäre cool.«

Zufrieden nicke ich und mache mich dran, das rechte Bein ebenfalls unbeschadet zu enthaaren, wieder mit großem Erfolg. Sarah lächelt mich an, als ich mit einem Handtuch die letzten Schaumspuren von meiner Wade entferne.

»Du kannst den Rasierer behalten, wenn du magst.«

»Echt? Danke!«

Sie zuckt nur die Schultern, als wäre das keine große Sache. Was es vielleicht auch nicht ist, aber das kleine Plastikteil in meiner Hand wird mich für den Rest meiner Therapiezeit daran erinnern, dass Sarah hier war. Ich habe nicht mal ein Foto von uns zusammen, und wenn ich wieder in Stuttgart angekommen bin, wird sie nur noch in meinem Kopf existieren. Zu dumm, dass wir unsere Handys abgeben mussten. Schön und gut, dass wir fern von Social Media leben sollen, aber hier und da mal einen Schnappschuss als Erinnerung, das wäre nicht so verkehrt.

Dann fällt mir das Geheimnis ein, das wir bisher so gut für uns behalten haben.

Tims Handy.

Während ich uns im Spiegel betrachte, stelle ich ihn mir als Fotorahmen vor, unsere Gesichter festgehalten auf einem lebensgroßen Porträt.

»Ich muss mich noch mal schminken, bevor meine Eltern kommen.«

Als würde uns eine überlaute Uhr bei allen Schritten heute begleiten, hören wir das Ticken, das uns daran erinnert, wie schnell die Stunden vergehen, wenn ein Abschied ansteht. Man hat nie genug Zeit, alle Dinge zu sagen, die unbedingt gehört werden müssen.

Zusammen gehen wir nach draußen, wo ich den Rasierer an Schwester Alessandra abgebe.

»Mach's gut da draußen, Sarah. Du packst das.«

»Danke. Ich strenge mich an.«

Mich würde interessieren, wie groß die Erfolgschancen sind, wenn man eine Therapie so frühzeitig abbricht. Stumm gehen wir bis zu unserem Zimmer, wo ich an der Tür stehen bleibe.

»Kommst du kurz alleine klar? Ich muss noch schnell was organisieren!«

Ihr Blick ist unsicher und kurz überlege ich, die Idee zu verwerfen, doch dann nickt sie.

»Klar. Ich schaff das schon«, und damit verschwindet Sarah in unserem Zimmer.

BASTIAN

Kings of Summer

Tim ist auf allen vieren, das Gesicht voll konzentriert. Keine Ahnung, ob er mich überhaupt wahrnimmt. Das ganze Zimmer stinkt nach Klebstoff, und das blaue Kartonpapier ist an den Seiten wellig geschnitten, weil ich nur eine Kinderschere bekommen habe. Mehr traut man uns offensichtlich nicht zu.

Gerade schlagen wir zwei Fliegen mit einer Klappe. Ole und Bellinger werden es wohlwollend zur Kenntnis nehmen, dass wir uns freiwillig am Sonntag zu einer Gruppenstunde gemeldet haben. Gleichzeitig basteln wir ein kleines Abschiedsgeschenk für Sarah.

Hendrik sitzt in der Ecke mit zwei weiteren Jugendlichen, die ebenfalls ihre Kreativität ausleben dürfen. Was mich allerdings wirklich überrascht, ist Tim, der sich als Zeichengenie entpuppt. Meine Aufgabe war einfach: Ich musste nur ausschneiden, was er vorgemalt hat, und dann an den richtigen Stellen wieder aufkleben.

»Woher kannst du das?«

Er zuckt die Schultern und schüttelt seine Hand aus, mit der er die letzte halbe Stunde Comicversionen von uns Astronauten gezeichnet hat.

»Habe früher ganz gerne Comics und Manga gelesen und irgendwann zum Spaß angefangen, selber zu zeichnen.«

»Wenn es mit der Fußballkarriere nichts wird, könntest du Comiczeichner werden.«

Nur das Grinsen in seinen Mundwinkeln lässt erahnen, dass er mich gehört hat, denn der Stift in seiner Hand bewegt sich sachte weiter und zeichnet kleine Details zu den Figuren, die auf einem Boot sitzen. Sich selbst hat er übertrieben muskulös und mit perfekter Kinnpartie und fettem Grinsen gemalt. Meine Locken sind ebenfalls etwas überzeichnet, denn die Comicversion meiner selbst hat einen halben Amazonas-Urwald auf dem Kopf. Fritzi erkenne ich sofort und ertappe mich dabei, wie ich selbst eine Karikatur von ihr, die zugegeben ziemlich gut getroffen ist, bildhübsch finde.

Bei Sarah hat sich Tim so richtig ins Zeug gelegt und all die Kleinigkeiten betont, die nur er an ihr sieht und die sie zu etwas Besonderem machen. Punkte, die mir bisher nie so aufgefallen sind. Damit verrät sich Tim endgültig als ein Junge mit Herz, und zwar mit einem, in dem Sarah einen besonderen Platz gefunden hat.

Mit einem letzten feinen Schwung beendet er die Arbeit, setzt sich aufrecht hin und mustert sein Kunstwerk prüfend. Ich bin völlig weggebeamt.

»Wow!«

»Ich weiß nicht. Ein bisschen zu …«

»*… gelungen?*«

Tim wiegt nachdenklich und nicht überzeugt genug den Kopf. Der alte Perfektionist.

»Ich hoffe, es gefällt ihr.«

Da bin ich mir sicher und klopfe ihm auf die Schulter.

»Keine Frage, Picasso.«

Die *McFly* sieht aus wie eine Kreuzung aus Boot und Raumkapsel, wir Astronauten tragen *NASA*-Anzüge, die Wellen schlagen hoch, aber alle vier Gesichter lächeln. Ich frage mich, wie unsere Geschichte wohl ausgehen mag, und ob wir jemals das Happy End bekommen, das wir verdienen.

Mit seiner schönsten Handschrift hat Tim über unsere Figuren in den Wind geschrieben: »Eine kleine Erinnerung an deinen Sommer auf dem Mond!«

»Geht es dir denn heute besser?«

Er wirft mir einen kurzen Seitenblick zu, als würde diese Themenexkursion nicht völlig überraschend kommen. Betont lässig nicke ich, weil Felix seit letzter Nacht nicht mehr aufgetaucht ist.

»Alles gut. War nur ziemlich viel gestern.«

Er nickt, nimmt erneut die Kappe vom Stift und setzt sein Autogramm ins rechte Eck, ich meines direkt daneben. Gerade als wir fertig sind, kommt Fritzi aufgeregt durch die Tür und stoppt abrupt, als sie das Gesamtkunstwerk betrachtet.

»Wow.«

Sie nickt begeistert, als Tim ihr den Edding reicht.

»Es fehlt nur noch deine Unterschrift.«

»Punktlandung, Jungs. Wir sind oben so gut wie fertig. Ihre Eltern sind bald da.«

Tim verzieht genervt das Gesicht und verdreht die Augen.

»Zum Kotzen, dass sie Sarah jetzt schon abholen.«

Fritzi unterschreibt – inklusive einem obligatorischen kleinen Herz neben ihrem Namen – und senkt dann ihre Stimme.

»Ich dachte, wir könnten vielleicht noch ein Foto zusammen machen.«

Tim nickt sofort und klopft sich auf die Hosentasche, in deren Untiefen sein iPhone schlummert.

»Dann wollen wir mal.«

Tim nimmt das Plakat vom Boden und betrachtet es mit einem unglücklichen Lächeln. Ich trete neben Fritzi, die ebenfalls nicht besonders froh aussieht.

»Bist du okay?«

»Ich hasse Abschiede.«

Ich reiche ihr meine Hand, die sie nimmt, und unsere Finger verhakt. Tim atmet tief durch und sagt traurig: »Der Kapitän sollte nie zuerst von Bord gehen.«

FRITZI

Durchgeknallt

Leise schiebe ich die Tür zu Unserem-bald-nur-noch-mein-Zimmer auf und schiele ins Innere, die Jungs sind hinter mir. Von Sarah keine Spur, ihr Rucksack liegt noch immer auf dem Bett. Ich winke meine Komplizen ins Zimmer, wo sie sich mit dem Plakat in der Hand in Position stellen.

»Sarah?«

Keine Antwort. Auf Zehenspitzen schleiche ich in Richtung Badezimmer, Tim und Basti verkneifen sich ein Grinsen und warten ab.

»Sarah, bist du da drinnen?«

Noch immer keine Antwort.

Es mag die Gänsehaut sein. Eventuell ist es auch der warnende Schmerz in meiner Brust, so genau weiß ich das nicht. Aber sicher ist, dass etwas nicht stimmt. So als ob alles plötzlich zu kalt, zu eng und zu weit weg ist. Alles auf einmal, ohne Grund, ohne Sinn, nur als Gefühl.

Ich kenne es, weil ich zu viele Panikattacken in meinem Leben hatte. Der schnelle Herzschlag, die Angst in meinem Nacken, das Gefühl, der Raum würde sich drehen, und die zittrigen Knie. Nicht ganz so sachte, wie es eine Badezimmertür vielleicht verdient, schiebe ich sie auf, und das Geräusch, das mir entfährt, liegt irgendwie zwischen Schreien und Schluchzen.

Zuerst sehe ich nur das Kleid. Dann das Mädchen darin, das gar nicht mehr wie unsere Sarah aussieht. Sie sitzt neben der Toilette auf dem Boden, in einem kleinen Haufen aus Haaren und Blutspuren.

»Oh nein. Nein. *Nein!*«

Mit einem Schritt bin ich bei ihr, unfähig, etwas zu sagen, etwas zu tun oder auch nur klar zu denken. Die Panik überfällt mich – und diesmal, das weiß ich sofort, hat sie einen berechtigten Grund.

»Holt Hilfe! *Sofort!*«

Schon tauchen Basti und Tim hinter mir auf, nur um rasch wieder zu verschwinden, ihre Schritte entfernen sich schnell, dann betätigen sie den Schwesternruf, der in jedem Zimmer zu finden ist. Dies ist keine Übung. Das ist die verdammte Realität.

Ich ringe um Luft, als hätte mir jemand sehr heftig auf den Solarplexus geschlagen. Die Tränen verschleiern meine Sicht, aber ich schaffe es dennoch, zu Sarah rüberzurutschen. Ihr Blick ist leer, in ihrer zittrigen Hand hält sie meinen Rasierer.

Den ohne Schutzbügel.

»Sarah …«

Sie dreht ihren Kopf minimal in meine Richtung, flüstert leise in den Raum: »Ich wollte nur nicht, dass er mich sieht.«

Keine Ahnung, ob sie noch hier ist, denn obwohl ihre Augen auf mein Gesicht gerichtet sind, finde ich da nichts, an dem ich mich orientieren kann. Sie klingt matt und schwach, als hätte sie sich ergeben.

Ich sehe überall Haare auf dem Boden, dazwischen Blut, wenn auch nicht viel. Sarahs Unterarme haben einige Schnitte abgekriegt, nicht besonders tiefe. Trotzdem reicht es, um sich auf ewig in meine Erinnerung und ihre Haut zu brennen.

»Mensch, Sarah …«

Ich berühre sanft ihre Haare – oder das, was von ihnen noch übrig ist. An manchen Stellen sieht man sogar die Kopfhaut, nämlich dort, wo der Rasierer besonders effektiv zum Einsatz kam. Andere Strähnen hängen ihr noch immer bis auf die Schultern, einige sind auf Kinnlänge abgesäbelt. *Wirr und wütend*, so lässt sich ihre neue Frisur am besten beschreiben. An der Wange blutet Sarah aus einem tieferen Schnitt, dort wo sie abgerutscht sein muss – wie ich hoffe. Möglichst behutsam streiche ich ihr über den zerzausten Schopf und greife nach einem Handtuch, das am Waschbeckenrand liegt.

»Wieso hast du nicht auf mich gewartet?«

Vorsichtig nehme ich ihre Hand in meine, betrachte die Schnitte und wickle das Handtuch langsam darum.

»Weil du es mir ausgeredet hättest.«

Durch die Tränen sehe ich ihre Verzweiflung zu deutlich.

»Wir hätten dir die Haare doch zusammen schneiden können.«

Basti taucht hinter uns in der Tür auf, schwer atmend und unsicher steht er da. Er muss nichts sagen, es tut einfach nur gut, ihn hier zu wissen. Wie konnten wir nur alle übersehen, wie schlecht es ihr wirklich ging? Mein Blick huscht über die Blutflecken auf ihrem Kleid, das der ganzen Situation eine absurde Schönheit verleihen will.

Tim kommt durch die Tür gestürzt, schiebt sich an Basti

vorbei und geht direkt vor Sarah in die Hocke. Er ist schockiert von dem ganzen Chaos, kämpft um Fassung, als er das Handtuch bemerkt.

»Mensch, Sarah, was machst du bloß für Sachen?«

Sarahs Augen laufen einfach über, Tränen, die sie nicht mehr zurückhalten kann, kullern über ihre Wangen und tropfen auf den Boden, wo ihre abgeschnittenen Haare wie Konfetti und Lametta verteilt liegen.

»Ich wollte … er sollte mich nicht sehen …«

Ihre Stimme versagt, und welche Erklärung gerade auch immer in ihrem Kopf stattfindet – Tim erfährt sie nicht. Stattdessen streicht er eine der letzten verbliebenen langen Haarsträhnen aus ihrem Gesicht hinters Ohr.

»Wieso hast du denn nichts gesagt?«

Er greift sanft nach Sarahs Kinn, bevor sie seinem Blick wieder ausweichen kann, und tupft liebevoll mit seinem T-Shirt etwas Blut von ihrer Wange. Nur zögernd hebt er das Handtuch am Arm an, sieht die Schnitte auf ihrer Haut und muss wegsehen, bevor Sarah seine Tränen sieht.

»Fuck!«

»Es hat kaum wehgetan.«

Überraschend und heftig schlägt Tim mit der flachen Hand auf den Boden neben sich. So heftig, dass nicht nur Sarah, sondern auch wir zusammenzucken.

»Mir tut es aber weh, verdammt!«

Jetzt sieht er sie doch an und versteckt weder seine Tränen noch seinen Schmerz.

»Mir tut es weh, dich so zu sehen. Statt diesen Mist abzuziehen, hättest du zu mir kommen sollen.«

»Ich wollte nicht, dass ihr es wisst. Dann hättet ihr mich auch ausgelacht und …«

Er unterbricht sie wütend.

»Ich kenne das Video.«

Sarah starrt ihn fassungslos an.

»Du hast es die ganze Zeit gewusst?«

Er nickt nur.

»Und du hast mich nie ausgelacht.«

Das ist keine Frage, sondern eine nüchterne Feststellung. Sie deutet auf ihr Kleid.

»*Er* hätte mich ausgelacht. Ich wollte das einfach nicht mehr …«

Doch sie muss gar nichts sagen. Tim legt den Arm um sie, einfach so, und nimmt ihr dadurch ein bisschen Schmerz ab.

»Ich weiß. Mach dir keinen Kopf, alles wird gut.«

Sarah lässt ihren Kopf erschöpft an seine Schulter sacken und schließt die Augen.

»Alles wird gut, du wirst schon sehen. Ich bin da.«

Tim wirft einen Blick zu mir, ringt sich ein Lächeln ab.

»Und ich wette, Fritzi hat ein paar Tipps, wie man miese Frisuren mit Würde trägt.«

»Ha. Ha.«

Doch tatsächlich bricht ein kleines Lächeln auf Sarahs Lippen aus.

»Wir kriegen das schon wieder hin.«

Just in diesem Moment tauchen Bellinger, Kora und Ole im Türrahmen auf. Bellinger sondiert fachmännisch die Lage und versteht ohne Erklärung.

»Tim, könntest du uns helfen, Sarah ins Behandlungszimmer zu bringen?«

»Klar.«

Gemeinsam stehen sie auf, wo Sarah auf zittrigen Beinen einen Moment kämpft und erneut bei Tim den Halt findet, den sie jetzt braucht.

Bellinger sieht zu Basti und mir.

»Ihr seid okay?«

Wir nicken nur, obwohl er genau weiß, dass wir lügen. Es ist schwer zu sagen, wie wir uns fühlen. Ein bisschen taub, ein bisschen so, als hätte Sarah nicht nur sich, sondern auch uns verletzt.

Wir warten, bis Sarah, Tim und die anderen das Zimmer verlassen. Es dauert einen Moment, bis ich begreife, was passiert ist. Basti setzt sich neben mich und berührt sanft meine Wange.

»Hey …«

»Ich hätte sie nicht alleine lassen sollen.«

Bisher hat es sich immer ein bisschen so angefühlt, als wäre das hier ein Ferienlager mit Therapie. Sarah machte einen guten Eindruck, ich habe nicht bemerkt, wie schlecht es ihr ging. So, wie ich bei Basti nicht bemerkt habe, dass er die Tabletten abgesetzt hat.

Er will widersprechen, aber er weiß genau, dass wir alle zu sehr mit uns und unserem Gefühlschaos beschäftigt waren, um zu merken, was mit Sarah wirklich los ist.

»Ich war einfach zu beschäftigt mit …«

Ich breche ab, weil ich in meiner Wut Dinge sagen würde, die ich dann bereue. Also beendet er den Satz für mich.

»… mit mir.«

Wir sehen uns stumm an. Schnell schüttle ich den Kopf und berühre seine Hand, die auf dem Boden neben meiner liegt.

»Nein. Mit uns. Basti, du musst mit Bellinger sprechen … Ich will dich nicht auch irgendwo so finden müssen …«

Er weicht meinem Blick aus.

»Basti, bitte!«

»Sarah wird wieder. Ganz sicher.« Er ignoriert meine Bitte und erzählt mir eine Lüge, die ich hören will. »Fritzi, es ist nicht deine Schuld.«

Er will mich umarmen, aber ich schubse ihn heftig weg. Doch so leicht lässt er sich nicht abschütteln und schafft es, seine Arme fest um mich zu legen, obwohl ich mich wie ein Aal winde. Doch je heftiger ich zappele, desto fester hält er mich, weil er weiß, dass ich aufgeben werde.

Und genau das tue ich, sinke in seine Umarmung und klammere mich an ihn. Bastis Flüstern durchbricht die Panik, die Angst und die Wut in meinem Kopf.

»Ich hab dich.«

MONTAG

BASTIAN

Apollo 13

Der Rest des Tages vergeht wie in einer merkwürdigen Dokumentation: wackelige Kameraeinstellungen, schlechter Ton, unverständlicher Kommentar, schweres Thema.

Es trifft mich.

Es rüttelt an meinem Gefühlsgerüst.

Es tut weh.

Mehr als ich jemals erwartet habe.

Mehr als mir lieb ist.

Dabei wollte ich mich gut fühlen, ich wollte Sarahs Reaktion unter *passiert nun mal in der Therapie* abhaken, aber ich kann nicht. Alle fragen, wie es mir geht, was ich empfinde, wie ich damit umgehe und ob ich darüber reden will. Dabei ist alles, was wir wirklich wissen wollen: Wie geht es Sarah? Doch über ihren Zustand bekommen wir nur grobe Infos. Wir gehören nun mal nicht zur Familie. Sie erholt sich jetzt erst mal, schläft viel, ihre Mutter ist bei ihr, und wir können sie angeblich bald besuchen.

Im 5. Stock. Shit.

Der Morgen danach verläuft noch immer ein wenig surreal, da sich an der Tatsache, dass Sarah nicht bei uns ist, nichts verändert hat. Die Hoffnung, alles wäre nur ein Traum, hat sich verflüchtigt. Für die anderen hier geht der Alltag ganz normal weiter.

Alles wie immer.

Fast wie immer.

Wir sitzen wieder im Gruppentherapieraum.

Der Platz neben Tim ist leer.

Ebenso sein Blick.

Bellinger lässt uns Zeit. Er zwingt uns nicht zu reden, akzeptiert auch die Stille – und so sitzen wir im Kreis, der heute keiner ist. Schweigend, bis Fritzi den Anfang macht.

»Wir alle hätten besser auf Sarah aufpassen müssen. Ganz besonders ihre Eltern. Ihr zuhören. Ihr Zeit geben. Geduld haben und verstehen, dass ihr ganzes Leben kopfsteht.«

Ihre Augen sind gerötet, ihre Hände zu Fäusten geballt und die Stimme gepresst. Dazwischen versucht sie ruhig zu atmen, was ihr nicht gelingt. Jetzt kriegt auch Tim seine Worte über die Lippen.

»Sie können Sarah nicht einfach mitnehmen, weil eine Scheiß-Hochzeit oder Taufe oder Staatsempfang ansteht! Sie hat mit dem Video doch nun echt genug Mist mitgemacht.«

Bellinger ist wenig überrascht, dass wir davon wissen.

»Sarah leidet an *PTBS*. Posttraumatische Belastungsstörung.«

Vermutlich darf er uns das nicht mal sagen, aber nach dem, was gestern passiert ist, verdienen wir wohl eine Erklärung, damit wir irgendwie damit umgehen können.

»So was kommt oft nach einem sehr belastenden oder traumatischen Ereignis vor. Als Sarah hier ankam, konnte sie euch kaum in die Augen schauen. Sie hat es gehasst, wenn sie im Mittelpunkt stand.«

Nur zu gut kann ich mich an diese Sarah erinnern. Die so anders war als unser Kapitän auf dem Boot, der alles im Griff hatte.

»Aber es ging ihr doch schnell besser.«

»Jein. Es ging ihr hier besser, weil sie ohne Vorgeschichte ankam. Sie hat sich sicher gefühlt und positive Erfahrungen – mit euch – gesammelt. Weil sie dahin zurücksollte, wo ihr das alles passiert ist, kam das Trauma mit Wucht zurück. Ich weiß, ihr glaubt alle, dass ihr stabil seid und damit umgehen könnt. Aber so etwas wie Sarah kann auch jedem von euch passieren.«

Fritzi hebt die Hand, als wären wir in der Schule.

»Ja, Franziska?«

»Woran merkt man, wenn es jemandem nicht gut geht?«

Bilde ich mir das ein oder sieht sie zu mir? Ich spüre den Druck in der Kehle.

»Nun, das ist nicht so leicht zu beantworten. Es kommt auf die Person an.«

»Würden *Sie* es denn merken?«

Mein Körper spannt sich unnatürlich an. Ich verwandle mich in eine Marmorstatue, wie frisch aus einem italienischen Museum importiert.

»Auch das kommt auf den Patienten an. Fühlst du dich denn nicht gut?«

»Es geht so.«

Bellinger nickt.

»Komm nachher einfach in mein Büro, dann können wir darüber sprechen, okay?«

Fritzi stimmt zu, wirkt aber nicht besonders glücklich.

Mein Herz tickt in meinem Brustkorb wie eine Zeitbombe auf eine sehr schmerzvolle Art und Weise aus.

Ihr Blick ist undurchschaubar und tränenverhangen, aber sie lächelt und ich entspanne mich wieder.

Niemals würde Fritzi mich verpfeifen.

Fritzi

Titanic

Mir ist speiübel, als ich über den Gang gehe. Bei jedem Schritt höre ich die Panik in meinem Hinterkopf auflachen, aber ich ignoriere sie so gut wie möglich und klammere mich mit dem Blick an Bellingers Bürotür fest. Die Nacht alleine in meinem Zimmer, ohne Sarah, nur mit der von ihr hinterlassenen Lücke, die fast das ganze Zimmer eingenommen und mich erdrückt hat, war scheußlich. Jedes Mal, wenn ich die Augen geschlossen habe, waren die Bilder wieder da.

Sarah auf dem Fußboden.

Das Blut.

Die Haare.

Ihr leerer Blick.

Die massakrierte Frisur.

Im Traum haben sich die Bilder vermischt. Da war es mal Sarah, mal Basti, den ich im Badezimmer mit dem Gürtel um den Hals gefunden habe.

Jedes Mal bin ich schweißgebadet aufgewacht. Immer war das Zimmer leer. Nur ich und meine Panik waren da.

»Fritzi …«

Ich zucke erschrocken zusammen, immerhin trennen mich nur noch gut fünf Schritte von Bellingers Büro.

Basti taucht neben mir auf, ein sanftes Lächeln auf seinen Lippen, die Augen sind müde – keine hoffnungsvoll grünen Punkte, kein goldenes Sternenbild.

»Alles okay?«

Ich nicke, bin mir aber nicht sicher. Sarah liegt im fünften Stock, Tim ist wieder wütend, ich denke zu viel nach und Basti …

»Ich wollte dir nur sagen, dass es echt keinen Grund zur Sorge gibt. Okay?«

»Ich habe Angst, Basti.«

Er kommt einen Schritt auf mich zu, nimmt meine Hand in seine, verhakt dabei unsere Finger und bringt mit dieser Geste Sicherheit in meine Gedanken. Zumindest ein bisschen.

»Wovor denn?«

»Davor, dass alles kaputtgeht.«

Er legt die Arme um mich, mitten im Flur, wo alle es sehen können, und es interessiert ihn nicht im Geringsten. Mit geschlossenen Augen lehne ich meine Stirn gegen seine Brust, atme seinen Duft ein, spüre seinen sanften Kuss auf meinen Haaren und will, dass alles wieder wie immer ist, wenn ich die Augen öffne.

Weil ich weiß, dass dem nicht so sein wird, lasse ich sie noch einen kurzen Moment geschlossen und konzentriere mich auf das Gefühl seines Shirts an meinem Gesicht, die Wärme seines Körpers und die sichere Umarmung, mit der er alles von mir abschirmt, was um uns herum im Sonnenhof passiert.

»Nichts geht kaputt. Sarah wird wieder.«

Er beugt sich zu mir runter, küsst meine Wange.

»Versprichst du mir, dass du auf dich aufpasst?«

Ich flüstere es gegen seine Brust und spüre sein Nicken an meiner Wange.

»Mir wird nichts passieren.«

Das klingt überzeugend, ich möchte es so gerne glauben.

»Das mit uns ist echt, Fritzi. Das weißt du, oder?«

Ich nicke, spüre die Erleichterung in meinem Körper.

»Bis später.«

Schnell drückt er mir einen nach Chili-Bonbons schmeckenden Kuss auf die Lippen und geht dann in Richtung Sporthalle davon. Seine Schritte sind leicht, federnd, sorglos. Es geht ihm gut. Vielleicht ist er noch nicht bei einhundert Prozent. Aber auf dem Weg dorthin.

Etwas entspannter und ohne das dringende Bedürfnis, mich übergeben zu müssen, betrete ich Bellingers Büro.

»Setz dich ruhig, Franziska.«

Ich folge seiner Aufforderung und spüre, wie viele Fragen sich einen Weg nach draußen bahnen wollen, aber ich muss sie erst in meinem Kopf sortieren.

»Sarahs Schicksal hat dich sehr mitgenommen.«

»Ja. Wir teilen uns ein Zimmer, sind oft zusammen. Ich hab sie gern.«

Er nickt nur stumm, während ich das Gefühl habe, auch das wäre ein Fehler.

»Es tut so weh, weil ich glaube, wenn sie darüber gesprochen hätte, wäre es nicht so weit gekommen.«

»Das sind hypothetische Szenarien. Dich trifft keine Schuld.«

»Ich weiß. Aber ich soll mir doch immer hypothetische

Szenarien ausmalen, damit ich dann mit meiner Panik davor umgehen kann.«

Kurz lächelt er.

»Möchtest du eines durchspielen?«

Zuerst will ich verneinen, weil es jetzt nichts mehr bringt, aber dann rutscht eine Idee in meinen Gedankengang.

»Ja. Mal angenommen, jemand vertraut sich mir an. Mit einem Problem. Und ich behalte das für mich.«

»Hm-hm.«

»Und dann passiert so was wie bei Sarah … Das wäre dann schon meine Schuld, wenn er sich was antut, oder?«

Bellinger lehnt sich etwas vor, stützt die Ellenbogen auf den Tisch und fixiert mich genau, wohl weil er ahnt, dass dieses Szenario gar nicht so hypothetisch ist, wie ich es mir wünschen würde.

»Über wen sprechen wir jetzt?«

Als ob er das nicht schon längst wüsste. Ich wünsche mir, dass ich die Information einfach vergessen könnte. Das passiert aber nicht, und auch auf die Gefahr hin, dass er richtig sauer wird, werde ich nicht zum stummen Zuschauer, der dabei zusieht, wie er Mist baut. Irgendwann wird er verstehen, dass ich das hier tun muss.

»Basti.«

»Du glaubst, wenn Basti sich was antun würde, dann wäre es deine Schuld?«

»Vielleicht. Er könnte eine Dummheit machen. Meinetwegen.«

Bellingers dichte Augenbrauen ziehen sich zusammen. Nun habe ich seine Aufmerksamkeit endgültig auf Basti gelenkt.

»Franziska, gibt es einen Grund, wieso du annimmst, Basti würde sich was antun?«

Tabletten eigenmächtig abzusetzen, gilt das schon als »sich was antun«?

Da verliebe ich mich einmal in einen Jungen.

Ich verliebe mich nie ernsthaft.

Schon gar nicht nach der Paniksache.

Und dann treffe ich ihn ausgerechnet hier.

Den einen Jungen, der etwas Besonderes ist, bei dem ich mich sicher fühle und für den ich einfach nur Fritzi bin, trotz des ganzen emotionalen Übergepäcks.

Ich höre, wie mein Herz kleine Risse kriegt. So wie Eis, kurz bevor man einbricht.

Aber gerade dieser eine Junge, all die Gefühle, die er weckt, all das hier, bringen mich dazu, weiterzureden.

»Bastian hat seine Tabletten abgesetzt.«

Bellingers Blick wechselt von ernst zu besorgt – und das binnen einer Millisekunde.

»Bist du dir sicher?«

»Er hat es mir verraten.«

Und jetzt verrate ich ihn.

BASTIAN

All is Lost

Sie haben mich mitten in der Bewegungstherapie verhaftet. Bellinger und Ole. An der Tür hat Daniel, der Typ vom Sicherheitsdienst, gewartet. Wohl für den Fall, dass ich Ärger mache.

Ich wusste schon, was sie wollten, als Bellinger mich angesehen hat.

Das Schlimme an der Sache ist: Ich war mir sicher, dass Fritzi nichts sagen würde. Ja, sie macht sich Sorgen, und ja, sie hat auch Angst. Aber niemals hätte ich gedacht, dass sie mich verpfeift.

Nicht Fritzi.

Du hättest auf mich hören sollen.

Red Skull, mein alter Freund, ist wieder da. Voller Schadenfreude, dass ich dumm war und auf Fritzi reingefallen bin.

Sie haben mir Blut abgenommen, damit ich nicht lügen kann. Weil bescheuerte Werte, die aus dem Labor kommen und den Lithiumspiegel in meinem Körper belegen, immer die Wahrheit sagen. Also habe ich das auch.

Nur auf die Frage »Warum?« habe ich geschwiegen. Weil jetzt, da sie zum Brutus meiner Römergeschichte geworden ist, diese Antwort idiotisch wäre: »Ich habe das alles wegen Fritzi gemacht, weil ich mich in sie verliebt habe.«

Jetzt sitze ich auf dem Bett und starre in den kleinen blauen Plastikbecher. Da unten liegt meine Tablette, die mich wie ein alter Freund begrüßt. Ole, der mir dazu ein Glas Wasser reicht, ist nicht nach Späßen zumute, also haue ich beides auf ex weg.

Sein Blick ist deutlich.

Er ist enttäuscht.

Das bin ich auch.

Jetzt sitze ich also wieder hier. In einem karg eingerichteten Einzelzimmer, ohne Poster an den Wänden und ohne Tims schmutzige Socken auf dem Boden.

Ich wurde degradiert. Vom Astronauten zur Schildkröte. Ole geht wortlos zur Tür, und ich kann mit dieser unausgesprochenen Wut nicht gut umgehen.

»Ich weiß, dass du enttäuscht bist. Tut mir leid.«

Ein Teil von mir will, dass er stehen bleibt und mir sagt, dass alles okay ist und er weiterhin an mich glaubt, oder irgendwas in der Art. Doch Ole bleibt stumm, geht und schließt die Tür.

Fast hatte ich vergessen, wie alleine man hier oben ist. Man ist so weit weg vom Leben und hat viel Zeit und Raum für Gedanken, die hier viel lauter sind als im dritten Stock.

»Ja, du hast vollkommen recht. Ich bin enttäuscht!«

Ole hat die Tür wieder aufgerissen und steht jetzt mit wütendem Blick im Zimmer.

»Wir haben doch gut zusammengearbeitet, oder? Habe ich mir das alles nur eingebildet? Hast du nicht gesehen, wie gut es dir ging? Mensch, Basti! Ich hatte sogar den Eindruck, ihr seid als Truppe gemeinsam gewachsen und du hattest Spaß bei den Ausflügen! Und dann vergeigst du es so kurz vor dem Ziel!«

Habe ich das – es komplett vergeigt?

»Die Aktion mit dem Auto war schon richtig beschissen. Und jetzt setzt du auch noch deine Tabletten ab??«

Irgendwie kommt er mir jetzt nicht mehr wie mein Therapeut, sondern eher wie ein enttäuschter Freund vor. Das ist vielleicht nicht besonders professionell, aber ich würde ihn dafür am liebsten umarmen.

»Es tut mir leid.«

»Wir fangen also wieder bei null an?«

»Nein! Das war doch nur vorübergehend. Um sicherzugehen. Ich hätte sie wieder genommen. Wirklich!«

»Vorübergehend? Sichergehen? Was redest du denn?«

»Ich ... ich weiß, dass es doof war. Aber es ging mir gut.«

Nicht wirklich. Es hat unglaublich viel Kraft gekostet, ganz ohne chemische Unterstützung gegen all die Bösewichte der Filmgeschichte zu kämpfen. Das Schlimmste war, dass ich mit niemandem darüber reden konnte. Falsche Gedanken, die im Kopf eingesperrt bleiben, sind gefährlich.

»Das hast du doch alles gar nicht nötig, Basti.«

»Mensch, Ole. Ich bin sechzehn Jahre alt! Nicht alle meine Entscheidungen sind besonders clever. Ja, ich baue Mist. Ständig. Ich lerne jeden Tag dazu, auch was meine Krankheit angeht!«

Meine Stimme vibriert. Zum Teil aus Wut, zum Teil aus Verzweiflung. Ole ist längst nicht so alt wie Bellinger, er muss sich noch daran erinnern können, wie es ist, wenn man aus den richtigen Gründen die falschen Sachen tut.

»Jedes Mal, wenn ich glaube, es ist ein guter Tag oder es läuft richtig prima, höre ich diese ätzende Stimme, die nachhakt, ob es auch wirklich *nur* ein gutes Gefühl ist oder ob eine neue Manie im Anrauschen ist, mit der Depression im Windschatten. Ich wollte sichergehen, dass mein Herz wirklich wegen Fritzi so ausflippt. Die Tabletten sind manchmal echt scheiße. Als würde ich im Nebel mitten im Wald stehen. Ich sehe ein paar Bäume und ein bisschen Himmel, kann dir aber nicht mal sagen, ob die Sonne scheint.«

Ole nickt nachdenklich.

»Mitten in diesem Nebel triffst du dann Fritzi und dein Herz steht Kopf.«

»Ganz genau.«

»Basti, die Tabletten einfach so auf eigene Faust abzusetzen, ist ein dickes No-Go. Du wirst nicht plötzlich gesund, weil du verliebt bist. So funktionert es nicht, Basti. Das weißt du! Wenn es so einfach wäre, dann würden wir euch alle zum Speed-Dating einladen, auf ein Match hoffen und dann glücklich in die Flitterwochen entlassen.«

Das muss er mir nicht sagen. Ich weiß genau, man kann nicht für einen anderen Menschen gesund werden.

»*Du* musst es für *dich* wollen, Basti. Für dich alleine. Und du musst verdammt noch mal daran arbeiten. Tag für Tag.«

Ich nicke, seine Worte treffen mich so hart wie ein Cold-Turkey-Entzug. Aber ich will, dass er es versteht – wenn auch nur ein bisschen.

»Ich wollte es nur mal spüren, bevor es vorbei ist. Das ist alles.«

»Was wolltest du spüren?«

Ich muss daran denken, wie Fritzi meinen Arm gestreichelt und mein ganzer Körper darauf reagiert hat. Wie schön es war, in diesen Minuten ein stinknormaler Junge zu sein, reduziert auf diese Berührung.

»Wie es eben ist, verliebt zu sein.«

Er sagt nichts.

»Wenn ich nämlich irgendwann mal nicht mehr die Kraft habe, Tag für Tag hart zu arbeiten …«

Er weiß, welches Worst-Case-Szenario ich meine, auch wenn ich es nicht ausspreche.

»… dann hatte ich zumindest mal ein fliegendes Herz, bevor es vorbei ist.«

Ole beugt sich nach vorne, sieht mich ernst an und will eine Antwort auf genau die ungestellte Frage, die zwischen uns wie ein rosa Elefant mit Übergewicht im Raum steht.

»Nein. Ich will mich *nicht* umbringen. Nicht heute, und soweit ich das sagen kann, auch nicht morgen.«

Weiter kann ich noch nicht denken.

»Und das alles weder wegen Fritzi noch wegen sonst jemandem. Ich mag das Leben im Moment. Und ja, daran sind auch die Astronauten schuld. Weil das Leben auch mal leicht sein kann, wenn man Freunde hat, die verstehen.«

Ole sammelt hier gerade ziemlich viele Informationen. Ich hoffe, er versteht zumindest die wichtigen.

»Ich rede mit Bellinger.«

»Was? Nein, ich mache keinen Mist!«

Sie werden mich wieder hier oben wegsperren, für immer!

»Nicht deswegen. Wir schauen, ob wir deine Medikamente umstellen können. Etwas Leichteres.«

Überrascht sehe ich ihn an. Damit habe ich nicht gerechnet.

»Echt jetzt?«

»Wenn nicht jetzt, dann vielleicht für die Zeit, wenn du hier rauskommst. Du solltest Fritzi dankbar sein, dass sie dich gemeldet hat.«

»Dankbar?«

Ich schnaube verächtlich.

»Allerdings.«

»Sie hat mich verpfiffen. Dabei habe ich ihr vertraut.«

Oles Stirn legt sich in Falten.

»Du suchst dir den falschen Bösewicht für diese Geschichte, Basti.«

Doch ich verschränke nur die Arme vor der Brust. *Er* war noch nie Patient im fünften Stock. Weiß nicht, wie eng es sich hier anfühlt, wie wenig Sauerstoff einem zur Verfügung steht. Und wie einsam man wird.

Verraten.

Von dem einen Mädchen, das mein ganzes Vertrauen hatte.

FRITZI

Die Mitte der Welt

Ablenkung hätten wir uns verdient. Den Kopf freikriegen. Therapeutische Maßnahme.

Das sind Oles Worte, als er Tim und mich – die übrig gebliebenen Astronauten – zu den Fahrrädern führt und uns von einer Radtour nach Binz erzählt. Tims Protest, wir könnten doch Sarah und Basti nicht einfach so zurücklassen, schmettert Ole ab und lässt keine weiteren Widerworte zu. So radeln wir stumm und lustlos nebeneinander her, das schlechte Gewissen macht sich bei jedem Tritt in die Pedale bemerkbar. Meine Gedanken bilden eine unsichtbare Verbindung zum Sonnenhof, so ähnlich wie mit einem Bungeeseil, was das Vorankommen zusätzlich erschwert.

Ole radelt neben mir und kann wohl direkt in meinen Kopf schauen.

»Lass los, Fritzi. Sonst verliert eure Raumkapsel euch beide auch noch.«

Tim und ich tauschen einen Blick aus, keiner von uns kann das Geschehene so einfach wegwischen. Meinem Kopf und dem Trubel da drin würde eine kleine Auszeit allerdings guttun und vielleicht endlich den pochenden Schmerz abstellen.

Als wir die Hauptstraße des Ortes erreichen, die direkt aufs Meer zuführt, werden wir, ob wir nun wollen oder nicht, in eine andere Gedankenwelt katapultiert.

Binz ist alles, was ein Urlaubsort sein sollte: ein bisschen Brighton, ein bisschen Disneyland, ein bisschen exotisch und doch vertraut. Fast so, als wären wir am Set einer US-Teenie-Serie gelandet, säumen Bäume die Hauptstraße, auf der Autos die Ausnahme sind. Auf beiden Seiten sind kleine Geschäfte und Boutiquen, Cafés locken mit Tischen auf dem Bürgersteig und Kuchenspezialitäten die Gäste. Überall schlendern Familien mit Kindern, verliebte Paare oder Rentner, die sich unter breiten Sonnenhüten vor der Hitze schützen. Aus einem Café erklingt Musik, Menschen lachen dazu. Die Stimmung hier schreit wirklich: *Urlaub*. Die lang gezogene Straße führt direkt auf das Meer zu, die Läden locken mit ihren Auslagen. Von Designerklamotten über aufblasbares Wasserspielzeug ist alles dabei.

Und Tim und ich haben beschlossen, Sarah eine Kleinigkeit mitzubringen. Zur Aufmunterung. Und ja, vielleicht halte ich auch Ausschau nach einem Geschenk für Bastian. Über den wir übrigens nicht sprechen, weil ich ihn im Sonnenhof zurückgelassen habe.

»Wie wäre es hiermit?«

Tim hält eine kleine Flasche hoch, in der sich ein winziges Segelboot befindet.

»Das ist doch ganz niedlich.«

Ich durchkreuze ungern Tims Pläne.

»Der Preis ist auch ganz niedlich.«

»Mist.«

»Kein Stress, wir finden schon was.«

Er nickt, stellt die Flasche zurück und sucht weiter.

»Du weißt doch: Du findest erst, wenn du aufhörst zu suchen.«

Aber Tim hört mir gar nicht mehr zu, denn sein Blick ist durch die Scheibe des Ladens auf das Gesicht eines Jungen gerichtet, der sich einige der Postkarten ansieht. Kurz warte ich, ob er mich an seinen Gedanken teilhaben lässt, aber ich habe mich für ihn wohl in Luft aufgelöst.

»Kennst du ihn?«

»Hm?«

Tim reißt seinen Blick noch immer nicht von dem jungen Mann mit den sonnengebleichten Haaren los.

»Tim?«

»Was denn?«

Erst jetzt kehrt er von seinem kleinen Gedankenausflug zu mir zurück und bemerkt meinen fragenden Gesichtsausdruck. Sein entspanntes Lächeln wird augenblicklich von Gewitterwolken ersetzt.

»Halt ja die Klappe.«

»Sag schon, kennst du ihn?«

»Nein!«

Gerade als er die Flucht ergreifen will, stelle ich mich ihm in den Weg und tue so, als würde ich mir eine kitschige, verzierte Muschel ansehen. Dabei beobachte ich jetzt auch den jungen Typ.

»Süßer Kerl.«

»Können wir bitte weiter?«

Tim hat plötzlich keine Lust mehr, unsere Zeit für überteuerte Urlaubsmitbringsel zu vergeuden, aber ich lasse ihn nicht davonkommen.

»Hey, nicht so schnell. Vielleicht kommt er ja raus.«

»Das ist nicht witzig.«

Tim ist unsicher. Weil das für ihn Neuland ist. Zumindest ein bisschen. Jetzt kann er mal in das Leben schnuppern, das ihn erwartet, wenn er mutig genug ist.

»Er hat süße Sommersprossen.«

»Fritzi …«

»Was denn?«

Ich sehe ihn unschuldig an und reiche ihm die Muschel, aber er schüttelt nur den Kopf.

»Ich kann das nicht.«

»Was genau?«

Tim senkt die Stimme.

»Jungs abchecken.«

Spontan greife ich nach Tims Hand und lächle ihn aufmunternd an.

»Hallo, mein Name ist Franziska Reutberger. Ich bin ein normales Mädchen, das niemand hier kennt. Schau, ich gehe ganz alleine mit einem Freund und ohne Panik bummeln. Und wer bist *du* hier, weit weg von der echten Welt?«

Er will zuerst genervt den Kopf schütteln, bis sein Blick doch wieder abgelenkt wird. Der junge Mann ist inzwischen eine Auslage weiter gewandert, wir können sein Profil sehen.

»Ich bin Tim Jäger und checke einen Jungen ab, der ziemlich süß ist.«

Kurz drücke ich seine Hand und nicke.

»Siehst du, hat gar nicht wehgetan.«

Tim atmet so tief durch, dass sein Brustkorb sich hebt und senkt. Dann nickt er, wagt einen weiteren Blick ins Innere, wo just in diesem Moment der Junge nach draußen sieht, uns bemerkt, kurz schüchtern lächelt und wieder wegsieht. Ich schiele auffällig unauffällig zu Tim, der einfach lächelt, so wie ich das noch nie bei ihm gesehen habe.

»Sollen wir reingehen?«

Doch Tim schüttelt, noch immer lächelnd, den Kopf. Die Wut, die sich oft in seinen Augen spiegelt, ist heute wohl zu Hause geblieben.

»Nein. Aber er hat zurückgelächelt.«

Damit setzt er sich in Bewegung und zwingt mich, ihm zu folgen. Er legt den Arm um mich, und fast kann ich die Freude spüren, die in seinem Inneren tobt.

»Er hat zurückgelächelt.«

Was auch immer da gerade passiert ist, es überträgt sich auf mich und meine Laune. Ich drücke ihn kurz an mich und nicke lächelnd.

»Hat er.«

Auch wenn es rein gar nichts zu bedeuten hat, nimmt Tim es mit. Als er wieder zu mir sieht, ist der Moment verflogen.

»Ich wusste es übrigens auch, Fritzi. Das mit den Tabletten.«

Überrascht bleibe ich stehen, starre ihn an.

»Schon eine Weile. Aber ich hatte nicht den Mut, es zu sagen. Du hast ihm den Arsch gerettet. In letzter Zeit hat er nur Mist geträumt und dabei geredet. Von Felix und von …«

Er bricht ab, schüttelt den Kopf.

»Anderen Dingen. Du hast das Richtige getan, Fritzi.«

Auch wenn Bastian das anders sehen dürfte, nicke ich,

weil es sich mittlerweile wirklich so anfühlt. Kopf und Herz, das merke ich immer häufiger, müssen sich nicht einig sein. Man muss aber zur richtigen Zeit entscheiden, auf was man hören soll. Tim greift an mir vorbei nach einer klassischen dunkelblauen Matrosenmütze und das Thema Basti ist beendet.

»Wie wäre denn so was für Sarah?«

Ich blicke auf die Mütze, die tatsächlich das perfekte Geschenk für unseren gestrandeten Kapitän wäre.

»Ob sie ihr zu groß ist?«

»Keine Ahnung. Bei ihrem Dickschädel …«

Tim setzt mir die Mütze einfach auf und hält mein Gesicht vorsichtig in seinen Händen.

»Ihr habt doch ungefähr den gleichen Sturkopf.«

BASTIAN

Der Gefangene von Askaban

»Basti, Besuch für dich.«

Ich sitze auf dem Bett, höre schon wieder den Soundtrack von *Braveheart* und lerne die Tapete vor mir auswendig, weil all meine Sachen noch unten sind – und wohl auch bleiben, wenn ich Ole richtig verstanden habe –, als die Tür geöffnet wird und Sarah, mit einem wilden Pferdeschwanz, der fast all ihre Haare einfangen konnte, im Zimmer erscheint. Ihr Lächeln wirkt müde, aber nicht mehr traurig. Ein Mini-Astronauten-Revival bei den Schildkröten.

»Hi.«

»Hey, Captain.«

Sie sollte mich hier oben nicht sehen, weil sie jetzt weiß, dass ich Mist gebaut habe.

»Was machst du für Sachen, Basti?«

Sie kommt langsam auf mich zu. Die Tür bleibt natürlich geöffnet und Schwester Laura in der Nähe, während ich zur Bettkante rutsche.

»Keine Ahnung. Wollte dir eben Gesellschaft leisten. Habe gehört, es soll sehr einsam sein hier oben.«

Sie schüttelt den Kopf und nimmt neben mir Platz. Erst jetzt bemerke ich, wie zerbrechlich Sarah wirklich ist. Manchmal wirkt sie so frech und fast schon tough. Ihr Lachen ist laut, ihre Ansagen auf dem Boot trotzen dem Wind. Jetzt sehe ich zum ersten Mal, wieso sie hier ist. Weil Idioten in ihrem Leben rumgewühlt, ihr Selbstbewusstsein zertrümmert und hässliche, gedankenlose Kommentarnarben im Internet hinterlassen haben.

»Geht es *dir* denn etwas besser?«

Sie zuckt unsicher die Schultern, hat die Frage bestimmt schon zehnmal am Tag gehört.

»Ein bisschen. Ich bekomme Medikamente, damit ich besser schlafe und so. Bellinger hat mich zur Verhaltenstherapie verdonnert.«

Natürlich. Das Übliche. Sarah bekommt das volle Fünfter-Stock-Programm.

»Du hast uns einen ordentlichen Schrecken eingejagt, weißt du das?«

»Ist Fritzi sauer auf mich?«

Überrascht sehe ich zu ihr. Tränen sammeln sich in ihren Augen. Ich lege einen Arm um sie.

»Ach, Sarah. Fritzi ist doch nicht sauer auf dich. Ganz im Gegenteil. Ich wette, sie kann es kaum abwarten, bis sie dich besuchen darf. Sie macht sich Sorgen um dich.«

Erstaunlich, wie leicht es mir noch immer fällt, gut über Fritzi zu sprechen. Obwohl nach wie vor der Geschmack von Verrat in meinem Rachen klebt. Egal, wie viel saure Kaugummis ich auch esse.

»Ich wollte euch nicht so erschrecken.«

»Ich wette, deine Eltern haben auch den Schock ihres Lebens abgekriegt.«

»Papa hat geweint.«

Sie sieht zu mir, einige Tränen sind bereit, über ihre Wimpern nach unten zu kullern.

»Ich soll erst mal hierbleiben.«

»Hier im Sonnenhof oder hier im fünften Stock?«

»Beides.«

Klar. Zunächst einmal haben wir hier oben eingebucht. Tagsüber geht es noch, auch wenn es schon ordentlich am Nervenkostüm rüttelt, aber nachts ist es die Hölle. Zumindest für mich. Mir graut es schon vor der Durchsage, dass in fünf Minuten das Licht ausgeschaltet werden soll und die Dunkelheit gnadenlos zuschlägt.

»Basti, wieso bist *du* hier oben?«

»Fritzi hat mich verpfiffen. Bei Bellinger.«

Der Kaugummi schmeckt sehr sauer. Ich konzentriere mich nur auf den Geschmack in meinem Mund, denke nicht an Fritzi. Oder an Felix. Oder daran, wie ich sie alle enttäuscht habe.

»Ich habe meine Tabletten abgesetzt.«

Sie sagt nichts, atmet nur laut ein.

»Aber es ging mir gut.«

Wie oft will ich diese lächerliche Lüge noch erzählen? Sie zieht nur eine Augenbraue nach oben, weil hier im fünften Stock niemand sitzt, der bereit ist, auf dem guten Weg der Besserung in die Abendsonne zu reiten.

Ich sitze hier.

»Eigentlich ging es mir gar nicht gut.«

»Das habe ich mir schon gedacht. Sonst hättest du sie wohl nicht abgesetzt.«

Sie lächelt traurig, und ich muss wegsehen, weil es wehtut, wenn sie mich so durchschaut.

»Basti, Fritzi hat dich echt gern.«

Das würde ich zu gerne glauben.

»Dann macht man so was aber nicht.«

Sarah schüttelt so entschlossen den Kopf, dass sich zwei Haarsträhnen aus dem Pferdeschwanz lösen und an ihre verunstaltete Frisur erinnern, aber sie bemerkt es gar nicht, sondern fixiert mich auch weiterhin.

»Du hast Mist gebaut, Basti. Nicht Fritzi.«

Sarahs Augen finden meine und sie mustert mich einen Moment. Sie mag jünger sein als wir anderen. Aber gerade hat sie die Ausstrahlung der uralten Morla aus der *Unendlichen Geschichte*. Als ich nicht antworte, sieht sie sich um.

»Eigentlich ganz okay hier, oder?«

Ihr Blick ist fast liebevoll, als sie sich in dem leeren Raum umsieht, der auch nur wie ein weiteres Krankenhauszimmer aussieht.

»Wenn man auf Askaban steht, vielleicht.«

»Besser als da draußen.«

»Aber du kannst dich nicht für immer im Sonnenhof verstecken, Sarah. *Da draußen* passiert das Leben und nicht alles davon ist ätzend. Wenn du zu lange hier drinnen bleibst, verpasst du auch die guten Dinge.«

»Die da wären?«

»Keine Ahnung. Neue Freunde, coole Partys, Filme im Kino! Weißt du, nichts ist schöner, als mit einer Tüte Popcorn in den Kinosaal zu laufen, die blöde Werbung, die letzte Chance für den Eiskauf, bevor der Film losgeht. Und dann tauchst du für knapp zwei Stunden einfach ab. Rettest die Galaxie mit den Jedi-Rittern oder schließt dich den Avengers an. Das ist schon verdammt cool.«

»Vermisst du es?«

Ich atme schwer aus.

»Wenn ich mich anstrenge, dann kann ich das Popcorn riechen. Ich liebe es, im Kino zu sein. Ich freue mich auf den neuen *Marvel*-Film. Den letzten habe ich fünfmal im Kino gesehen. Aber diesmal fahre ich nach Ulm und schaue ihn mir in 3D an.«

Sarah lächelt, mustert mein Gesicht. Ich spüre, wie meine Wangen rot werden.

»Was?«

»Nichts. Es ist nur schön, dir zuzuhören, wie du über die Zukunft sprichst.«

Die Zukunft.

Fritzi

About a Girl

Ich komme aus einem Laden mit Segelzubehör, wo man von Schiffsglocken über Namensschilder und Ankerketten bis hin zu Rettungswesten alles bekommen kann, was das nautische Herz begehrt. In der kleinen Tüte habe ich das perfekte Mitbringsel für die beiden Astronauten, die an diesem sonnigen Tag auf der dunklen Seite des Mondes ausharren müssen. Tim steht, mit dem Handy am Ohr, im Schatten der Postkartenaufsteller, sein Blick ernst, sein Körper angespannt.

»Es tut mir leid, Vicky. Irgendwann erkläre ich dir alles.«

Auf der anderen Seite wird gesprochen, Tim schließt die Augen.

»Sobald ich so weit bin.«

Er zuckt die Schultern, öffnet die Augen und bemerkt mich. Sein trauriges Lächeln bricht mir fast das Herz.

»Klar. Ja. Okay. Tschau.«

Erschlagen legt er auf, starrt durch mich hindurch zu einem Punkt in einem anderen Raum-Zeit-Kontinuum.

»Alles okay?«

Er reagiert nicht sofort, nickt dann nur und schiebt sich das Handy wieder in die Hosentasche.

»Noch nicht. Aber irgendwann.«

Damit weicht er mir aus und stürzt sich auf das nächstgelegene Postkartenangebot, auch wenn die Bilder die tatsächliche Schönheit des Ortes, den breiten Strand und das Grün der Wälder nicht einfangen können – als suche er einen Weg zurück in unsere Realität, weg von Vicky und seinem Leben daheim.

Er trägt seine Auswahl zum Kiosk. Ich warte vor dem Laden, noch immer ein bisschen stolz auf meinen Fund, und sehe mich um. Ole und Hendrik haben in einem Eiscafé Platz genommen und warten auf uns. Eine kühle Cola klingt jetzt perfekt. Kurz schließe ich die Augen, versuche mir die Geräusche so genau wie möglich einzuprägen. Das Meeresrauschen, die Möwen, das Kinderlachen, die unaufgeregte Hektik.

Zu Hause werde ich mir diesen Soundtrack abspielen und die Gerüche in Erinnerung rufen: Sonnenmilch, Meeresluft und diese Mischung aus Natur und frittiertem Fisch, der hier in den Imbissbuden angeboten wird.

»Fritzi!?«

Ich reiße die Augen auf, starre in das Gesicht eines Mädchens, das mich unter einem hippen Strohhut mit offenem Mund anstarrt. Es dauert einen kurzen Moment, bis ich ihr Gesicht der aktuellen Situation zuordnen kann.

Ich kenne sie.

Ich kenne sie nur zu gut.

Sie passt nur überhaupt nicht hierher.

Sie gehört in mein anderes Leben.

ÜBERRASCHUNG! WEN HABEN WIR DENN DA?

»Hi.«

Bin ich es, die da spricht?

»Was machst du denn hier?«

Sie gibt sich nicht mal Mühe, ihre Überraschung zu überspielen, sondern mustert mich neugierig, als würde sie mich zum ersten Mal sehen.

»Urlaub.«

Das ist glatt gelogen, auch wenn nicht unbedingt heute.

»Alleine?«

Nein, meine Betreuer aus der Jugendtherapie sitzen gleich da vorne und essen Bananensplit.

»Mhm.«

Sie kann sich nicht entscheiden, ob sie mich umarmen oder anschreien soll, also belässt sie es dabei, kurz meine Schulter zu berühren. Nur um sicher zu sein, dass es sich bei mir nicht um eine Fata Morgana handelt.

»Das ist ja ein krasser Zufall!«

»Allerdings.«

Mehr kann ich nicht sagen, denn gerade kann ich gar nichts.

Nicht klar denken.

Nicht klar sprechen.

Nicht klar sehen.

Gerade kämpfe ich ums Überleben. Und zwar mit mir und meiner Panik, die laut lachend neben mir Postkarten durchschaut.

Meine Liste! Das Ravenclaw-Haus.

Luna Lovegood.

Cho Chang.

»Rügen also, ja?«

Es trifft mich, wie sie es ausspricht: ein Vorwurf, dass ich hier bin.

»Jap. Wollte schon immer mal hierher.«

Sie sieht mich an und bringt mit einem Blick meine Liste durcheinander.

Filius Flitwick.

Penelope Clearwater.

Mist! Mist!

Gilderoy Lockhart.

Mir fällt niemand weiterer aus Ravenclaw ein. Alles ist leer in meinem Kopf, keine Ablenkung mehr da, nur die Realität.

Und ISA.

»Wie lange bleibt ihr denn noch hier?«

Ein schüchternes Lächeln huscht über ihre vollen Lippen, als sie die Frage stellt, und ich möchte ihr so gerne alles sagen.

»Kommt darauf an.«

»Worauf denn?«

Darauf, wann Dr. Bellinger entscheidet, ob ich das Kurzprogramm, sprich vier Wochen, oder das Langzeittherapieprogramm von immerhin acht Wochen mitmachen soll.

»Auf das Wetter.«

»Wir bleiben auch auf jeden Fall bis Ende der Woche. Dann ist das Lagerfeuerfest am Strand. Mit Feuerwerk. Das wollen wir nicht verpassen.«

Wie auf Kommando taucht Phillipp auf, mit Badeshorts, Tanktop, einer Frisbee in der Hand und einigen Jugendlichen im Schlepptau.

»Hier steckst du, Isa! Wir wollten …«

Dann bemerkt er mich und sein Gesicht zerplatzt in einem breiten Lächeln.

»Franziska! Du hast es also doch geschafft?«

Entweder er ist betrunken oder freut sich tierisch mich zu sehen. Aber was genau habe ich *geschafft*? Isa ist voll im Urlaubsmodus und sieht in ihren Jeans-Hotpants, dem weißen Trägertop und den Sommersprossen auf der Nase wie ein Surfer-Girl aus, das nebenbei eine Ausbildung zur Stewardess macht. Ihre dunkelblonden Haare lässt sie offen vom Wind hin- und herwehen. Ja, das ist noch meine Isa, so wie ich sie kenne und der ich so viele meiner Geheimnisse anvertraut habe. Jetzt weicht sie meinem Blick aus und sofort breitet sich Sehnsucht in mir aus. Ich möchte ihr am liebsten alles über meine verrückten Gefühle erzählen, meinen allerersten Kuss, und fragen, ob wir zusammen zum Lagerfeuerfest gehen können. Doch das bleibt unausgesprochenes Wunschdenken, weil Tim aus dem Laden kommt und unerwartet in unsere kleine Kammerspiel-Szene stolpert.

»Oh. Hi.«

Er schiebt sich an Philipp vorbei und wirft mir einen fragenden Blick zu, der nicht nur wissen will, wer diese Leute sind, sondern auch, ob ich okay bin.

Das bin ich. Überraschend stelle ich fest, dass ich alles im Griff habe, obwohl die Panik da ist und mir das Atmen schwer machen will. Ich atme, ich entspanne meine Fäuste, ich habe meine Liste. Es wäre gelogen zu behaupten, dass alles im dunkelgrünen Bereich ist, aber ich sterbe nicht. Ich kippe nicht mal um.

Und ich renne nicht davon.

Hörst du, Panik? Ich. Renne. N i c h t. Davon!

»Das ist Tim.«

Er winkt in die Gruppe und nimmt mir dann die Tüten mit den Geschenken für die anderen ab.

»Ist das dein Freund?«

Isa wäre nicht Isa, wenn ihr diese Frage nicht einfach so frech über die Lippen rutschen würde. Tim muss schmunzeln, sieht zum Strand hinüber, wo Ole uns genau im Auge hat, aber keine Anstalten zum Aufstehen macht.

»Nein. Er ist *ein* Freund.«

Isa nickt, als hätte sie verstanden. Dabei verraten ihre Augen noch zweihundert weitere Fragen, die ich alle beantworten werde. Nur nicht hier und jetzt.

»*Bastian* ist mein Freund.«

Jetzt starrt sie mich an.

»Wer ist Bastian?«

»Mein Freund.«

Zumindest denke ich, dass er das noch ist. Falls er es jemals war. Alles Dinge, die ich klären sollte.

»Aha. Du hast einen Freund. Und bist auf Rügen. Machst hier Urlaub.«

Das ist nicht korrekt.

»So was in der Art.«

Ich weiß, dass sie sauer ist. Weil ich hier bin. Und es ihr nicht gesagt habe. Ich könnte aus dem gleichen Grund sauer sein, aber das bin ich gar nicht.

Philipp, dem die Anspannung zwischen uns auffällt, wendet sich lächelnd an Tim.

»Wir sind mit dem Bulli hier auf dem Campingplatz. Ihr könnt euch ja melden, dann machen wir abends mal was zusammen.«

Leider können wir das nicht, weil wir spätestens um einundzwanzig Uhr auf unseren Zimmern sein müssen, aber Tim nickt nur lässig.

»Klingt gut.«

Tim spielt seine Rolle als Beach Boy im Urlaub perfekt. Isa nickt, holt für den lang erwarteten Vorwurf aus.

»Fritzi hat ja meine Nummer.«

Was sie wirklich meint, ist: *Du könntest mich ruhig mal anrufen.*

»Und du hast meine.«

Isa funkelt mich verletzt an.

»Klar, aber es meldet sich ja nur deine blöde Mailbox. Die du übrigens mal abhören könntest!«

Autsch.

»Ich hab eben viel zu tun.«

»Klar, Fritzi. Habe schon verstanden. Du bist eben zu cool für mich geworden.« Sie deutet auf Tim, die Einkaufstüten und indirekt wohl irgendwie auch auf Bastian.

»*Ich* habe mich zumindest nicht verändert!«

Isa sieht mich schockiert an, als hätte ich ihr eine schallende Ohrfeige verpasst.

»Du hast doch ständig was vor und nie Zeit, Fritzi! Du gehst nicht ans Telefon und haust direkt nach der Schule ab – wenn du überhaupt auftauchst! Und jetzt schlenderst du hier gechillt am Strand mit 'nem Typen, den ich nicht mal kenne, und hast einen Freund namens Bastian!«

Die Panik will zuschlagen, weil es einfach wäre. Jetzt, da ich die Deckung unten habe, kann sie mir wehtun. Aber ich renne wieder nicht weg, höre nicht auf das brennende Gefühl in meinem Inneren.

»Hör mal deine Mailbox ab. Wenn es dein Terminkalender zulässt, Fritzi.«

Damit dreht sie sich weg und marschiert enttäuscht über die Promenade. Gefolgt von ihren Kumpels und Philipp, der mir ein entschuldigendes Achselzucken schenkt. Sobald sie außer Hörweite sind, sieht Tim zu mir.

»Das war also mal deine beste Freundin?«

Und zu meiner Überraschung fällt mir die Antwort auf einmal ganz leicht.

»Das ist sie noch immer.«

DIENSTAG

BASTIAN

Alien

Da sitzen wir also wieder: die Astronauten komplett. Im Stuhlkreis des Grauens.

Als Bellinger mir eröffnet hat, dass ich auch an der Gruppentherapie teilnehmen darf, habe ich mich gefreut. Aber heute sehe ich Tim und Fritzi zum ersten Mal wieder. Sie kommen mir vor wie zwei fast Fremde, als sie mir jetzt gegenübersitzen und Sarah das Geschenk von ihrem gestrigen Ausflug überreichen. Als wäre ich von einem fremden Planeten. Außer mir scheint das aber keiner zu bemerken. Ein Alien mitten unter Astronauten.

»Es war gar nicht so leicht, was für dich zu finden.«

»Das hättet ihr nicht tun müssen.«

»Wenn das so ist …«

Tim will wieder nach der Tüte greifen, aber Sarah zieht sie lachend weg.

»Na, jetzt will ich es schon behalten …«

Tim nickt zufrieden, und wir beobachten Sarah genau, während sie die schlichte, flache Seemannsmütze aus dunkelblauem Marinetuch auspackt, die mit einem ledernen Sturmriemen vorne am Mützensteg versehen ist.

»Ein Elbsegler!«

Sie lächelt gerührt und streicht über den Stoff, als würde es sich um ein Haustier auf ihrem Schoß handeln. Sie strahlt dabei über das ganze Gesicht, so wie sie es sonst nur auf dem Boot tut. Die Idee entpuppt sich als wahrer Jackpot.

Sarah setzt sich die Mütze auf, die tatsächlich perfekt passt, und verdeckt damit die wenigen kahlen Stellen auf ihrem Kopf, die noch an die Katastrophe im Badezimmer erinnern. Ein Bonuseffekt des Geschenks. Sie lächelt schüchtern, wirft einen Blick in die Runde, strafft ihre Schultern automatisch und lächelt.

»Wie sehe ich aus?«

Tim justiert die Mütze für sie noch etwas schräger, was ihr mehr Style verpasst und sie frecher aussehen lässt. Jetzt nickt er zufrieden und betrachtet sie sanft lächelnd.

»Du siehst aus wie unser Kapitän.«

Sie legt die Arme um Tim, drückt ihn mit geschlossenen Augen fest an sich.

»Danke.«

Dieses Wort gilt den anderen, nicht mir, der nichts damit zu tun hat.

Obwohl Bellinger schon den Startschuss für die Gespräche gegeben hat, herrscht Schweigen. Doch statt uns wie sonst zum Reden aufzufordern, sitzt er heute bloß mit uns die Zeit ab, als kümmerte es ihn nicht, was wir tun.

»Verteilen wir nur Geschenke, weil, dann kann ich ja gehen!«

Es platzt aus mir heraus, denn ich ertrage die Stille nicht länger. Die letzte Nacht war so schon ruhig genug. Bellinger sieht zu mir, wenig überrascht.

»Wohin denn? Zurück auf dein Zimmer?«

Ich kann nicht mal sagen, wieso ich so wütend bin, wo das doch sonst Tims Rolle ist.

»Nein. Aber ich könnte zur Bewegungstherapie, ein bisschen den Frust abbauen.«

»Welchen Frust denn?«

»Falls es jemand verpasst hat, ich sitze im fünften Stock.«

Ein Blickgeschoss trifft Fritzi, die es erwidert und nicht wie erwartet ausweicht.

»Weil du Mist gebaut hast.«

»Weil du dich in meine Angelegenheiten gemischt hast.«

»Du bist sauer, dass ich mich in deine Angelegenheiten gemischt habe?«

»Ja, verdammt! Der fünfte Stock ist der pure Horror! Du hast gewusst, dass ich da lande, wenn du es weiterquatschst!«

»Du bist so ein Idiot, Basti!«

Sie schreit mich an und keiner wagt es, sie zu unterbrechen.

»Du schleichst dich in mein Herz, breitest dich da aus und machst mein Leben bunter. Dann erwartest du, dass ich wegsehe, wenn es dir schlecht geht? Ist das dein scheiß Ernst?!«

Ich hätte es vielleicht *etwas* anders formuliert.

»Freunde sind nicht nur zum Spaß da, Basti. Sie schauen auch hin, wenn du Mist baust. Und das hast du!«

Es reicht. Es reicht!

»Du hast mich verraten!«

Doch Fritzi ist weder von meinen Worten noch von meiner Lautstärke eingeschüchtert.

»Nein, Basti, ich habe dich aufgefangen. So wie du mich. Immer und immer wieder.«

Ich wünschte, sie würde auch schreien, statt mich so ruhig anzusehen.

»Aber es war trotzdem mein Mist! Nicht deiner.«

Damit verschränke ich die Arme und schaue zu Sarah, doch sie sieht mich nicht mal an.

»Dein Mist, ja?«

Tims Stimme vibriert schon wieder bedrohlich, ich befürchte, er explodiert gleich.

»Ich verrate dir mal was über *deinen Mist*, Basti. Seit ich von deiner Scheißaktion mit den Pillen wusste, konnte ich nicht mehr richtig schlafen, weil ich Angst hatte, dass ich am nächsten Morgen aufwache und du tot im Badezimmer liegst!«

Tims Oberarme spannen sich an, schlechtes Zeichen.

»Und ich wäre dann der gewesen, der gewusst hat, dass es dir beschissen ging! *Ich* wäre das gewesen!«

Jetzt vibriert seine Stimme aus anderen Gründen.

»Du hast schon mal versucht, dich umzubringen. Ich hatte echt Schiss, es zu sagen, und du solltest verdammt froh sein, dass Fritzi die Eier dazu hatte!«

»Ihr kapiert es einfach nicht.«

»Was denn?«

»Ihr wart nie im fünften Stock! Ihr wisst nicht, wie es ist, okay? Ich habe eine Scheißangst da oben!«

Sarah schüttelt den Kopf.

»Ich weiß, wie es ist. Ich habe auch Angst. Angst davor, dass es nie weggeht, dass es immer bleibt: das Lachen der anderen in meinem Kopf, ihre Blicke und das Getuschel. Und ich bin so froh, dass ich im fünften Stock bin. Weil es bedeutet, dass ich noch hier bin und weitermachen kann.«

Sie hat mein Argument einfach ausgehebelt. Auf einmal komme ich mir total dämlich vor, doch Bellinger unterbricht die Stille mit einem gekonnten Themenwechsel.

»Nun, Franziska, ich habe gehört, ihr habt Freunde von dir in Binz getroffen?«

»Richtig. Isa. Meine beste Freundin.«

»Du hast Isa getroffen?«

Auch das rutscht mir nur so raus.

»Habe ich. Sie verbringt die Ferien wohl hier.«

Tim streckt die Beine aus und wirft Fritzi ein kurzes Augenzwinkern zu.

»Fritzi war richtig toll. Trotz Panikattacke hat sie das ganz cool gemeistert.«

»Na ja, so cool war es gar nicht.«

»Aber du hast nicht gekniffen.«

Sie nickt, ich kann den Stolz in ihrem Gesicht sehen.

»Und was ist passiert?«

»Die Panik ist irgendwann immer schwächer geworden, bis sie weg war. Natürlich habe ich mich danach total platt gefühlt, aber auch ziemlich gut. Einfach weil nichts von dem passiert ist, was ich mir ausgemalt habe.«

Ich will noch immer wütend auf sie sein, aber die Freude darüber, dass sie es gemeistert hat, überwiegt. Ich spüre ein Lächeln auf meinem Gesicht und hoffe, dass sie es bemerkt, bevor es wieder verschwindet.

»Was hast du deiner Freundin gesagt?«

»Na ja, sie glaubt jetzt, ich mache hier Urlaub. Und sie dachte, dass Tim mein Freund wäre.«

Kurz zuckt mein Herzmuskel auf unangenehme Weise.

Ich sehe, wie die beiden lachen, Blicke austauschen und eine Erinnerung teilen, bei der ich keine Rolle gespielt habe.

»Ich wette, sie war richtig neidisch.«

Meine Stimme klingt seltsam belegt und nicht so lockerflockig, wie ich es geplant hatte. Fritzi sieht zu mir, hat das Lächeln verpasst.

»Wieso?«

»Na, weil Tim als potenzieller Freund was hermacht.«

»Nun, zu deiner Enttäuschung muss ich gestehen, dass ich dieses Missverständnis aufgeklärt habe.«

Da sind sie wieder, diese angriffslustigen Augen, wie beim verbalen Ballwechsel an ihrem Einzugstag.

»Ach ja?«

»Ja. Ich habe gesagt, dass mein Freund Bastian heißt.«

Das ist ein unerlaubter Körpertreffer gegen die Wut, die noch immer in mir lauert. Irgendwo. Glaube ich.

»Und ich wette, sie wird dich kennenlernen wollen. Weil du mein erster Freund bist. Und Isa, als meine beste Freundin, meinen Freund abchecken wird. Also mach dich auf ein paar unangenehme Fragen gefasst.«

All das sagt sie so, als wäre es ein Fixpunkt in der Zukunft, eine unausweichliche Begebenheit, der ich mich stellen muss. Doch ich schüttle nur den Kopf und sehe weg.

»Hey, schau mich an! Denkst du etwa, dass ich es nicht mehr verdient habe, deine Freundin zu sein, weil ich mir Sorgen um dich gemacht habe? Dann entschuldige bitte, aber ich würde es wieder tun.«

Fritzi redet sich in Rage. Ihre Wangen sind gerötet, ihr Blick ist auf mein Gesicht gerichtet – ausweichen unmöglich.

»Du würdest mich wieder verpfeifen, ja?«

»Nein, Basti. Ich werde mir wieder Sorgen machen. Weil ich dich viel zu nah rangelassen habe und es nicht bereue. Ob es dir nun passt oder nicht: Leute mögen dich.«

Die Worte prallen nicht an mir ab, sondern treffen ihr Ziel genau. Sarah nickt, Tim ebenfalls.

»Aber selbst wenn die ganze Welt sich um dich sorgt – du selbst musst es auch tun, Basti. Nicht wir anderen. Du. Du alleine.«

»Ich will es ja!«

Die Lautstärke meiner Stimme lässt alle im Raum zusammenzucken, inklusive mir.

»Ich will es! Nur ist es nicht ganz so einfach.«

»Niemand hat gesagt, dass es einfach sei!«

»Wenn es zu schwer wird, kannst du deinen Therapeuten anrufen, die Notfallnummer ...«

Bellinger deutet durch den Raum.

»... deine Freunde. Wichtig ist nur, dass du mit jemandem sprichst und keinen Unsinn machst.«

»In der Theorie klingt das so einfach wie eine Essensbestellung bei einem Lieferservice meiner Wahl.«

»Ja, manchmal ist das Leben eben süß-sauer«, sagt Tim grinsend, und Sarah unter ihrer niedlichen Kapitänsmütze muss plötzlich loslachen.

Und Fritzi – die schaut mich ganz liebevoll mit ihren Marsschokoaugen an, und einfach so bin ich kein Alien mehr, sondern zurückgebeamt – auf dem Mond bei meinen Astronauten.

FRITZI

Doctor Who

Die bekannte roboterähnliche weibliche Stimme meldet sich so gut gelaunt, als wäre sie meine lang verschollene Lieblingstante. In Wahrheit hat die Gute gar kein Leben, denn sie ist und bleibt die Ansage meiner Mailbox. Die ich seit Monaten nicht mehr abgehört habe und die vermutlich überquillt.

Ich sitze an einem der Telefone im Eingangsbereich und lausche in den Hörer.

Sie haben zweiundzwanzig neue Nachrichten. Zum Abhören der Nachrichten …

Wie lange ich dieser Mailbox aus dem Weg gegangen bin, in der Befürchtung, jemand hätte mir eine verbale Telefonbombe hinterlassen. Trotzdem drücke ich jetzt die *Eins* und warte.

Nachricht eins vom 23. März.

So funktionieren Zeitreisen also. Man braucht weder einen Zeitumkehrer noch Doctor Who mit seiner TARDIS, eine Mailbox reicht völlig – voll mit Nachrichten aus der Vergangenheit.

Hi Fritzi, ich bin's, Isa. Schon wieder. Du warst nach der Schule nicht bei den Fahrrädern, und ich wollte nur fra-

gen, ob alles okay ist? Ruf an, dann können wir tratschen. Ich muss dir erzählen, was Philipp gesagt hat.

Ich kann ihr Gesicht fast vor mir sehen, wie sie auf ihrem Bett liegt, das Handy am Ohr, die Fotowand in ihrem Zimmer, das Lächeln auf ihren Lippen. Es ist ansteckend, selbst in meinen Gedanken. Also horche ich weiter gespannt in die Vergangenheit.

Nachricht acht vom 4. April.
Hallo, Fritzi! Du bist mir nach der Schule schon wieder aus dem Weg gegangen. Du würdest mir doch sagen, wenn ich was falsch gemacht habe, oder? Ruf mich bitte an! Ach so, hier ist Isa. Deine beste Freundin. Weißt du noch?

Der Vorwurf am Ende ist auch heute noch so aktuell wie vor Monaten. Nur weiß ich jetzt auch genau, dass ich ihn verdient habe.

Nachricht elf vom 12. April.
Ich rede mehr mit deiner Mailbox als mit dir. Du bist immer so kurz angebunden. Ich weiß, dass du viel lernen musst, aber na ja, ich falle jetzt einfach mal mit der Tür ins Haus, okay? Philipp und ich planen den Sommer und wollten fragen, ob du nicht Lust hast, mit uns wegzufahren. Wäre schön, wenn du dich mal melden würdest.

Ich glaube, damit endet die Nachricht, aber ich irre mich.

»Du fehlst mir, Fritzi.«

Ein Satz der mir ein Lächeln ins Gesicht und Tränen in die Augen zaubert. Ein Gefühlscocktail, den ich auf ex leeren soll und an dem ich mich fast verschlucke.

Nachricht 15 vom 7. Mai.
Fritzi! Wieso gehst du nie ans Telefon, wenn ich anrufe!? Ich muss mit dir reden. Philipp und ich ... also ... Ich will mit dir reden, sonst platze ich! Ruf mich doch bitte, bitte an!

Isa klingt ganz aufgeregt, glücklich und überdreht. Natürlich weiß ich, was sie mir erzählen wollte, weil sie es mir am Tag drauf am Fahrradabstellplatz vor der Schule erzählt hat. Sie und Philipp haben also zusammen geschlafen. Und ja, wir hatten tatsächlich diesen albernen Pakt geschlossen, als wir zwölf oder so waren.

Sie hat es nicht vergessen.

Sie wollte es mir sofort erzählen, obwohl wir zu dem Zeitpunkt nur noch wenig Kontakt hatten.

Weil sie zu cool für mich war, wie ich damals glauben wollte.

Doch ich weiß mittlerweile genau, dass die Eiszeit unserer Freundschaft nicht ihre Schuld ist.

Nachricht 18 vom 1. Juni.
Hi, Fritzi. Du sagst, alles wäre okay, aber ich sehe doch, wie zombiemäßig du rumläufst. Egal wo du dich in der

Pause versteckst, ich warte an den Fahrrädern. Auch wenn du nicht kommst. Und weißt du, das alles tut echt weh. Ich sage es jetzt hier, obwohl du es eh nie abhören wirst. Philipp und ich fahren nach Rügen und wir wollen, dass du mitkommst. Michaela und Steffi sind auch dabei. Und vielleicht noch Joe. Fritzi, du bist meine beste Freundin, aber gerade kommst du mir eher wie eine komplett Fremde vor. Das war's jetzt von meiner Seite. Wenn du nichts mehr mit mir zu tun haben willst, dann …«

Dann wird die Nachricht abgewürgt, weil sie das maximale Zeitlimit überschritten hat.

Nachricht 19 vom 22. Juni.
Ich bin's noch mal. Ja, ich weiß, ich wollte mich nicht mehr melden. Mensch, Fritzi! Rügen. Überlege es dir. Wir wollten doch immer zusammen da hin. Ich glaube, es wäre einfach nicht das Gleiche ohne dich. Bitte komm mit.

Ich muss an Philipps Worte denken: »Franziska! Du hast es also doch geschafft?«

Haben sie etwa noch mit mir gerechnet?

Ich schließe die Augen, lasse Erinnerungen an den Juni noch mal in meinem Kopf abspielen. Der Streit mit Isa, als sie mich bei den Fahrrädern konfrontiert hat und ich mit der Panik beschäftigt war, weswegen ich nichts gesagt habe. Die Pfingstferien, in denen totale Funkstille zwischen uns geherrscht hat. Zum ersten Mal, seit ich denken kann. Nein, das war kein guter Monat für mich. Hinter jeder Ecke wartete die Panik, jeder Schritt wurde schwerer und ich war ein Dauergast bei Dr. Kosska. Papa hatte seine neue Wohnung gefunden und kam nicht mehr zu Besuch. Mama hat bei jedem Abendessen über ihn geschimpft. Und ich … ich habe mich immer mehr aufgelöst.

Das Handy lag fast immer ausgeschaltet auf dem Bett, weil ich nicht reden, nichts erklären konnte. Aber Isa wollte trozdem, dass ich mitkomme!

Nachricht 22 vom 10. August.

Gestern.

> *Hi, Fritzi. Ich bin's, Isa. Es war schön, dich heute zu sehen. Auch wenn ich ziemlich überrumpelt war, ehrlich gesagt. Schade, dass du nicht mit uns mitwolltest. Wer weiß, vielleicht magst du mir ja irgendwann erklären, was mit dir los ist. Und wer dieser mysteriöse Bastian ist. Und wo du ihn und diesen Tim kennengelernt hast. Na ja. Wenn du so, wie du jetzt bist, glücklicher bist, dann freut mich das. Aber es ändert nichts daran, dass du eine Lücke in meinem Leben hinterlassen hast. Mach's gut, Fritzi.*

Egal, wie fest ich die Augen auch schließe, immer wieder taucht Isas Gesicht auf: wie sie lacht, wie wir lachen, wie sie mich umarmt, wir in meinem Zimmer auf dem Fußboden liegend, wir zusammen auf dem Weg in unsere Schule, wie sie mich gestern angesehen hat. Mit dieser Mischung aus Freude und Enttäuschung.

Ihre Nummer kenne ich auswendig, und obwohl ich weiß, dass Isa jetzt wohl wieder am Strand ist und ihr Leben genießt, will ich es nicht länger verschieben. Nicht mal eine Minute länger, weil ich dann wohl die beste Freundin verliere, die ich mir nur wünschen kann.

Ein Schritt nach dem anderen.

Ein Klingeln nach dem anderen.

Ich kann währenddessen hören, wie die Panik Luft holt, um etwas einzuwenden, aber ich schüttle den Kopf und bringe sie damit zum Schweigen.

Du bist nicht der Chef in meinem Leben! Du kannst mir nicht Isa, Bastian und alle anderen wegnehmen! Du kannst nicht der ungewählte Diktator in meinem Leben werden! Hörst du?

Das ist die Mailbox von: Isabel Weber.

Ich warte den Piepton ab und löse meine Faust, spüre die Entspannung, die von meiner Hand in den ganzen Körper fließt.

Hi, Isa. Ich bin's, Fritzi. Du weißt schon, deine beste Freundin, die dich in letzter Zeit echt mies vernachlässigt hat.

Eine kurze Pause. Die Panik hält den Mund.

Ich hoffe, es ist noch nicht zu spät, das alles zu sagen. In den letzten Monaten ist ziemlich viel passiert. Und ich habe es dir nie erzählt, weil ich gedacht habe, dann verliere ich dich vielleicht. Jetzt glaube ich, wenn ich dir nichts sage, verliere ich dich erst recht. Es hat sich viel verändert, ich habe dich ausgesperrt und mich blöd verhalten. Das hätte ich alles schon so viel früher sagen sollen, wusste aber nicht, wie. Ehrlich gesagt, weiß ich es noch immer nicht. Die Sache ist die: Ich leide an Panikattacken und Angstzuständen.

Ich kann diese Nachricht nicht löschen, nicht zurücknehmen und sie wird sich auch nicht selbst zerstören. Wenn Isa sie irgendwann aufruft, sind die Worte noch immer da.

Deswegen bin ich auch auf Rügen. Im Therapiezentrum Sonnenhof, wo Jugendliche mit psychischen Problemen behandelt werden. Ich weiß, ich hätte das längst erzählen sollen. Aber ich wollte nicht, dass alle denken, ich bin kaputt. Du solltest das nicht denken. Aber ich bin kaputt und repariere mich hier, so gut es geht.

Während es für Mädchen in unserem Alter üblich ist, sich einen Freund zu angeln, habe ich mir eine Panik eingefangen. Ich hole tief Luft. Jetzt gibt es sowieso kein Zurück mehr.

Hier habe ich auch Bastian und Tim kennengelernt. Und Sarah. Mit ihr teile ich mir ein Zimmer. Bei ihnen kann ich einfach ich sein. Und nach den Monaten, in denen ich das nicht konnte, hat es sich unglaublich gut angefühlt. Ich will aber auch bei dir ich sein dürfen. Vor allem bei dir.

Die Mailbox würgt meine Rede einfach ab. Ganz so, als wäre das hier nicht weiter wichtig, dabei ist es das – verdammt! Kurz überlege ich, sie noch mal anzurufen, entscheide mich aber dagegen. Manche Dinge muss man direkt klären. Von Angesicht zu Angesicht.

Zumindest weiß Isa jetzt, dass ich sie nicht einfach so aus meinem Leben streichen wollte.

Ich lege den Hörer zurück auf die Gabel.

Ein Tag nach dem anderen.

BASTIAN

Good Will Hunting

Aussage 1: Ich fühle mich niedergeschlagen und traurig.

Der Fragebogen umfasst fünf Seiten und verlangt meine ganze Aufmerksamkeit. Bellinger hat mich nach der Sitzung dazu verdonnert. Mal wieder.

Zur Auswahl habe ich jeweils vier Antwortmöglichkeiten, deren Kästchen ich anzukreuzen habe, als wäre das hier nur ein weiterer Multiple-Choice-Test in der Schule. Dabei geht es hier um so viel mehr.

Ich betrachte die potenziellen Antworten und soll mich entscheiden.

[ ] Fast immer

[ ] Häufig

[ ] Selten

[ ] Fast nie

Keine der Möglichkeiten erscheint mir passend genug, und so male ich ein weiteres kleines Kästchen daneben und kreuze es an.

[X] Wenn ich an den Streit mit den Astronauten denke, dann schon.

Aussage 2: Ich möchte am liebsten heulen.

Wieder sehe ich mich gezwungen, ein improvisiertes Kästchen anzulegen.

☒ Nur wenn Sarah noch mal so einen Unsinn macht.

Aussage 3: Es macht mir Freude, attraktive Männer/Frauen zu sehen und mit ihnen zusammen zu sein.

Ich streiche *attraktive Männer/Frauen* durch, ersetze es passender mit *Fritzi* und kreuze mutig an:

☒ Fast immer

Aussage 4: Ich betrachte die Zukunft mit Hoffnung.

Tue ich das? Eine gute Frage.

Mein Stift kreist über *häufig* und *selten*, kann sich nicht entscheiden. Bellinger, der auf der anderen Seite des Schreibtischs sitzt und mich genau beobachtet, bemerkt mein Zögern.

»Gibt es Probleme?«

»Nummer vier.«

Er nickt. Das ist die Nummer, von der so ziemlich alles abhängt. Ich musste diesen Test schon oft genug ausfüllen. Bei meinem Therapeuten zu Hause, im Sonnenhof beim Ein- und Auszug und jetzt gerade wieder. Ich weiß genau, welche Antworten Bellinger braucht, um mich in eine ambulante Therapie nach Hause entlassen zu können. Doch diesmal möchte ich ehrlich sein, das bin ich uns allen schuldig. Gerade jetzt.

»Weißt du noch, was du angekreuzt hast, als du vor knapp sieben Wochen hier eingezogen bist?«

Klar weiß ich das. Weil ich jedes Mal beim Einzug das Gleiche ankreuze.

»Fast nie.«

»Siehst du eine Steigerung dazu?«

»Ja. Schon.«

»Ein gutes Zeichen. Vielleicht willst du erst die anderen Fragen beantworten.«

Doch mir ist nicht nach einem theoretischen Test, den ich so faken kann, wie ich will, damit niemand merkt, wie es mir wirklich geht. Ich lege das Klemmbrett mit dem unfertigen Test auf den Schreibtisch.

»Dieser Test ist scheiße.«

»Danke für deine ehrlichen Worte, Bastian.«

»Im Ernst.«

Ich werfe einen Blick auf einige der Fragen, die ich fast auswendig kann.

»Ich mache mir Selbstvorwürfe. Ich fühle mich schwermütig. Ich habe in den letzten Wochen abgenommen. Was soll das?«

»Es zwingt dich dazu, über deine bisherige Entwicklung und dich selbst nachzudenken.«

»Wieso stehen da nicht Sachen wie: *Ich habe Angst, dass Felix mir nie verzeiht.* Oder: *Was ist, wenn Fritzi mich vergisst.* Oder: *Wird Tim sich bei mir melden?* Oder: *Wird Sarah darüber hinwegkommen, dass ein paar Arschlöcher ihr Leben kaputt machen wollten? Kann ich glücklich sein? Werden meine Eltern mir jemals wieder vertrauen?*«

Bellinger lehnt sich in seinen Bürostuhl und mustert mich eingehend.

»Sind das die Themen, die dich beschäftigen?«

»Ja.«

Ein Lächeln bricht in seinem Mundwinkel aus.

»Du hast die anderen wirklich an dich rangelassen, oder?«

»Na ja, wir hängen ständig zusammen rum und zwischen mir und Fritzi …«

… *herrscht gerade dicke Luft.* Es fällt mir schwer, über sie oder uns zu sprechen. Bellinger versucht deshalb, meinen Satz für mich zu beenden.

»… ist mehr?«

Ich nicke, obwohl ich gerade keine passenden Worte für die Situation habe.

»Und macht dir das Angst?«

»Eine Heidenangst.«

»Was genau?«

»Dieses Leben da draußen ist so anders als unseres hier drinnen. Da gibt es keinen fünften Stock, wo ich vor mir selbst gerettet werde. Ich muss das ganz alleine hinkriegen.«

»Glaubst du, das kannst du nicht?«

»Doch. Schon. Ich kann es für meine Eltern. Und ich könnte es sogar für Fritzi. Aber kann ich es für mich?«

»Zweifelst du an dir?«

»Alle zweifeln an mir.«

»Nicht alle.«

Er lehnt sich nach vorne und lässt seine Bemerkung im Raum schweben. Und dann ganz plötzlich sage ich all die Dinge, die ich bisher nie ausgesprochen habe.

»Ich will nicht ständig wie ein Jo-Jo zwischen gut und böse baumeln müssen. Ich will für Tim ein guter Freund sein, weil er einen brauchen wird. Und ich will für Sarah da sein, damit sie so einen Mist nicht mehr macht. Ich will mich bei Felix entschuldigen, auch wenn er nie mehr mit mir reden wird, und meinen Eltern sagen, wie eng Mittelneufnach manchmal für mich ist. Ich will normal zur Schule gehen und mir über alberne Dinge wie Mathe-Tests und die neueste *Netflix*-Serie Sorgen machen. Ich will irgendwann den Führerschein machen und mal mit Fritzi ins Kino. Ich will endlich wieder ich sein. Für mich.«

Erst jetzt bemerke ich die Tränen auf meinen Wangen.

»Ich will gesund werden. Ist das zu viel?«

Bellinger schüttelt langsam den Kopf.

»Ist es nicht, Bastian. Du musst nur besser auf dich aufpassen, auf deine Ärzte und Therapeuten hören und die Sache ernst nehmen. Deine Krankheit ist kein Spaß und wird dich auch in Zukunft wieder vor Herausforderungen stellen. Aber du kannst das meistern.«

Mit dem Handrücken wische ich mir über die Augen, noch nie habe ich vor einem Arzt geweint.

»Du weißt, dass ich dich gerne habe, Basti. Deswegen habe ich mich dafür eingesetzt, dass du dieses Mal bei den Astronauten landest.«

Und nicht im fünften Stock, das weiß ich alles sehr genau.

»Trotzdem muss ich dir sagen, dass ich dich nicht noch ein weiteres Mal hier sehen will.«

Er greift nach meinem halbherzig ausgefüllten Fragebogen, zieht ihn vom Klemmbrett und zerknüllt ihn.

»Verstanden?«

»Verstanden.«

Er wirft das Papierknäuel in den Mülleimer neben dem Schreibtisch und lächelt mich zufrieden an.

»Deine Zeit ist abgelaufen, die acht Wochen sind rum. Wir entlassen dich am Ende der Woche in eine ambulante Therapie zu Hause.«

»Ich werde entlassen?«

»Du wirst entlassen.«

Acht Wochen habe ich dann im Sonnenhof verbracht.

Länger als beim letzten Mal.

Ganz genau sechsundfünfzig Tage.

Das sind um die eintausenddreihundertvierundvierzig Minuten.

Für einen Jungen wie mich ist das ein halbes Leben.

Ich habe Patienten kommen und gehen sehen.

Habe Freunde gefunden.

Ein Auto geklaut.

Ein Mädchen geküsst.

Meinen persönlichen Bösewicht schwerwiegend verletzt.

Segeln gelernt. Na ja, zumindest die groben Grundregeln.

Habe mich verliebt.

Und bin ein Astronaut geworden.

Kaum vorstellbar, dass ich am Ende der Woche mit all diesen Erinnerungen im Gepäck zurück nach Hause darf.

»Wie fühlst du dich bei dem Gedanken?«

»Ein bisschen stolz. Und ein bisschen traurig.«

»Hast du Angst?«

Kurz erwäge ich eine Lüge, aber ich nicke nur rasch.

»Und wie.«

»Das ist völlig normal.«

Ich nicke wieder, spiele mit einem losen Faden meines T-Shirts und stelle mir kurz vor, wie großartig es sich anfühlen wird, wenn ich am Wochenende wirklich zurück in die Freiheit darf.

Ein Spaziergang durch die Felder zu Hause.

Ein Film im Kino.

Süßes Popcorn und eine Cola dazu.

Schlafen im eigenen Bett.

Abendessen mit Mama und Papa, dazu ihre langweiligen Gespräche über den Büroalltag, die ich vermisst habe.

Mit dem Fahrrad zur Schule fahren.

Felix treffen.

Kleinigkeiten. Für mich der Anfang eines neuen Kapitels.

»Mir werden die Astronauten fehlen.«

»Ich habe das Gefühl, ihr werdet auch da draußen Kontakt halten. Vielleicht nicht so innig wie hier, aber trotzdem. Manche Abenteuer verbinden.«

Es ist die Art und Weise, wie er es sagt, die mich glauben lässt, dass wir eine echte Chance haben.

»Morgen ziehst du wieder zu den Astronauten.«

»Echt jetzt?«

»Sieh es als Abschiedsgeschenk. Und jetzt raus mit dir! Du hast noch was zu klären.«

Grinsend stehe ich auf, sehe mich im Büro um und erinnere mich an all die trotzigen und nervigen Gespräche, die ich hier führen musste. Betrachte die Diplome an der Wand, das gerahmte Bild vom Segelboot auf hoher See.

Ein bisschen erinnert es mich an das Gemälde im Büro von Robin Williams' Figur Sean Maguire aus dem Film *Good Will Hunting*. Niemals würde ich es zugeben, aber Bellinger wird mir ein winziges bisschen fehlen. An der Tür bleibe ich stehen und drehe ich mich noch mal um.

»Häufig.«

Bellinger zieht fragend die Augenbraue nach oben.

»Nummer vier.«

FRITZI

Die Rückkehr der Jedi-Ritter

Die Gruppe marschiert wie in einem Pfadfinderfilm der Achtzigerjahre hinter Ole her, der uns anführt und den Hochuferweg kennt wie wohl kein Zweiter. Das letzte Mal, als ich mich freiwillig für eine acht Kilometer lange Wanderung gemeldet haben, war – noch nie.

Aus guten Gründen. Meine Kondition ist nicht in bester Verfassung. Um nicht zu sagen, sie ist nicht vorhanden. Diese Wanderung hat im Sonnenhof allerdings Tradition und soll uns von den Ereignissen der letzten Tage ablenken. Sarah, die zum ersten Mal seit ihrem Zusammenbruch wieder mit uns den Sonnenhof verlassen darf, trägt stolz ihren Elbsegler, unter dem sich frisch gefärbte braune Haare in einem frechen Bobhaarschnitt verstecken. Wir haben zusammen einige Magazine durchgeblättert und uns für dieses neue Styling entschieden. Es soll ihr helfen, etwas Abstand zwischen das Mädchen in dem Video und ihre Selbstwahrnehmung zu bringen. Das Wundermittel scheint zu wirken, denn nach anfänglicher Nervosität schlendert sie hier, mitten in der Natur und weit weg von allen sozialen Medien, lächelnd neben Tim her, der ihr persönlicher Bodyguard geworden ist. Die beiden gehen einige Meter vor mir und Basti, der ebenfalls dem Ruf der Wildnis gefolgt ist. Meine Kurzatmigkeit und das Seitenstechen haben bisher verhindert, dass ich mich in lange Gespräche mit ihm vertiefe. Stattdessen genieße ich stumm den Spaziergang entlang der Kreideküste durch den schattigen Buchenwald im Nationalpark Jasmund. Wir wandern durch scheinbar endlose Buchenwälder, vorbei an blühenden Orchideen und Mooren, folgen den blauen Balken und Oles Begeisterung. Wir steigen Treppen hoch, erreichen Aussichtsplattformen und haben – von hier oben – einen Blick auf die Kreideküste, der mir zusätzlich den Atem raubt.

Basti läuft so nah neben mir, dass sich unsere Schultern immer mal wieder auf dem schmalen Pfad berühren, und jedes Mal ist es ein bisschen weniger Zufall und ein bisschen mehr Absicht. Heute, da es frischer als sonst ist, trägt er einen olivgrünen Kapuzenpulli zu seinen typischen kurzen Hosen. Ich weiß nicht, wieso, aber er sieht heute anders aus. Erwachsener.

Sein Pulli streift meinen Arm und ich muss lächeln, er bemerkt es und sein kleiner Finger verhakt sich, wie von alleine und ganz selbstverständlich, mit meinem.

»Nicht mehr trödeln, ja? Die Gruppe bleibt zusammen. Wir erreichen gleich die Piratenschlucht!«

Obwohl ich mir sicher bin, dass Ole – der hier aufgewachsen ist – all das schon hunderte Male gesehen hat, klingt er ganz aufgeregt. So kann ich einfach nicht anders, als das beißende Seitenstechen zu ignorieren. Doch statt Oles Aufforderung zu folgen, bleibt Basti stehen und ich tue es ihm gleich, wodurch wir mehr Abstand zwischen uns und die anderen bringen. Und obwohl ich die sagenumwobene Piratenschlucht, von der Ole so schwärmt, unbedingt sehen will, bin ich froh, jetzt mit Basti alleine zu sein.

»Franziska, ich muss dir was sagen.«

Nicht Fritzi.

Franziska.

Ich sehe zu ihm.

»Hm?«

»Ich möchte mich entschuldigen. Ich war unfair.«

Noch immer sind unsere Finger verhakt.

»Zu dir und den anderen. Ich habe einen Schuldigen für alles gesucht und dachte, es wäre leicht, wenn ich dir die Schuld zuschiebe. Weil du da warst. So nah. So verdammt nah.«

Er sieht wieder zu mir, das Sternbild in seinen Augen ist deutlich sichtbar, das Grün des Waldes um uns spiegelt sich und lässt seine Augen nicht mehr so matt wirken wie in den letzten Tagen. Jetzt verhakt er auch den Ringfinger mit meinem.

»Ich bin wohl nicht nur bipolar, sondern leide auch an Idiotitis.«

Er schaut zu den anderen, die kaum noch zu erkennen sind und gerade hinter dem nächsten Baum aus unserem Blickfeld verschwinden. Ich habe noch immer nichts gesagt, was ihn verunsichert.

»Es tut mir leid, Fritzi. Ich habe dir wehgetan und dabei bist du die Letzte, die meinen Rundumschlag verdient hat. Dir ging es selbst auch beschissen, trotzdem warst du immer da.«

Ich nicke.

»Wenn ich Dummheiten mache, dann schubse ich alle weg.«

»Es tut mir leid, Basti. Aber du kannst nicht von mir verlangen, dass ich wegsehe.«

»Nein.«

»Das werde ich nämlich nicht. Und ich werde auch nicht weggehen, wenn es meinem Freund schlecht geht.«

Ich kann ein Lächeln auf seinen Lippen sehen, das jetzt seine Mundwinkel kapert.

»Dein Freund, hm?«

»Mein Freund.«

Er macht einen Schritt auf mich zu. Ich weiß nicht so genau, ob es am Wind oder an ihm liegt, aber eine Gänsehaut überzieht meine Arme. Er nimmt meine Hände in seine.

»Ich werde Mist bauen, Fritzi. Da draußen in der echten Welt. Immer wieder. Weil das hier nicht einfach weggeht. Ich werde gute und schlechte Tage haben. Ich werde gemein sein, und ich werde lustig sein. Ich werde an mir arbeiten, weil ich nämlich gerne alt werden möchte. Und egal, wie alt das dann ist, werde ich nie vergessen, wie wir alle zusammen einen Sommer auf dem Mond verbracht haben.«

Wir wissen beide, dass es nicht leicht wird, wenn das echte Leben wieder zuschlägt. Ich lehne mich gegen ihn, stütze mein Kinn auf seiner Brust ab und sehe zu ihm hoch.

»Ich würde es auf einen Versuch in meiner echten Welt ankommen lassen.«

»Leute! Die Piratenschlucht!«

Ole winkt uns zu sich, den Anschluss an die Gruppe haben wir bereits verloren. Basti wirft Ole einen Blick zu.

»Warte einen Moment!«

»Worauf denn?«

Basti nimmt mein Gesicht in seine Hände, sieht mich liebevoll an.

»Ich muss ein Mädchen küssen.«

»Schon wieder?«

Ein Lächeln huscht durch seine Augen.

»Ja, schon wieder. Immer wieder.«

Damit beugt er sich schließlich zu mir runter, verhakt unsere Blicke und zieht mich noch näher an sich heran. Uns trennen nur Millimeter voneinander, und ich bin der festen Überzeugung, er kann mein Herz hören. Meine Lippen berühren seine. Ich schwöre, alles steht still. Nichts spielt mehr eine Rolle, weil die Zeit sich sowieso gerade auflöst. Unser Kuss hebt die physikalische Kategorie *Zeit* auf, die ja für gewöhnlich das Fortschreiten der Gegenwart von der Vergangenheit in Richtung Zukunft beschreibt, doch ich muss gerade in einer Zeitschleife oder so gefangen sein. In diesem Moment, in dem meine Lippen Bastians berühren, schreitet die Gegenwart nirgendwohin. Sie bleibt stehen, und ich halte sie so fest umklammert wie nur möglich.

»Leute! Die Piratenschlucht!«

Wir lösen uns grinsend voneinander, nur um festzustellen, dass die Zeit sich wohl doch weiterbewegt hat. Ole nickt in Richtung Küste, also setzen wir uns widerwillig in Bewegung. Bastian behält meine Hand in seiner, drückt sie kurz.

Wir nehmen die letzten Stufen, erreichen Ole, Sarah und Tim – und werden von einem Ausblick empfangen, der mich fast umhaut.

Von hier sieht die Kreideküste noch mal ganz anders aus. Das helle Gestein, das meterhoch über dem Meer emporragt und wirkt, als hätte ein Seeungeheuer große Stücke rausgebissen. Das satte Grün der Wälder dahinter und ein fast türkisfarbenes Meer, das in der Unendlichkeit den Horizont küsst.

»Fritzi, was ich vorhin sagen wollte …«

Es fällt mir schwer, den Blick von dieser Aussicht loszureißen. Ich tue es trotzdem und sehe wieder zu Basti.

»Hm?«

»Ich werde am Wochenende entlassen.«

Seine Nachricht hat kein anderes Szenario als dieses hier oben verdient. Stolz schlinge ich meine Arme um seinen Hals und drücke ihn fest an mich.

»Wahnsinn! Ich freu mich so für dich! Du darfst nach Hause!«

»Jap. Bin wohl keine Gefahr mehr für die Gesellschaft.«

Obwohl ich mich wahnsinnig für ihn freue, mischt sich der bittere Geschmack von Abschied hinein.

»Du passt da draußen auf dich auf, ja?«

»Auf jeden Fall.«

»Du wirst mir fehlen, Basti.«

»Nur, bis wir uns wiedersehen.«

BASTIAN

Piraten der Karibik

Ole führt uns die zahllosen Treppen nach unten zu der Schlucht, in der Klaus Störtebeker, ein im 14. Jahrhundert gefürchteter Pirat, Zuflucht gesucht und Schätze vergraben haben soll. Doch so beeindruckend das sein soll, alles was ich wahrnehme, ist Fritzis Hand in meiner, die ich in den letzten Tagen mehr vermisst habe, als ich mir eingestehen wollte. Tim vor mir hat Sarah huckepack genommen und trägt sie Stufe um Stufe sicher nach unten, wo Ole mit ausgebreiteten Armen und leuchtenden Augen auf den einsamen Steinstrand zeigt. Von hier sieht man bis ans Ende der Welt. Na ja, zumindest irgendwie.

»Wahnsinn, was?«

Seine Euphorie springt auf mich über und ich entscheide, dass es an der Natur, der Umgebung, der Gesellschaft und meiner Einstellung und nicht an den Tabletten liegt, die wieder beim Cocktail der Gefühle in meinem Körper mitmischen. Sarah, die von Tims Rücken klettert, atmet tief ein, genießt die Ruhe, die nur von den Wellen und dem Wind untermalt wird, und dreht sich lächelnd zu uns.

»Astronauten bei den Piraten, das passt doch.«

Es tut gut, wieder mit ihnen allen zusammen zu sein. Ole

zieht seinen Rucksack von den Schultern und fängt an, eine Decke und Tupperdosen herauszuziehen. Tim betrachtet ihn verwirrt.

»Was soll das denn werden?«

Ole wirft mir ein verschwörerisches Lächeln zu.

»Nun, ich dachte, weil ihr euch in letzter Zeit sehr vorbildlich verhalten habt …«

Meint er meine Pillenkamikazeaktion oder Sarahs neue Frisur?

»… und Basti am Wochenende entlassen wird, gönne ich euch mal eine kleine Überraschung.«

Sarah und Tim sehen mich entgeistert an, bisher hatte ich noch keine Chance, ihnen die große Neuigkeit zu verraten. Doch bevor ich etwas sagen kann, fallen sie mir um den Hals, drücken mich an sich, klopfen mir auf den Rücken und ich spüre, dass unser nächstes Wochenende nicht nur für mich eine große Nummer sein wird.

»Du packst das da draußen, Basti!«

Sarahs Stimme an meinem Ohr klingt so überzeugt, dass ich den Zweifel im Hinterkopf ignoriere und tapfer nicke.

»Wenn ihr euch beruhigt habt, findet ihr hier ein paar verdammt leckere Sachen, die Ina euch eingepackt hat. In der Kühltasche sind Getränke und auf dem Rückweg sammle ich euch wieder ein.«

»Du lässt uns hier alleine?«

Ole sieht Tim direkt in die Augen, die Ernsthaftigkeit seines Blicks lässt keinen Zweifel daran, dass wir die Sache hier besser nicht vermasseln sollten.

»Therapeutische Maßnahme.«

Dann bricht doch ein Lächeln durch.

»Und ein Abschiedsgeschenk.«

Tim nickt, hat verstanden, dass ihm die Rolle des Aufpassers zugeteilt wurde und wir keinen Ärger machen sollen.

»Wir sehen uns dann später.«

Ole zwinkert uns zu und macht sich auf, die Stufen nach oben zu erklimmen. Sarah ist schon dabei, die Decke auszubreiten, und Tim zieht sein Handy aus der Hosentasche, sobald Ole in sicherer Entfernung ist. Er wählt eine Sommer-Playlist und entspannte Musik mischt sich zu den Geräuschen des Meeres. Fritzi, die bis eben stumm die Aussicht genossen hat, greift wieder nach meiner Hand und zieht mich zur Decke, wo Sarah das improvisierte Picknick ausgepackt hat und sich ein Stück Käse aus einer der Schüsseln schnappt.

»Ich würde sagen, Überraschung gelungen.«

Ich nehme hinter Fritzi Platz, damit sie sich an mich lehnen und ich die Arme um sie legen kann. Tim pflanzt sich uns gegenüber neben Sarah und streckt sich aus. Diese Piratenschlucht hat gerade mehr Charme als jeder feinkörnige Südseestrand.

»Schön hier.«

Sarah lässt ihren Blick über die steilen Klippen um uns herum und die tanzenden Wellen wandern, bevor sie eine Flasche Limo öffnet und etwas davon in vier Pappbecher gießt.

»Ich kann mir gar nicht vorstellen, dass du am Montag nicht mehr hier bist.«

Sie reicht mir einen Becher, den ich nehme und Fritzi reiche, die sich bei Sarahs Worten etwas näher an mich rankuschelt. Acht Wochen habe ich auf diesen Tag hingefiebert und jetzt kommt er doch irgendwie viel zu schnell.

»Kriege ich einen neuen Zimmergenossen, wenn du weg bist?«

Tim liegt mit geschlossenen Augen da und stellt die Frage in Richtung Himmel. Antwort bekommt er aber von mir.

»Jap. Ich hoffe, es wird eine totale Nervensäge, damit du mich richtig vermisst.«

Ich hoffe, er hört, dass es nur ein Scherz sein soll, weil er mein freches Grinsen nicht sehen kann.

»Das werde ich auch so tun.«

Er dreht den Kopf in unsere Richtung, wagt es aber noch nicht, die Augen zu öffnen.

»Es wird erst mal ätzend, wenn du weg bist.«

»Ach Unsinn. Nicht mehr lange und ihr seid auch wieder zu Hause.«

Jetzt sieht Tim mich doch an und ich kann sehen, wie schwer ihm der Abschied fallen wird.

»Und dann?«

Eine gute Frage. Auch Sarahs fragender Blick ruht auf mir, als hätte ich eine Antwort auf all die Dinge, die uns auf dem Festland erwarten. Dabei tappe ich ebenso im Dunkel wie die anderen.

»Das werden wir dann sehen. Seht mich als euren Neil Armstrong, den ihr in die echte Welt schickt, damit ich schon mal alles abchecke und euch dann vor möglichen Gefahren warnen kann.«

Tim nickt nachdenklich, seine ozeanblauen Augen fest auf mich gerichtet.

»Geh bei der Expedition ja nicht verloren.«

Zumindest ist das der Plan. Mal sehen, wie gut ich ihn einhalten werde.

»Wir telefonieren und ich nerve mit Mails und Fotos.«

Ich stütze mein Kinn auf Fritzis Schulter ab und drücke ihr einen sanften Kuss auf die Wange.

»Wir könnten doch eines dieser ätzenden Paare werden, bei dem keiner zuerst auflegen will.«

»Oh, das klingt widerlich romantisch.«

Ich spüre ihr leises Lachen an meiner Brust und will sie am liebsten noch fester umarmen.

Ich muss an den Fragebogen denken, all die Aussagen, die mich zum Nachdenken anspornen sollten, und sehe im Moment doch nur die Kleinigkeiten meines Lebens. Tim scheint ähnliche Gedanken zu haben.

»Wenn ich nach Hause komme, geht die Arbeit erst richtig los. Vicky, dann meine Kumpels, der Fußball …«

»Aber du packst das.«

Tim nickt zögernd.

»Und wenn nicht?«

»Dann rufst du mich an. Wird Zeit, dass ich auch mal für dich da bin.«

Tim sieht Sarah fast schon liebevoll an, nickt und schließt wieder die Augen. Dieses Gefühl präge ich mir ein, so fest ich nur kann: Fritzis Körper an meinem, die Sonne auf meinem Gesicht, den Wind in den Haaren, meine Freunde zusammen mit mir auf einer Picknickdecke, Musik im Hintergrund und den Blick aufs Meer genießen. Ein kurzer, glücklicher Moment, eingesperrt in meinem Herzen.

»Wenn du draußen bist, musst du auf jeden Fall einen coolen Film für uns im Kino anschauen! Mit Popcorn und allem Drum und Dran.«

Sarah sieht mich mit vor Aufregung ganz leuchtenden Augen an.

»Kommt auf die Liste.«

Tim blinzelt in meine Richtung.

»Und du musst ein ganzes Fußballspiel live anschauen.«

»Ist das noch meine Liste oder schon deine?«

Tim zuckt entschuldigend die Schultern und kann sein Grinsen kaum verbergen.

»Sorry, aber ich habe das Gefühl, du wirst stellvertretend für uns alle entlassen.«

»Ich werde mein Bestes geben. Was noch?«

Eine kleine Weile sitzen wir da, sammeln absurde Alltäglichkeiten wie einen Brief schreiben oder Radfahren für meine imaginäre Liste, die ich zu Hause abarbeiten soll, bis Fritzi sich in meiner Umarmung so dreht, dass sie mich richtig ansehen kann.

»Du musst zur Therapie gehen.«

Sie hält meinen Blick, meine Hand und mein Herz fest.

»Mache ich.«

»Und ruf uns an!«

Tim deutet mit dem ausgestreckten Finger mahnend auf mich.

»Dafür brauche ich keine Liste. Als ob ich das vergessen würde.«

Kurz betrachten wir alle schweigend den Ausblick, bis ich mich leise räuspere.

»Ich wollte mich übrigens noch mal anständig bei euch bedanken.«

»Oh, eine Rede!«

Tim hebt seinen halb leeren Pappbecher in die Höhe, aber ich lasse mich nicht ablenken.

»Vor gar nicht so langer Zeit war die Stimme in meinem Kopf lauter als alles andere. Und ich habe viel zu lange auf meinen Bösewicht gehört. Dabei hat er nicht gerade nette Dinge gesagt. Über mich. Über euch. Über meine Chancen in der echten Welt und all das. Jetzt höre ich ihn immer seltener und weiß, dass ich ihm nicht alles glauben muss.«

Fritzi lächelt sanft, drückt meine Hand.

»Jetzt höre ich immer wieder auch euch, wenn er zu laut quatschen will. Euer Lachen.«

Ich deute auf Sarah.

»Deine Ansagen auf dem Boot, wenn ich mal wieder Luv und Lee verwechselt habe.«

Mein Lächeln gilt jetzt Tim.

»Dein Schnarchen.«

Dann sehe ich zu Fritzi, deren Schokoriegelaugen mich nicht einfach ansehen, sondern umarmen.

»Deine trotzigen Retourkutschen. Dein Flüstern. Dein Lächeln.«

»Du kannst mein Lächeln doch gar nicht hören?«

»Und ob. Du lächelst lauter, als du denkst.«

Ich beuge mich vor und küsse sanft ihre Lippen.

»Danke fürs Einmischen. Es ist ein bisschen leichter, wenn man den Mist nicht ganz alleine mit sich herumtragen muss.«

Es gibt so vieles, was ich noch sagen möchte, aber ich hoffe sehr, sie wissen es auch so. Fritzi schlingt wie ein Koalababy ihre Arme um mich, vergräbt ihr Gesicht an meiner Brust und ich sehe den Strand entlang zu einem kleinen Felsvorsprung. Da stehen sie, wie ein Abschiedskomitee: der Joker, Loki, Lord Voldemort, Darth Vader und alle anderen Bösewichte, die mir das Leben schwer machen wollen. Doch jetzt weiß ich, dass sie diesmal nicht mit nach Hause kommen. Dort warten andere Dinge auf mich. Ich blinzle schnell und der Felsvorsprung ist wieder leer. Tim richtet sich auf, hebt seinen Becher in die Höhe und lächelt.

»Auf uns Astronauten.«

Fritzi

Die Reise zum Mond

Der Himmel bereitet sich so langsam auf einen weiteren Sonnenuntergang vor, einzelne Wolken färben sich lila, bevor der Himmel in einem kräftigen Orange die perfekte Bühne für diesen Abend bietet. Ich trage inzwischen Bastis Kapuzenpulli, der mich wie eine seiner Umarmungen wärmt. Tim lässt flache Steine über die Wellen springen, wie Ole es ihnen gezeigt hat. Sarah sitzt mit angezogenen Beinen auf der Decke und kommentiert jeden Steinhüpfer, als wäre es eine olympische Disziplin. Basti sitzt neben mir, eine leichte Gänsehaut auf den Unterarmen, weigert sich dennoch den Pulli zurückzunehmen. Alleine dafür könnte ich ihn schon wieder küssen.

»Ich hätte mir keine bessere Abschiedsparty als diese hier vorstellen können.«

Seinem Blick nach zu urteilen, meint er es ernst.

»Letztes Mal bin ich einfach so gegangen und wusste irgendwie schon, dass ich doch wieder hier landen werde.«

Tim dreht sich zu uns um und wirft einen kleinen Stein in unsere Richtung, der irgendwo vor Bastis Turnschuhen landet.

»Wehe, du machst den Hattrick hier komplett!«

»Keine Sorge, ich habe genug vom Sonnenhof. Und das, was wichtig ist, nehme ich einfach mit.«

Ich weiß nicht, ob er bemerkt, dass sein Blick dabei von Tim zu mir wandert und er mich jetzt anlächelt. Seine Locken hängen ihm in die Stirn, die Augen wirken klar und sein Lächeln presst ein Siegel auf meine Gefühle für ihn. Ja, verdammt, wir haben eine Chance verdient. Da draußen. Wir alle. Dann fällt mir noch was ein und ich stehe fast stolpernd auf, greife ich meine Hosentasche und ziehe vier kleine Schnüre heraus. Tim, der beim Kauf in Binz dabei war, sieht es als sein Stichwort, wieder zu uns zu kommen.

»Das wollte ich euch schon die ganze Zeit geben.«

Die letzten Tage waren zu turbulent, um den perfekten Zeitpunkt zu finden. Doch jetzt, hier, vor dieser Kulisse habe ich ihn schließlich gefunden. Sarah und Basti sehen irritiert auf die dünnen Bändchen, welche an die Seile erinnern, mit denen wir die Knoten auf der *McFly* geübt haben, allerdings sind diese etwas dünner und jeweils mit einem kleinen Anker versehen. Ich werfe Tim zwei der Exemplare zu, während ich Bastis Handgelenk ergreife und das Armbändchen zweimal darumlege.

»Wenn ihr droht, über Bord zu gehen, dann denkt einfach daran …«

Ich ziehe den Knoten, der verdächtig nach einem Palstek aussieht, langsam enger, bis das Bändchen gut um seine Hand liegt. Tim tut es bei Sarah gleich, die es wiederum ihm umbindet. Ich sehe Basti an, der langsam mit dem Finger über das Segelseil fährt, den Blick hebt, mich ansieht, und erst jetzt beende ich den Satz.

»… ihr seid nicht mehr alleine.«

Ich beuge mich zu ihm, küsse seine Lippen, dann seine

Wange, wo ich eine kleine Ewigkeit verweile, bevor ich flüsternd, nur für ihn hörbar weiterspreche.

»Hab dich.«

Sofort schlingt er die Arme um mich, zieht mich in eine Umarmung und hält mich fest an sich gedrückt.

»Hab dich auch.«

Ich wünschte, es wäre möglich, diesen Moment in eine Flaschenpost zu packen, damit ich ihn zu Hause – wann immer ich ihn brauche – wieder erleben darf. Aber das Leben ist eben kein Film. Es gibt keine Rückspul- oder Pausetaste, nur die Gegenwart. Die Panik wird nicht einfach so aufgeben oder verschwinden. Ebenso wenig wie Sarahs Video im Internet, Tims Aggressionen oder Bastis Gefühlschaos. Ich weiß nicht, mit wem ich in zehn Jahren am Strand sitzen und mir einen atemberaubenden Sonnenuntergang ansehen werde, aber jetzt, in genau diesem Momente, möchte ich glauben, dass alles gut werden kann.

Ich blicke zu Sarah, die Tims Hand hält, während sie sich den bunten Himmel ansehen, dann zu Basti, in dessen Blick ich die Hoffnung auf ein möglichst normales Leben sehe. Wer weiß schon, wie unsere Geschichte ausgehen mag. Aber niemand hat gesagt, dass wir keine Chance auf ein Happy End haben.

Ich blicke auf mein blaues Armbändchen, betrachte den silbernen Anker und spüre ein Lächeln auf den Lippen.

Manchmal muss man eben einmal zum Mond und zurück reisen, um zu wissen, wohin man gehört.

Danksagung

Ein lautes Danke geht an

… meine Familie aka Mams, Paps und Molly, die mich immer aushalten, egal in welcher Geschichte ich gerade versunken bin, mit welchen Figuren ich mich rumschlage und – viel wichtiger – die mich abseits aller Buchseiten bedingungslos lieben! Ihr seid mein Cape Canaveral.

… Thomas Lang, der schon Teil dieser Geschichte war, als Larson noch an Bord saß. Ich ernenne dich hiermit zum Kapitän der *McFly* und salutiere!

… Marco, weil du für dieses Buch als Medizin-Joker mit deinem Fachwissen ebenso unersetzlich bist wie im echten Leben mit deiner Freundschaft, als Will für meine Grace.

… die Monkeys, Joe, Marc, the Bakers, Zoe-Karon & die One-Last-Photo-Turtles, weil ihr mit mir auf Konzerte geht, mich durch Sturm und Regen heimfahrt, Möbel aufbaut und widersprecht, wenn mein innerer Imperator zu laut seine Zweifel streuen will.

… Kora, weil du diese Geschichte mit all ihren Seiten gelesen und immer daran geglaubt hast. Und das seit 2012. You're my M-E.

… Laura, weil dein DM-Fach beim Schreiben dieses

Buches ein Ort für meinen emotionalen Müll war. Und weil du trotzdem immer geantwortet hast. We want them beach!

... Pippa, weil du du bist und mit mir auf dem besten Philipp-Poisel-Konzert warst, das wir nie besucht haben. Ich könnte dir mehr als dreizehn Gründe nennen, wieso du Tisch 11 bist, you old fart. Forever to go.

... Anne, weil wir gemeinsam im Buchhandel kuscheln, im echten Leben Reiswaffeln essen, Spezi trinken, Katzenohren tragen und ein Klappstuhl reicht, damit du mit mir die Flucht durch Halle 4 antrittst. #Herzcarlos.

... meine Agentin Eva Semitzidou, die Vertrauen in die Wundertüte und all ihre verrückten Buchideen hat.

... meine Bodenstation und Lektorin Martina Patzer, die sich für »die Gruppe der pinken T-Shirts« im Juni 2016 begeistert hat und mit uns bis zum Mond geflogen ist.

Dieses Buch ist besonders für mich, weil hier und da Mosaiksteinchen meiner eigenen Geschichte versteckt liegen. Ob Schildkröten oder Astronauten, wir sind eine Armada!

Mein größter Dank gilt diesmal der kleinen Gruppe echter Astronauten, die sich all meine noch so albernen Fragen angehört und sie brutal ehrlich beantwortet haben. Danke für eure Ehrlichkeit, euer Vertrauen und die Hilfe bei meiner Recherche – ich hoffe, ihr seid stolz auf diese Geschichte! Ihr seid nicht alleine – Basti, Fritzi, Tim, Sarah & ich geben euch hoffentlich eine Stimme, die gehört wird.

Eure Adriana

Adriana Popescu

Paris, du und ich

ca. 352 Seiten, ISBN 978-3-570-40366-2

Romantik pur hatte sie geplant – eine Woche Paris bei ihrem chéri Alain. Doch angekommen in der Stadt der Liebe, muss die 16-jährige Emma feststellen, dass Alains »Emma« inzwischen »Chloé« heißt und sie selbst nun dumm dasteht: ohne Bleibe, ohne Kohle, aber mit gnadenlos gebrochenem Herzen. Ähnlich down ist Vincent, dem kurz vor der romantischen Parisreise die Freundin abhandengekommen ist, und den Emma zufällig in einem Bistro trifft. Die beiden Verlassenen schließen einen Pakt: Sich NIE wieder so heftig zu verlieben. Und nehmen sich vor, trotz allem Paris unsicher zu machen, allerdings auf ihre Art. Doch ob das klappt: sich in der Stadt der Liebe NICHT zu verlieben?

30334

www.cbj-verlag.de